Edgar Allen Poe

Schauergeschichten
Band II

Edgar Allen Poe

Schauergeschichten
Band II

Deutsch von Gisela Etzel
Maria Ewers
Adolf Strodtmann

Verlag Projekt Gutenberg-DE

ISBN: 9783865118165

Inhalt

Die Maske des rothen Todes

Die Übersetzung dieser Geschichte erschien zuerst ca. 1850

Lange hatte der rothe Tod das Land entvölkert und keine Pest war je so verheerend und gräßlich aufgetreten. Blut und seine Schrecken bezeichneten seine Spuren. Es waren damit heftige Schmerzen, plötzlicher Schwindel und profuse Blutungen aus den Poren der Haut als Folge der Auflösung verbunden. Die scharlachrothen Flecken auf dem Körper und namentlich im Gesicht des Kranken waren das Signal, das ihn von aller Hülfe und Sympathie seiner Mitmenschen ausschloß. Der Ueberfall, Verlauf und das Ende der Krankheit war das Werk einer halben Stunde.

Aber Prinz Prospero war glücklich, furchtlos und klug. Als seine Besitzungen zur Hälfte entvölkert waren, versammelte er ohngefähr tausend frische und lustige Freunde aus dem Kreise seiner Herren und Damen vom Hofe um sich und zog sich mit ihnen in eines seiner mit Mauern umgebenen und von aller Welt abgeschlossenen Klöster zurück. Es war dieß ein großes, prachtvolles Gebäude, eine eigene Schöpfung des Prinzen und seines zwar excentrischen, aber nichtsdestoweniger edlen Geschmacks. Eine starke, hohe Mauer mit eisernen Thoren umgab es. Die Hofleute führten Klammern und große Hämmer mit sich, um auch letztere unzugänglich zu machen. Mit einem Worte, sie wollten verhüten, daß weder ein Mensch aus- noch eingehen könne. Das Kloster war hinreichend mit Lebensmitteln versehen. Mit Hülfe dieser Vorsichtsmaßregeln vermochten die Hofleute der Ansteckung Trotz zu bieten. Die äußere Welt mochte für sich selbst sorgen. Es wäre thöricht gewesen, sich irgend zu kümmern oder abzusorgen. Für Alles, was zum Vergnügen diente, hatte der Prinz Vorkehrungen getroffen. Es gab Lustigmacher, Improvisatoren, Ballettänzer, Musiker, schöne Mädchen und Wein. Alles war hier in vollkommener Sicherheit, während außen der rothe Tod wüthete.

Nachdem sie sich so fünf bis sechs Monate abgeschlossen hatten und die Pest außen ihren Kulminationspunkt erreicht hatte, lud Prinz Prospero seine tausend Freunde zu einem außerordentlich prachtvollen Maskenballe ein.

Es war eine wahrhaft feenhafte Scene, dieser Maskenball. Doch beschauen wir uns zuvörderst die Zimmer, in denen er gehalten wurde. Es waren deren sieben in einer Folge. In manchen Palästen gewährt eine solche Reihe von Zimmern eine lange und gerade Aussicht, während sich die Flügelthüren nach jeder Seite zurückschlagen, so daß man das Ganze mit einem Blick zu übersehen kaum behindert ist. Hier aber war es ganz anders, wie man sich bei des Herzogs Liebe zum Bizarren leicht vorstellen kann. Die Gemächer waren so irregulär angeordnet, daß man mit einem Blick nur wenig mehr als eines übersehen konnte. Alle zwanzig bis dreißig Fuß zeigte sich eine scharfe Krümmung, und jede Krümmung gab einen neuen Effekt. Rechts und links, in der Mitte jeder Wand befand sich ein hohes, schmales gothisches Fenster, das die Aussicht auf einen verschlossenen Korridor hatte, welcher den Windungen der Zimmerreihe folgte. Diese Fenster bestanden aus Glas, dessen Farbe wechselte, je nach der vorherrschenden Farbe der Verzierungen der Zimmer, in die es den Einblick verstattete. Das am östlichen Ende z. B. war blau behangen, und auch seine Fenster waren lebhaft blau. Das zweite Zimmer war purpurroth in seinen Verzierungen und Tapeten, und hier waren die Fensterscheiben purpurfarben. Das dritte war durchaus grün, und so waren auch die Fenster. Das vierte war orangegelb verkleidet, das fünfte weiß, das sechste violett. Das siebente Zimmer war dicht in schwarze Sammettapeten gehüllt, die von der Decke über die Wände herabhingen und in schweren Falten auf einen Teppich von gleicher Art und Farbe herabfielen. Indeß in diesem Gemach allein korrespondirte die Farbe der Fenster nicht mit seiner inneren Bekleidung. Die Scheiben waren scharlach-, ja tief blutroth. In keinem der sieben Gemächer befand sich eine Lampe oder ein Kronleuchter mitten unter den vielen goldenen Schmucksachen, die hier und da zerstreut herum lagen oder von der Decke herabhingen. Kein Licht irgend einer Art von einer Lampe oder einer Kerze verbreitete sich über die Folge von Zimmern. Aber in den Korridors, welche diese Zimmer begleiteten, stand jedem Fenster gegenüber ein schwerer Dreifuß, der Feuer ausströmte, welches seine Strahlen durch das gefärbte Glas warf und so das Zimmer glänzend erleuchtete. Auf diese Weise gestalteten sich eine Menge anmuthiger und phantastischer Bilder. Aber in dem westlichen oder schwarzen Zimmer war die Wirkung des Feuerlichtes, das durch die blutrothen Fenster auf die schwarze Wandbekleidung fiel, wahrhaft geisterhaft und machte auf die Eintretenden einen so schreckhaften Eindruck, daß nur wenige von der Gesellschaft beherzt genug waren, einen Fuß hineinzusetzen.

In diesem Gemach stand an der östlichen Wand eine sehr große Wanduhr von Ebenholz. Ihr Pendel schwang hin und her mit einem tiefen, dumpfen und monotonen Klang, und wenn der Minutenzeiger umgelaufen war und die Stunde ausschlug, erklang aus dem Innern der Uhr ein heller, lauter, tiefer und außerordentlich musikalischer Ton von so eigenthümlicher Art und von solchem Nachdruck, daß nach Verlauf einer jeden Stunde das Orchester auf Augenblicke in seinen Produktionen einzuhalten genöthigt war, um diesem Tone zu lauschen; die Walzer hörten plötzlich auf; die ganze fröhliche Gesellschaft gerieth etwas in Verwirrung, und während die Glocke noch tönte, konnte man bemerken, wie selbst die Allerleichtsinnigsten bleich wurden, die Aelteren und Gesetzteren aber mit der Hand über das Gesicht fuhren, als wären sie in einen verwirrten Traum oder in Nachdenken versunken. Wenn der Ton gänzlich verhallt war, ging ein schwaches Gelächter durch die Versammlung; die Musiker sahen einander an, lachten über ihre Reizbarkeit und Thorheit und gaben sich gegenseitig das Wort, daß, wenn die Glocke das nächste Mal tönte, in ihnen keine ähnliche Erregung mehr aufkommen sollte. Als aber nach Verlauf von sechzig Minuten sich der Klang wiederholte, entstand dieselbe Verwirrung, das gleiche Zittern und Nachdenken wie zuvor.

Trotz dieser Vorgänge war es aber doch ein herrliches und vergnügtes Fest. Der Fürst hatte einen ganz eigenthümlichen Geschmack. Sein Blick für Farben und Effekte war scharf. Er mißachtete das Decorum und die bloße Mode. Seine Pläne waren kühn und feurig, und seine Entwürfe trugen ein glühendes Gepräge. Wegen mancher unter ihnen hätte man ihn wohl für wahnsinnig halten können, aber Diejenigen, die ihn näher kannten, wußten, daß sich dieß nicht so verhielt. Man mußte ihn sehen, hören und berühren, um sich zu versichern, daß er nicht irrsinnig sei.

Er hatte die beweglichen Verzierungen der sieben Zimmer größtentheils bei Gelegenheit dieses großen Festes angeschafft, und auch der ganze Charakter des Maskenballs war seine Erfindung. Er war höchst wunderbar. Viel Glanz und Schimmer, viel Pikantes und Phantastisches; Figuren mit unpassenden Gliedern und sonstigen Anordnungen; Phantasien, als wenn sie aus dem Hirne eines Wahnsinnigen hervorgegangen wären. Hier viel Schönes, viel Muthwillen, viel Bizarres, vermischt mit Schrecklichem, aber nichts, was Abscheu hätte erregen können. Es war, als hätten sich in diesen sieben Zimmern eine Menge Träume verkörpert, und diese Träume schlichen sich aus und ein, nahmen die Färbung der Zimmer an und machten, daß die wilde Musik des Orchesters als das Echo ihrer Tritte erschien. Siehe, da schlägt die Ebenholzuhr, die in dem mit Sammet ausgekleideten Salon stand. Alles ist für einen Augenblick still und schweigsam, so daß man nur den Schlag der Uhr vernimmt. Die Traumgebilde sind wie fest gefroren auf ihre Stelle gebannt. Inzwischen verliert sich das Echo der Glockentöne, sie haben nur einen Augenblick gedauert, und ein schwaches, halbunterdrücktes Gelächter begleitet ihr Verschwinden. Jetzt erhebt sich wieder die Musik, die Traumbilder gewinnen Leben, schweifen lustiger hin und her denn zuvor und färben sich von den mannigfach bunten Fenstern, durch welche die Lichtstrahlen der Dreifüße dringen. Aber in das westliche der sieben Zimmer wagt sich keine Maske, denn die Nacht verschwindet; es strömt ein stärker geröthetes Licht durch die blutrothen Fensterscheiben; die Schwärze der dunkeln Bekleidung erbleicht, und wer den Fuß auf den Teppich setzt, der hört von der nahen Ebenholzuhr einen dumpfen, feierlichen Laut, während die, welche in den entfernteren Gemächern ihrer Lust fröhnen, davon nichts vernehmen.

Diese anderen Gemächer waren dicht mit Menschen angefüllt, deren Herzen wie im Fieber schlugen. Das Schwärmen und Tanzen dauerte fort, bis endlich die Uhr Mitternacht schlug. Die Musik schwieg, wie gewöhnlich; das Walzen hörte auf, und eine ängstliche Stockung im Ganzen trat ein, wie früher. Die Uhr schlug zwölfmal, während dem diejenigen unter den Schwärmenden, die überhaupt noch eines Gedankens fähig waren, mit mehr Zeit auch mehr sich dem Nachdenken hingeben konnten. Und so geschah es, daß, während die letzten Töne der Uhr verklungen waren, mehre der Anwesenden Zeit fanden, auf eine maskirte Figur aufmerksam zu werden, die zuvor noch Niemand bemerkt hatte. Das Flüstern über diese neue Erscheinung ging von Ohr zu Ohr, endlich aber entstand in der ganzen Gesellschaft ein Gesumse, ein Murmeln, welches deutlich ihre Mißbilligung und Ueberraschung, endlich aber ihr Entsetzen, ihren Schrecken und Widerwillen aussprach.

Man kann sich leicht denken, daß in einer so phantastischen Gesellschaft, wie wir sie soeben beschrieben haben, keine gewöhnliche Erscheinung einen solchen Eindruck hervorbringen konnte. Zwar hatte die Maskenfreiheit dieser Nacht keine Gränzen, aber die Gestalt, die hier auftrat, übersprang noch die Gränzen eines unbestimmten Decorums, die sich der Fürst gezogen hatte. Auch in den Herzen der sorglosesten Menschen giebt es Saiten, die man nicht ohne Erregung berühren darf. Auch für den gänzlich Verlorenen, für den Leben und Tod nur ein Scherz ist, giebt es Dinge, mit denen man nicht spaßen darf. Die ganze Versammlung schien tief zu fühlen, daß in dem Kostüm und Benehmen des Fremden weder Witz noch Schicklichkeitsgefühl zu entdecken war. Die Gestalt war lang und hager und von Kopf bis zu Fuß in Sterbekleider gehüllt. Die Maske, welche das Gesicht verbarg, glich dem Gesichte einer starren Leiche, so daß auch die genaueste Untersuchung den Betrug nur schwer würde entdeckt haben. Doch alles dieß hätte die tolle Gesellschaft vertragen, ja vielleicht gebilligt. Aber der Vermummte war so weit gegangen, das Bild des rothen Todes anzunehmen. Sein Gewand war in Blut getaucht, und seine großen Augenbrauen wie seine übrigen Gesichtszüge waren mit der erschrecklichen Scharlachröthe besprengt.

Als Prinz Prospero's Blick auf dieses geisterhafte Bild fiel, das langsam und feierlich unter den Tanzenden auf- und abschritt, schauderte er anfangs vor Schrecken und Widerwillen am ganzen Körper, aber bald darauf röthete sich sein Angesicht vor Wuth.

»Wer wagt es«, fragte er mit barscher Stimme die in seiner Nähe stehenden Hofleute, »uns durch dieses scheußliche Blendwerk zu insultiren? Ergreift und demaskirt ihn, damit wir erfahren, wen wir morgen zu hängen haben.«

Es war aber in dem östlichen blauen Zimmer, wo Prinz Prospero diese Worte ausstieß. Sie konnten laut und deutlich durch die sieben Zimmer gehört werden, denn der Prinz war ein kräftiger und kühner

Mann, und die Musik hatte auf einen Wink seiner Hand aufgehört. Der Prinz stand also in dem blauen Zimmer, an seiner Seite eine Gruppe Hofleute mit blassen Gesichtern. Als er zu sprechen anhob, entstand eine leichte Bewegung der Menge in der Richtung gegen den fremden Eindringling hin, der in diesem Augenblick ganz in der Nähe war und sich mit bedachtsamem und stattlichem Schritte näher an den Sprecher herandrängte. Aber in Folge einer gewissen Ehrfurcht, die der Vermummte der ganzen Gesellschaft einflößte, wagte es Niemand, Hand an ihn zu legen, so daß er ungehindert bis auf eines Fußes Länge auf den Prinzen zuschritt, und während die Menge gleichsam auf einen Impuls sich von der Mitte des Zimmers nach den Wänden zurückzog, nahm er ununterbrochen und mit demselben feierlichen und gemessenen Schritt wie zuvor seinen Weg durch das blaue Zimmer nach dem purpurfarbenen, durch das purpurfarbene nach dem grünen, durch das grüne nach dem orangefarbenen, durch dieses wieder nach dem weißen, und ebenso zu dem veilchenblauen, ohne daß man einen entschiedenen Versuch gemacht hätte, ihn aufzuhalten. Da rannte Prinz Prospero wüthend vor Zorn und Scham über seine eigene momentane Feigheit eilig durch alle sechs Zimmer, ohne daß ihm Jemand von der Gesellschaft gefolgt wäre, so sehr hatte sich Aller eine tödtliche Furcht bemächtigt. Er hielt einen Dolch hoch in der Luft und nahte sich in hastiger Eile bis auf drei oder vier Fuß der sich zurückziehenden Gestalt, als diese, nachdem sie das äußerste Sammetzimmer erreicht, sich plötzlich umdrehte und seinem Verfolger gegenüberstand. Es erhob sich ein durchdringender Schrei, – der schimmernde Dolch fiel auf den schwarzen Teppich, und wenige Augenblicke darauf fiel Prinz Prospero todt zur Erde. In wilder Wuth der Verzweiflung drang ein Haufe der schwärmenden Gäste in das schwarze Zimmer, griff nach dem Vermummten, dessen lange Gestalt aufrecht und bewegungslos in dem Schatten der Ebenholzuhr stand, sah sich aber von unaussprechlichem Schrecken übermannt, als sich herausstellte, daß das Todtenkleid und die menschenähnliche Maske, das man mit solchem Ungestüm ergriffen, keinen greifbaren Körper enthielt.

Jetzt war es entschieden, der rothe Tod war da. Er war gekommen wie der Dieb in der Nacht. Und einer nach dem andern von der Gesellschaft fiel in das mit Blut befleckte Zimmer der nächtlichen Lust und starb im Fallen. Auch die Ebenholzuhr stand still, als der letzte der fröhlichen Gesellschaft geendet hatte. Die Flammen der Dreifüße verlöschten. Nacht und Zerstörung herrschte ringsum, der rothe Tod war der unbeschränkte Gebieter von Allem.

Wassergrube und Pendel

Impia tortorum longas hic turba furores
Sanguinis innocui, non satiata, aluit.
Sospite nunc patria, fracto nunc funeris antro,
Mors ubi dira fuit, vita salusque patent.

Inschrift für ein Markttor,
das für den Platz des Jakobiner-Hauses
in Paris bestimmt war.

Ich war krank – erschöpft und todkrank infolge der langen Todesangst –, und als man mir die Fesseln löste und mir erlaubte niederzusitzen, fühlte ich, daß mir die Sinne schwanden. Das Urteil, das entsetzliche Todesurteil war der letzte Ausspruch, den meine Ohren deutlich vernahmen. Hiernach schmolzen die Stimmen der Richter in ein traumhaftes, ununterbrochenes Summen zusammen, das in meiner Seele die Vorstellung eines Kreislaufs erweckte – vielleicht weil es an das Sausen eines Mühlrades erinnerte. Das dauerte nur kurze Zeit, denn bald hörte ich nichts mehr. Doch sah ich noch eine Zeitlang – aber in welch seltsamer, schrecklicher Verzerrtheit erschien mir alles! Ich sah die Lippen der schwarzgekleideten Richter. Sie erschienen mir weiß – weißer als das Blatt, auf das ich diese Worte schreibe – und dünn bis zur Groteske; dünn und grausam fest geschlossen, dünn in unbeweglicher Härte, in strenger Verachtung aller Menschenleiden. Ich sah, daß Aussprüche, die mein Schicksal bedeuteten, noch immer über diese Lippen kamen, sah, wie sie sich im Sprechen des Todesurteils verzerrten. Ich sah sie die Silben meines Namens bilden, und ich schauderte, weil kein Laut zu hören war. Ich sah auch für ein paar Augenblicke wahnsinnigen Schreckens das leise, kaum wahrnehmbare Schwanken der schwarzen Stoffe, mit denen die Wände des Gemachs bekleidet waren; und dann fiel mein Blick auf die sieben hohen Kerzen auf dem Tisch. Zuerst blickten sie mitleidig drein und glichen schlanken weißen Engeln, die mich retten würden. Doch dann – ganz plötzlich – wurde mein Geist todmüde, jeder Nerv in mir erbebte, als hätte ich den Draht einer galvanischen Batterie berührt; die Engelsgestalten wurden gleichgültige Gespenster, deren Kopf eine Flamme war, und ich sah, daß von ihnen keine Hilfe kommen konnte. Und dann stahl sich in meine Seele gleich einem vollen tröstenden Akkord der Gedanke, wie köstlich die Ruhe im Grabe sein müsse. Der Gedanke kam sanft und verstohlen, und es dauerte lange, bis er in voller Klarheit vor mir stand; doch gerade, als mein Geist ihn ganz begriff, ihn gleichsam innig fühlte, verschwanden wie durch Zauberschlag die Richter vor meinen Blicken; die hohen Kerzen versanken ins Nichts, ihre Flammen loschen aus; schwarze Finsternis siegte; alle Empfindungen gingen unter in einem tollen, rasenden Sturz – als falle die Seele in den Hades. Dann war meine Welt nur Schweigen und Stille und Nacht.

Ich lag in Ohnmacht, doch kann ich nicht sagen, daß mein Bewußtsein geschwunden war. Wieviel davon noch blieb, versuche ich nicht zu enträtseln oder zu beschreiben; doch war nicht alles geschwunden. Im tiefsten Schlummer – nein! im Delirium – nein! in Ohnmacht und Betäubung – nein! im Tode – nein! selbst im Grabe ist nicht alles Bewußtsein geschwunden. Sonst gäbe es keine Unsterblichkeit. Aus dem tiefsten Schlummer erwachend, zerreißen wir das Spinngewebe eines Traumes; aber eine Sekunde später – so zart ist das Gewebe oft – wissen wir schon nicht mehr, daß wir geträumt. Bei dem Erwachen aus einer Ohnmacht gibt es zwei Stadien: zuerst das Gefühl geistigen oder seelischen – dann das Bewußtsein körperlichen Daseins. Es ist wahrscheinlich, daß wir, falls es uns gelänge, im zweiten Zustand die Eindrücke des ersten zurückzurufen, diese Eindrücke voll fänden von Erinnerungen aus dem Abgrund des Jenseits. Und dieser Abgrund ist – was? Wie sollen wir seine Schatten von denen des Grabes unterscheiden? Wenn nun aber die Eindrücke dessen, was ich den ersten Zustand nannte, nicht willkürlich hervorgerufen werden können, kommen sie nicht – nach langer Pause oft – ungerufen und uns befremdend? Wer nie in Ohnmacht lag, der gehört nicht zu denen, die oft in der Kohlenglut seltsame Paläste und merkwürdig bekannte Gesichter erschauen; gehört nicht zu denen, die in der Luft düstere Visionen erblicken, die der Menge verborgen bleiben; gehört nicht zu denen, die über den Duft einer neuen Blume tiefsinnig grübeln; gehört nicht zu denen, deren Hirn sich nach dem geheimnisvollen

Sinn irgendeiner musikalischen Strophe abmüht, die nie vorher ihre Aufmerksamkeit erregte.

Bei meinen häufigen bewußten Anstrengungen, mich zu erinnern, bei meinen gewaltsamen Mühen, irgendein Merkmal aus dem Zustand scheinbaren Nichtseins, in den meine Seele entglitten, ins klare Bewußtsein herüberzuretten, gab es Augenblicke, in denen ich ein Gelingen träumte; es gab kurze, sehr kurze Momente, in denen ich Erinnerungen heraufbeschwor, die mir in der hellen Vernunft späteren völligen Wachseins als unbedingt jenem Zustand scheinbarer Bewußtlosigkeit entstammend erschienen. Diese Schatten eines Erinnerns reden undeutlich von hohen Gestalten, die mich aufhoben und schweigend abwärts trugen, hinab – hinab – und tiefer hinab, bis ein furchtbares Schwindelgefühl mich erfaßte bei dem bloßen Gedanken der Unendlichkeit des Niedergleitens. Sie reden auch von dumpfem Schreckgefühl im Herzen, weil dieses Herz so unnatürlich still war. Dann kommt ein Empfinden völliger Unbewegtheit aller Dinge, als ob die, die mich trugen – ein gespenstischer Zug – in ihrem Abwärtsdringen die Grenzen des Grenzenlosen überschritten hätten und nun ausruhten von der Mühsal ihres Werks. Hiernach erinnere ich mich an ein flach ausgestrecktes Liegen, an feuchten Dunst; und dann ist alles Wahnsinn – Wahnsinn eines Bewußtseins, das sich mit dem Unfaßbaren, dem Verbotenen abmüht.

Ganz plötzlich empfand meine Seele wieder Bewegung und Klang: die stürmischen Schläge des Herzens – und in den Ohren ihren Widerhall. Dann eine Pause, in der alles nichts war. Dann wieder Klang und Bewegung und Gefühl, ein Prickeln durch den ganzen Körper. Dann das bloße Bewußtsein des Daseins, ohne jeglichen Gedanken – ein Zustand, der lange dauerte. Dann, ganz plötzlich, das Denken und schaudernder Schrecken und ernstliches Mühen, meine wahre Lage zu erfassen. Dann ein gieriges Verlangen, in Fühllosigkeit zurückzusinken. Dann ein hastiges Neuerwachen der Seele und ein erfolgreicher Versuch zur Bewegung. Und nun ein volles Erinnern an das Verhör, an die Richter, an die düsteren Wandbehänge, an den Urteilsspruch, an die Ohnmacht. Dann völliges Vergessen alles Folgenden: alles dessen, was ein späterer Tag und eifriges Bemühen mir unklar wieder ins Gedächtnis rief.

Bis dahin hatte ich die Augen nicht geöffnet. Ich fühlte, daß ich ungefesselt auf dem Rücken lag. Ich streckte die Hand aus, und sie fiel schwer auf etwas Feuchtes und Hartes. Da ließ ich sie viele Minuten liegen, während ich versuchte, mir vorzustellen, wo und was ich wohl sei. Ich hätte gern die Augen geöffnet, aber ich wagte es nicht. Ich fürchtete den ersten Blick auf meine Umgebung. Es war nicht Furcht, etwas Entsetzliches zu erblicken, sondern das Grauen, nichts zu sehen. Endlich, mit wilder Verzweiflung im Herzen, öffnete ich schnell die Augen. Meine schlimmsten Ahnungen bestätigten sich. Schwarze, ewige Nacht umgab mich. Die Dichtigkeit der Finsternis lastete auf mir und ließ mich erstarren. Die Luft war unerträglich dumpf. Ich lag immer noch still und strengte mich an, meine Vernunft in Gang zu bringen. Ich rief mir den Verlauf der Gerichtsverhandlung ins Gedächtnis zurück und versuchte von da aus meine jetzige Lage abzuleiten. Das Urteil war gesprochen, und es schien mir, als sei seitdem eine lange Zeit vergangen. Dennoch nahm ich keinen Augenblick an, daß ich tot sei. Solch ein Vorstellung ist, was auch darüber geschrieben sein mag, völlig unvereinbar mit dem wirklichen Leben. Doch wo und in welcher Verfassung war ich? Ich wußte, die zum Tode Verurteilten endeten in einem Autodafé, und ein solches war in der Nacht, die meiner Verurteilung folgte, abgehalten worden. War ich in den Kerker geführt worden, um die nächste Hinopferung abzuwarten, die erst in einigen Monaten stattfinden würde? Das konnte nicht sein. Es war geradezu ein Mangel an Opfern gewesen. Auch entsann ich mich, daß mein Kerker, wie alle Gefängniszellen in Toledo, einen Steinboden hatte und nicht ganz ohne Lichtzutritt war.

Ein fürchterlicher Gedanke trieb plötzlich mein Blut in Wogen zum Herzen, und für kurze Zeit sank ich von neuem in Bewußtlosigkeit. Als ich mich erholt hatte, sprang ich sofort auf die Füße; jeder Nerv in mir zuckte. Ich streckte die Arme in die Höhe und rundum nach allen Seiten. Ich fühlte nichts und fürchtete dennoch, einen Schritt zu machen, aus Angst, an die Mauern eines Grabes zu stoßen. Der Angstschweiß brach mir aus allen Poren und stand in großen kalten Tropfen auf meiner Stirne.

Die Angst der Ungewißheit wurde schließlich unerträglich, und ich bewegte mich vorsichtig mit ausgebreiteten Armen vorwärts; meine

Augen drangen fast aus ihren Höhlen; so gierig hoffte ich, einen schwachen Lichtstrahl zu erhaschen. Ich machte viele Schritte vorwärts, doch noch immer war alles Finsternis und Leere. Ich atmete freier. Es war offenbar, daß meiner wenigstens nicht das scheußlichste Geschick harrte.

Und nun, während ich mich vorsichtig weiter tastete, drängten sich tausend unbestimmte Gerüchte über die Schrecken von Toledo meinem Gedächtnis auf. Seltsame Geschichten waren über die Kerker in Umlauf – unwahr hatte ich sie immer genannt – aber sie waren furchtbar und so grausig, daß man nur im Flüstertone davon reden konnte. Hatte man mich für den Hungertod in dieser ewigen unterirdischen Nacht bestimmt; oder welches vielleicht noch gräßlichere Schicksal erwartete mich? Daß das Ende Tod sein würde, und zwar ein Tod von mehr als gewöhnlicher Bitternis, schien mir, der ich den Charakter meiner Richter kannte, gewiß. Die Art und die Stunde des Sterbens waren das einzige, was mich noch beschäftigte und beunruhigte.

Meine ausgestreckten Hände fanden endlich ein festes Hemmnis. Es war eine Mauer – sehr glatt, schlüpfrig und kalt. Ich folgte ihr mit all der mißtrauischen Vorsicht, die gewisse Berichte uralter Begebenheiten in mir erweckt hatten. Dieses Vorgehen brachte mir aber keinen Aufschluß über den Umfang meines Kerkers; denn ich konnte, ohne es zu wissen, seinen ganzen Umkreis umschritten haben und wieder am Ausgangspunkt angelangt sein – so glatt und gleichmäßig schien die Mauer. Ich suchte daher nach dem Messer, das sich in meiner Tasche befunden hatte, als man mich in das Untersuchungszimmer geführt; es war fort. Man hatte meine Kleider gegen eine Umhüllung aus grober Wolle vertauscht. Ich hatte beabsichtigt, die Klinge in irgendeinen feinen Spalt des Mauerwerks zu stoßen, um so einen Ausgangspunkt festzustellen. Dies war übrigens nicht so schwierig, als es mir anfangs in meiner Sinnesverwirrung erschien. Ich riß ein Stückchen von meinem Kleidersaum und legte den Fetzen in voller Länge rechtwinklig zur Mauer auf den Boden. Wenn ich meinen Weg rund um mein Gefängnis machte, mußte ich selbstredend bei Vollendung des Umkreises wieder auf den Fetzen stoßen. So dachte ich wenigstens. Aber ich hatte weder mit der Ausdehnung des Kerkers noch mit meiner eigenen Schwäche gerechnet. Der Boden war feucht und schlüpfrig. Ich war eine Zeitlang vorwärts getappt, als ich strauchelte und fiel. Meine ungeheure Müdigkeit zwang mich, ausgestreckt liegen zu bleiben, und bald befiel mich in dieser Lage der Schlaf.

Als ich erwachte und den Arm ausstreckte, fand ich neben mir ein Stück Brot und einen Krug Wasser. Ich war zu erschöpft, um über diesen Umstand nachzudenken; sofort aß und trank ich gierig. Bald darauf vollendete ich meinen Rundgang in dem Gefängnis und kam nach vieler Mühe wieder bei dem Wollfetzen an. Bis zu dem Augenblick, da ich hinfiel, hatte ich zweiundfünfzig Schritte gezählt, und als ich nun meinen Gang fortsetzte, zählte ich achtundvierzig, bis ich bei meinem Zeichen wieder ankam. Das ergab zusammen hundert Schritt, und indem ich je zwei Schritt als einen Meter rechnete, schloß ich, daß mein Kerker einen Umfang von fünfzig Meter habe. Doch ich hatte eine Menge Winkel in der Mauer gefunden und konnte mir daher keine Vorstellung über die Form der Gruft bilden – denn eine Gruft war es nach meinem Dafürhalten.

Ich fand wenig Sinn – jedenfalls keine Hoffnung – in diesen Nachforschungen, aber eine unbestimmte Neugier veranlaßte mich, sie fortzusetzen. Ich verließ die Wand und beschloß, den Raum zu durchqueren. Zuerst ging ich mit äußerster Vorsicht voran, denn obgleich der Boden anscheinend aus festem Material war, war er doch äußerst schlüpfrig. Endlich aber faßte ich Mut und zögerte nicht, sicher auszuschreiten, wobei ich mich bemühte, in möglichst gerader Linie hinüber zu gelangen. Auf diese Weise war ich zehn oder zwölf Schritt vorwärts gekommen, als der zerrissene Saum meines Gewandes sich in meinen Füßen verfing. Ich trat darauf und fiel mit voller Gewalt vornüber zu Boden.

In der ersten Verwirrung bemerkte ich nicht sogleich einen befremdenden Umstand, der jetzt, ein paar Sekunden später und während ich noch ausgestreckt da lag, meine Aufmerksamkeit erregte. Es war folgendes: Mein Kinn ruhte auf dem Boden des Kerkers, meine Lippen aber und der obere Teil des Kopfes, die meinem Gefühl nach tiefer lagen als das Kinn, berührten nichts. Gleichzeitig schien meine Stirn in klebrigen Dämpfen zu baden, und der unverkennbare Geruch verwesender Schwämme drang mir in die Nase. Ich streckte den Arm aus und schauderte, als ich fand, daß ich genau am Rande einer kreisrunden Schachtöffnung hingefallen war, deren Umkreis festzustellen natürlich gegenwärtig nicht in meiner Macht lag. Es gelang mir, von dem feuchten Mauerrand ein Steinchen loszubröckeln; ich ließ es in den Abgrund fallen. Viele Sekunden lang horchte ich dem Widerhall, den sein Anschlagen an die Seitenwände verursachte; endlich hörte ich ein dumpfes Aufklatschen in Wasser, dem ein vielfältiges Echo folgte. Im selben Augenblick ertönte ein Geräusch wie das rasche Öffnen und Wiederzuschlagen einer Tür mir zu Häupten, während ein schwacher Lichtschimmer durch das Dunkel huschte und ebenso schnell wieder verschwand.

Ich erkannte, welches Los man mir zugedacht hatte, und beglückwünschte mich zu dem rechtzeitigen Unfall, der mich rettete. Noch einen Schritt weiter vor meinem Sturz – und die Welt hätte mich nicht wiedergesehen! Die Form der Urteilsvollstreckung, der ich soeben durch einen Zufall entronnen war, entsprach ganz den mir bekannten Berichten über die Inquisition, die ich jedoch stets als Erfindung und alberne Übertreibung angesehen hatte. Ihren Opfern blieb nur die Wahl zwischen Sterben unter entsetzlichen Körperqualen und Sterben unter unerhörten Geistesschrecken. Mich hatte man für letztere aufbewahrt. Durch lange Leiden waren meine Nerven so zerrüttet, daß ich beim Klang meiner eigenen Stimme erbebte und in jeder Hinsicht ein geeignetes Objekt für die auserlesenen Martern geworden war, die man mir zugedacht.

An allen Gliedern zitternd tastete ich meinen Weg zur Mauer zurück. Ich war entschlossen, lieber dort zu sterben, als mich in die Schrecken der Grube zu wagen; meine Phantasie malte sich jetzt aus, daß ihrer viele hier im Raum verteilt seien. In anderer Seelenverfassung hätte ich vielleicht den Mut gehabt, mein Elend durch einen Sprung in solch einen Abgrund zu enden, jetzt aber war ich der Feigste der Feigen. Auch konnte ich nicht vergessen, was ich über diese Brunnen gelesen: daß das sofortige Auslöschen des Lebens keineswegs in der Absicht derer lag, die diese entsetzlichen Wassergruben angelegt hatten.

Die Seelenaufregung hielt mich viele lange Stunden wach. Schließlich aber schlief ich wieder ein. Als ich erwachte, fand ich wie vorher ein Stück Brot und einen Krug voll Wasser neben mir. Brennender

Durst erfaßte mich, und ich leerte das Gefäß auf einen Zug. Dem Wasser mußte ein Schlafmittel beigemengt sein, denn kaum hatte ich es getrunken, als mich unwiderstehliche Schlafsucht befiel. Ich sank in tiefen Schlummer, in eine Art Todesschlummer. Wie lange er währte, weiß ich natürlich nicht, als ich aber wieder die Augen öffnete, waren die Dinge um mich her sichtbar. Ein seltsamer schwefliger Glanz, dessen Ursprung ich zunächst nicht feststellen konnte, gestattete mir, den Umfang und das Aussehen meines Kerkers wahrzunehmen.

In seiner Größe hatte ich mich gewaltig geirrt. Die ganze Mauerrundung umfaßte nicht mehr als fünfundzwanzig Meter. Minutenlang verursachte mir diese Tatsache eine Welt von überflüssiger Beunruhigung; wirklich ganz überflüssig, denn was war unter den Schrecken, die mich umgaben, bedeutungsloser als der Umfang meiner Zelle? Doch meine Seele nahm ein merkwürdiges Interesse an Kleinigkeiten, und ich plagte mich sehr, den Irrtum aufzudecken, der mich zu so falscher Messung veranlaßt hatte. Endlich fand ich die Ursache. Bei meinem ersten Versuch zur Erforschung des Raumes hatte ich bis zu meinem Hinfallen zweiundfünfzig Schritt gezählt; ich mußte damals nur noch zwei oder drei Schritt von dem Wollstreifen entfernt gewesen sein und also den Umkreis beinahe vollendet gehabt haben. Dann schlief ich ein, und nach dem Erwachen muß ich meine Schritte rückwärts gelenkt haben, das heißt ich durchmaß nochmals die vorher bereits zurückgelegte Strecke und berechnete so den Umfang doppelt so groß, als er tatsächlich war. Meine Geistesverwirrung war schuld, daß es mir nicht auffiel, daß ich bei Beginn des Rundgangs die Mauer links, bei der Fortsetzung dagegen rechts gehabt hatte.

Auch über die Form des Gefängnisses hatte ich mich getäuscht. Beim Abtasten der Mauer hatte ich viele Winkel gefunden und so den Eindruck großer Unregelmäßigkeit erhalten – so sehr kann völlige Dunkelheit jenen täuschen, der aus Ohnmacht oder Schlaf erwacht! Die Winkel waren nichts als leichte Vertiefungen, die der Zahn der Zeit in unregelmäßigen Zwischenräumen in die Mauer gefressen hatte. Die Grundform des Gefängnisses war ein Viereck. Was ich zuerst für Steinmauern gehalten, schien mir jetzt Eisen oder sonst ein Metall zu sein, dessen große Platten da, wo sie aneinandergenietet waren, die leichten Vertiefungen bildeten. Die ganze Fläche dieser erzenen Wände war mit groben Zeichnungen bemalt, mit all den abscheulichen und abstoßenden Darstellungen, wie der Aberglaube der Mönche sie erfunden. Drohende Teufelsfratzen auf Totenskeletten und andere noch viel gräßlichere Gestalten bedeckten und verunzierten die Wände. Ich stellte fest, daß die Umrisse dieser Ungeheuerlichkeiten ziemlich klar, die Farben dagegen, anscheinend infolge der Einwirkung einer feuchten Atmosphäre, verblichen und fleckig waren. Ich betrachtete nun auch den Fußboden, der von Stein war. In seiner Mitte gähnte das runde Brunnenloch, dessen Schlund ich entronnen; es war indes nur dieses einzige im Kerker.

Nur undeutlich und mit vieler Mühe konnte ich dies alles erblicken, denn während meines Schlafes hatte sich meine Lage sehr verändert. Ich lag jetzt lang ausgestreckt auf einer Art niedrigem Holzrahmen. Ich lag auf dem Rücken und war mit einem langen Riemen, der einem Sattelgurt glich, an das Holz festgebunden. Der Riemen war mir vielemal um Leib und Glieder geschlungen und ließ nur dem Kopf und dem linken Arm so viel Bewegungsfreiheit, daß ich mich mit vieler Anstrengung aus einer irdenen Schüssel am Boden mit Nahrung versehen konnte. Ich sah zu meinem Entsetzen, daß man den Krug fortgenommen hatte; ich sage: zu meinem Entsetzen, denn ich war von unerträglichem Durst geplagt. Diesen Durst zu erwecken, schien in der Absicht meiner Peiniger zu liegen, denn das mir gebotene Mahl bestand aus scharfgewürztem Fleisch.

Aufwärts blickend betrachtete ich die Decke meines Gefängnisses. Sie war etwa dreißig bis vierzig Fuß hoch und aus demselben Material wie die Seitenwände. Auf einem der Deckenfelder erregte eine sonderbare Figur meine ganze Aufmerksamkeit. Es war eine gemalte Gestalt der Zeit, so wie sie gewöhnlich dargestellt wird, nur daß sie anstatt der Sichel etwas in Händen hielt, was ich auf den ersten Blick als ein gemaltes Pendel ansah, dergleichen man oft auf alten Uhren findet. Dennoch war da etwas in der Erscheinung des Instruments, was mich veranlaßte, es aufmerksamer zu betrachten. Während ich nun senkrecht hinaufstarrte – denn es befand sich genau über mir – bildete ich mir ein, daß es sich bewege. Eine Minute später bestätigte sich meine Einbildung. Seine Schwingungen waren kurz und selbstredend langsam. Ich beobachtete es einige Minuten etwas ängstlich, doch vor allem verwundert. Schließlich ermüdeten mich aber die langsamen Bewegungen, und ich wandte meine Blicke anderen Dingen zu.

Ein leises Geräusch erregte meine Aufmerksamkeit; ich sah auf den Boden und gewahrte mehrere riesenhafte Ratten. Sie waren aus dem Brunnen gekommen, der rechter Hand gerade meinen Blicken sichtbar war. Noch während ich hinstarrte, kamen sie scharenweise und hastig herauf, und ihre Augen suchten gierig nach dem Fleisch, das sie gerochen. Es bedurfte vieler Mühe und Aufmerksamkeit, sie von der Schüssel fernzuhalten.

Es mochte eine halbe Stunde vergangen sein, vielleicht sogar eine ganze Stunde – denn ich konnte die Zeit nur unvollkommen berechnen –, als ich meine Augen wieder aufwärts wandte. Was ich nun sah, verwunderte und entsetzte mich. Die Schwingungen des Pendels hatten an Ausdehnung fast um einen Meter zugenommen. Als natürliche Folge war auch die Schnelligkeit viel größer; was mich aber hauptsächlich beunruhigte, war die Tatsache, daß es sich merklich herabgesenkt hatte. Ich bemerkte jetzt mit namenlosem Schrecken, daß sein unterer Teil in einem Halbmond aus blitzendem Stahl bestand, der von einem Horn zum andern etwa einen Fuß maß; die Hörner waren nach oben gerichtet, und die untere Kante schien scharf wie ein Rasiermesser. Das Pendel schien auch so massiv und schwer wie ein solches, denn es verdickte sich nach oben zusehends. Es hing an einem dicken Messingstab, und das Ganze zischte beim Durchschneiden der Luft.

Ich konnte nicht länger zweifeln, welche neue Todesmarter die in Grausamkeiten so erfinderischen Mönche für mich ausgewählt hatten. Es war den Knechten der Inquisition nicht entgangen, daß ich den Brunnen entdeckt hatte – den Brunnen, dessen Schrecken für mich verstockten Ketzer bestimmt gewesen – den Brunnen, diesen Höllenpfuhl, von dem das Gerücht ging, daß er das schlimmste aller ihrer Marterinstrumente sei. Dem Sturz in den Brunnen war ich durch einen bloßen Zufall entronnen, und ich wußte, daß zum Wesen dieser schauerlichen Kerkertode eine Geißelung durch immer wieder neue Schrecken gehörte. Da ich dem Sturz entgangen war, hatten meine Henker, die mich nicht etwa gewaltsam hinabstürzen würden, von jenem teuflischen Plane Abstand genommen, und es erwartete mich also eine andere, mildere Todesart. Milder! Ich mußte trotz meines Grauens über diese Bezeichnung lächeln.

Was nützt es, die langen, langen Stunden übermenschlichen Entsetzens zu schildern, in denen ich die sausenden Schwingungen des scharfen Stahles zählte! Zoll um Zoll – Linie um Linie – mit einer allmählichen Senkung, die nur in großen Zwischenräumen, die mir wie Jahre schienen, zu bemerken war – kam es herab und immer tiefer herab! Tage vergingen – es können viele Tage gewesen sein – ehe es so dicht über mich hinfegte, daß mich sein heißer Atem fächelte. Der Geruch des scharfen Stahls drang mir in die Nase. Ich betete – ich beschwor den Himmel, ein schnelleres Ende zu machen. Ich wurde toll und rasend und strengte mich an, soviel ich konnte, um mich dem Schwung der fürchterlichen Schneide entgegenzuheben. Und dann wurde ich plötzlich ruhig und lag und lächelte auf zu dem glitzernden Tod, wie ein Kind wohl ein seltsames Spielzeug anlächelt.

Wieder befiel mich Bewußtlosigkeit; sie dauerte nicht lange, denn als ich wieder zu mir kam, war keine wesentliche Senkung des Pendels zu bemerken. Sie konnte allerdings trotzdem lange gedauert haben, denn ich wußte, daß die Teufel mich beobachteten und die Schwingungen nach Willkür gehemmt haben konnten. Nach meinem Wiedererwachen fühlte ich mich – o! unaussprechlich schwach und elend, als hätte ich lange gehungert. Selbst inmitten solcher Todesqualen verlangte die Natur ihre Rechte. Mit schmerzvoller Anstrengung streckte ich den linken Arm aus, so weit es meine Fesseln erlaubten, und ergriff den kleinen Rest der Speise, den mir die Ratten noch übrig gelassen hatten. Als ich ein Stückchen in den Mund schob, durchzuckte es mich wie eine Ahnung von Freude – von Hoffnung. Dennoch, welchen Grund hatte ich zur Hoffnung? Es war, wie ich sagte, nur eine Ahnung, ein halber Gedanke, wie er den Menschen manchmal überkommt, aber ich fühlte auch, daß sich dies Empfinden zu keinem klaren Begriff formen ließ. Vergebens mühte ich mich darum; langes Leiden hatte meine Geisteskräfte untergraben. Ich war ein Dummkopf, ein Idiot.

Die Schwingungen des Pendels liefen rechtwinklig zu meiner Körperlage. Ich sah, daß der Halbmond bestimmt war, mir quer durchs Herz zu schneiden. Er würde den Stoff meines Kleides schlitzen; er würde zurückschwingen und den Schnitt wiederholen – wieder und wieder. Ungeachtet seiner schrecklich weiten Schwingung (einige dreißig Fuß oder mehr) und der pfeifenden Gewalt im Niedersausen, die wohl sogar diese Eisenwände zu durchschneiden vermochte, würde das Pendel doch minutenlang nur meine Kleider schlitzen; und bei diesem Gedanken hielt ich inne. Ich wagte nicht weiter zu denken. Ich prüfte ihn mit hartnäckiger Aufmerksamkeit – als ob ich bei dem Verweilen gerade hier den Stahl aufhalten könnte. Ich zwang mich, mir den Ton auszumalen, mit dem der Halbmond das Gewand durchschneiden würde – das eigentümlich fröstelnde Empfinden, das das Zerschneiden von Stoff auf unsere Nerven auszuüben pflegt. Ich grübelte über alle diese Kleinigkeiten, bis meine Zähne klapperten.

Nieder – langsam und stetig kroch es nieder! Ich fand ein wahnsinniges Vergnügen darin, die Schnelligkeit der Schwingungen nach oben und nach unten miteinander zu vergleichen. Nach rechts – nach links – auf und ab – mit dem Kreischen einer verdammten Seele! Los auf mein Herz mit dem schleichenden Schritt des Tigers! Ich lachte und heulte abwechselnd, je nachdem die eine oder andere Vorstellung in mir die Oberhand gewann.

Nieder – nieder ohne Erbarmen! Nur noch drei Zoll über meiner Brust sauste es dahin. Ich mühte mich wild – rasend – um meinen linken Arm ganz frei zu bekommen; er war nur vom Ellbogen bis zur Hand frei. Letztere konnte ich mit großer Anstrengung vom Teller neben mir zum Munde führen, weiter aber nicht. Hätte ich die Gurte über dem Ellbogen sprengen können, so würde ich das Pendel erfaßt und versucht haben, es zum Stehen zu bringen. Gerade so gut hätte ich versuchen können, eine Lawine aufzuhalten!

Nieder – unaufhaltsam – unerbittlich nieder! Der Atem versagte mir, und ein Krampf schüttelte mich bei jeder Schwingung. Meine Augen folgten der Aufwärtsbewegung mit dem Eifer sinnlosester Verzweiflung; sie schlossen sich krampfhaft beim Niedersausen, obgleich Tod eine unaussprechliche Erlösung gewesen wäre. Und dennoch erbebte ich in jedem Nerv bei dem Gedanken, welch eines geringen Sinkens der Maschinerie es noch bedurfte, um den scharfen, gleißenden Stahl durch meine Brust zu treiben. Es war Hoffnung, die meine Nerven erschauern – meinen Körper zusammenzucken ließ.

Es war Hoffnung – Hoffnung, die über die Foltern triumphierte – die selbst den zum Tode Verurteilten in den Kerkern der Inquisition von neuem Leben raunt.

Ich sah, daß weitere zehn oder zwölf Schwingungen den Stahl nun tatsächlich in Berührung mit meinen Kleidern bringen würden, und bei dieser Beobachtung überkam meinen Geist ganz plötzlich die klare, gesammelte Ruhe der Verzweiflung. Zum ersten Male seit vielen Stunden oder vielleicht Tagen dachte ich. Ich gewahrte jetzt, daß die Riemen oder Gurte, die mich umschlangen, aus einem einzigen Stück bestanden. Ich war nirgends mit einem besonderen Seile festgebunden. Der erste Schnitt des rasiermesserscharfen Halbmonds würde also meine gesamten Fesseln derart lösen, daß ich sie mit Hilfe meiner linken Hand abwinden konnte. Doch wie gefahrvoll war in diesem Fall die Schärfe des Stahls! Die Folge des geringsten Aufbäumens war der Tod. War übrigens anzunehmen, daß meine Marterknechte jene Möglichkeit nicht vorausgesehen und ihr vorgebeugt hatten? War es wahrscheinlich, daß die Fesseln gerade an der Stelle meine Brust kreuzten, die das Pendel berühren würde? Besorgt, meine schwache und, wie es schien, letzte Hoffnung zerstört zu sehen, hob ich den Kopf so hoch, daß ich meine Brust deutlich überblicken konnte. Die Gurte umwanden Glieder und Körper nach allen Richtungen – nur nicht in der Schnittbahn des zerstörenden Pendels!

Kaum war mein Kopf in seine frühere Lage zurückgesunken, als in meiner Seele etwas aufleuchtete, was ich nicht anders bezeichnen kann, als daß ich es die zweite Hälfte jenes vorerwähnten Gedankens an Befreiung nenne, der mir damals, als ich die Speise an die Lippen führte, nur unklar vorgeschwebt. Jetzt hatte sich der ganze Gedanke klar geformt – zaghaft, unsicher, kaum faßbar – aber dennoch klar und ganz. Ich begann sofort mit der Willenskraft der Verzweiflung an seine Ausführung zu gehen.

Seit vielen Stunden wimmelten die Ratten um den niedrigen Holzrahmen, auf dem ich lag. Sie waren wild, frech, zudringlich, ihre roten Augen glühten mich an, als warteten sie nur darauf, daß ich mich nicht mehr rührte, um über mich herzufallen. An welche Nahrung, dachte ich, mochten sie im Brunnenloch gewöhnt gewesen sein?

Trotz aller meiner Anstrengungen, sie davon abzuhalten, hatten sie den Inhalt meines Speisenapfes bis auf einen geringen Rest aufgezehrt. Ich hatte die Hand unausgesetzt über dem Napf hin und her geschwenkt, und schließlich hatte die unbewußte Gleichmäßigkeit der Bewegung diese ihrer Wirkung beraubt. In seiner Habgier hatte das Ungeziefer häufig seine scharfen Zähne in meine Finger geschlagen. Mit den Stückchen des fettigen und stark gewürzten Fleisches, das mir noch geblieben, rieb ich nun die Gurte überall da ein, wo sie mir erreichbar waren; dann zog ich die Hand zurück und lag atemlos still.

Zuerst waren die raubgierigen Tiere darüber, daß die Bewegung der Hand aufgehört hatte, verblüfft und erschreckt. Sie flohen in Scharen zurück; viele eilten zum Brunnen. Doch nur für einen Augenblick. Ich hatte nicht umsonst auf ihre Gefräßigkeit gerechnet. Als sie bemerkten, daß ich regungslos verharrte, sprangen ein oder zwei der kühnsten auf den Holzrahmen und schnüffelten an den Gurten. Dies schien das Signal zu einem allgemeinen Sturm. Aus dem Brunnen ergoß es sich in neuen Schwärmen. Sie klammerten sich ans Holz, stürzten darüber her und sprangen zu Hunderten auf mich herauf. Das gleichmäßige Schwingen des Pendels störte sie nicht im mindesten. Seinen Streichen ausweichend, befaßten sie sich mit den eingefetteten Gurten; sie stürmten mich, sie ergossen sich auf mich in immer neuen Scharen; sie krochen über meinen Hals; ihre kalten Lippen suchten die meinen; der immer zunehmende Druck erstickte mich fast. Ein Ekel, für den es keine Worte gibt, hob meine Brust und legte sich wie eisige Klammern um mein Herz. Doch ich fühlte: noch eine Minute – und der Kampf war zu Ende! Deutlich empfand ich, wie sich die Fesseln lockerten. Ich wußte, daß sie an mehr als einer Stelle schon zernagt sein mußten. Mit übermenschlicher Willenskraft lag ich still.

Ich hatte mich in meiner Berechnung nicht geirrt, ich hatte nicht umsonst ausgehalten. Ich fühlte endlich, daß ich frei war. Die Gurte hingen in Fetzen um meinen Leib. Aber das schwingende Pendel berührte schon meine Brust. Es hatte den Stoff meines Kleides geschlitzt. Es hatte das Hemd durchschnitten. Zwei weitere Schwingungen machte es, und ein stechender Schmerz zuckte mir durch alle Nerven. Aber der Augenblick der Befreiung war gekommen. Auf einen schnellen Wink mit der Hand jagten meine Befreier entsetzt von dannen. Ruhig und vorsichtig, mich seitwärts zusammenkrümmend, entglitt ich langsam den umschlingenden Bändern und dem Bereich der stählernen Schneide. Für den Augenblick wenigstens war ich frei.

Frei! – Und in den Klauen der Inquisition! Ich war kaum von meinem hölzernen Marterbett auf den Steinboden der Zelle getreten, als die Bewegung der Höllenmaschine aufhörte und ich gewahrte, wie sie von irgendeiner unsichtbaren Kraft zur Decke emporgezogen wurde. Das war eine Lehre, die mir verzweifelt zu Herzen ging. Jede meiner Bewegungen wurde offenbar überwacht. Frei! – Ich war nur einer Todesart entgangen, um nun vielleicht Schlimmeres als Tod zu finden. Bei diesem Gedanken prüften meine angstvollen Blicke die Eisenwände, die mich einschlossen. Irgend etwas Ungewöhnliches – eine Veränderung, die ich zunächst nicht genau feststellen konnte – hatte unverkennbar hier stattgefunden. Viele Minuten lang quälte ich mich in tiefer Versonnenheit mit vergeblichen Vermutungen. In dieser Zeit gewahrte ich zum erstenmal die Quelle des schwefligen Scheines, der meine Zelle erhellte. Er drang aus einem Spalt von etwa eines halben Zolles Breite, der am Boden der Kerkerwände um den ganzen Raum lief und so Wände und Fußboden völlig trennte. Ich versuchte natürlich vergeblich, durch diese Fuge hinunterzuspähen.

Als ich mich nach diesem Versuch wieder erhob, begriff ich auf einmal die geheimnisvolle Veränderung des Raumes. Ich erwähnte schon, daß die Konturen der auf den Wänden befindlichen Darstellungen deutlich hervortraten, daß aber die Farben verblaßt und unklar schienen. Diese Farben erstrahlten jetzt von Augenblick zu Augenblick in immer stärker werdendem Glanze, der den gespenstischen Teufelsfratzen ein Aussehen gab, das auch stärkere Nerven als meine angegriffen haben dürfte. Seltsam gespensterhafte Augen glotzten mich von tausend Seiten an – Augen, die vorher gar nicht dagewesen waren – und glühten im schauerlichen Glanze eines Feuers, das hinter den Wänden flammen mußte, so sehr ich mir auch einzureden suchte, es bestände nur in meiner Einbildung.

Einbildung! Bei jedem Atemzug drang in meine Nase der Dunst von glühendem Eisen. Ein erstickender Geruch beherrschte den ganzen Raum. Immer tiefer erglühten die tausend Augen, die meines Todeskampfes harrten. Ein satteres Karmin ergoß sich über die blutigen

Gemälde. Ich keuchte. Ich rang nach Atem. An der Absicht meiner Peiniger war nicht zu zweifeln – o erbarmungslose, o satanische Menschen! Ich flüchtete vor dem glühenden Metall in die Mitte der Zelle. Gegenüber der Vernichtung durch das Feuer, die meiner wartete, erschien mir der Gedanke an die Kühle des Brunnens wie lindernder Balsam. Ich eilte an seinen gefahrvollen Rand; ich spähte gespannt hinunter. Der Glutschein von der glühenden Decke erleuchtete seine verborgensten Winkel. Dennoch – eine verzweifelte Minute lang – sträubte sich mein Geist, den Sinn dessen zu erfassen, was ich da unten sah. Doch endlich zwang – wand es sich in meine Seele – brannte es sich ein in meinen schaudernden Verstand. O entsetzliches Begreifen! O wortloser Ekel! – O Grauen über alles Maß! – »Alle andern Schrecken, nur nicht diese!« ächzte ich und stürzte schreiend vom Brunnenrande fort; ich vergrub das Gesicht in die Hände und weinte bitterlich.

Die Hitze nahm rasch zu, und wiederum hob ich den Blick, halb wahnsinnig, zur Decke. Eine neue Veränderung hatte sich vollzogen – eine Veränderung in der Form der Zelle. Wie vorher war es vergeblich, daß ich mich bemühte, den Vorgang zu begreifen und einzusehen, was damit beabsichtigt war. Doch nicht lange ließ man mich in Zweifel. Zweimal war ich dem Tode entronnen, die Rachsucht der Inquisitoren war aufs äußerste angestachelt, man zögerte nicht, mich nun gewaltsam mit dem König der Schrecken bekannt zu machen. Der Raum war quadratisch gewesen. Jetzt sah ich, daß zwei seiner Eisenecken spitzwinklig, die andern folglich stumpfwinklig geworden waren. Die schreckliche Veränderung ging mit leisem Knarren immer weiter vorwärts. Einen Augenblick später hatte der Raum die Gestalt eines schiefen Vierecks. Aber die Bewegung hielt hier nicht inne – ich hoffte und wünschte dies nicht einmal. Ich hätte die rotglühenden Wände an meine Brust ziehen mögen wie ein Gewand ewiger Ruhe. »Tod!« sagte ich. »Willkommen jeder Tod, nur nicht der im Brunnen!« Narr, der ich war! Mußte ich nicht wissen, daß es der einzige Zweck des brennenden Eisens war, mich in den Brunnen zu drängen? Konnte ich denn der Glut Widerstand leisten? Und wenn ich es gekonnt – mußte ich nicht seiner pressenden Kraft nachgeben? Und jetzt – enger und immer enger schob sich das Viereck zusammen mit einer Schnelligkeit, die mir keine Zeit zum Überlegen ließ. Seine Mitte und also auch sein weitester Raum bildete sich genau über dem gähnenden Abgrund. Ich wich zurück – aber die schließenden Wände preßten mich Schritt um Schritt vorwärts. Endlich gab es für meinen wunden, zuckenden Körper keinen Zoll Raum mehr auf dem festen Boden. Ich kämpfte nicht länger, aber die Todesangst meiner Seele schrie auf in einem einzigen, langen, lauten, verzweifelten Schrei. Ich fühlte, wie ich auf dem Brunnenrande wankte – ich wandte die Augen ab –

Ein verworrenes Geräusch wie von Menschenstimmen! Ein lauter Ton wie gewaltiger Trompetenstoß! Ein Dröhnen und Krachen wie tausendfacher Donner! Die feurigen Wände wichen zurück! Ein Arm packte den meinigen, als ich ohnmächtig in den Abgrund zu fallen drohte. Es war der Arm des Generals Lasalle. Die französische Armee war in Toledo eingezogen. Die Inquisition befand sich in den Händen ihrer Feinde.

Eleonora

Sub conservatione formae
specificae salva anima.

Raimundus Lullus

Ich entstammte einem Geschlecht, das dafür bekannt ist, eine flammende Leidenschaftlichkeit und eine zügellose Phantasie zu besitzen. Von mir sagt man, daß ich wahnsinnig sei; aber noch ist die Frage nicht gelöst, ob Wahnsinn nicht etwa erhabenste Erkenntnis ist, ob vieles, was herrlich, ob alles, was vollkommen ist, nicht vielleicht einer Krankhaftigkeit des Denkens entspringt, einer durch Überanstrengung des normalen Intellekts hervorgerufenen Reizbarkeit des Geistes. Alle, die bei Tage träumen, wissen von vielen Dingen, die denen entgehen, die nur den Traum der Nacht kennen. Visionen lassen sie den Glanz der Ewigkeiten schauen, und in ihr Wachsein nehmen sie das erschütternde Bewußtsein mit, an der Schwelle der Erkenntnis des großen Rätsels gestanden zu haben. Augenblicke offenbaren ihnen mit Blitzesgrelle viel von der Weisheit des Guten, mehr noch von der bloßen Kenntnis des Bösen. Sie haben nicht Ruder noch Kompaß und dringen dennoch in das unendliche Meer des ewigen Lichtes vor – und weiter, gleich den Fahrten des nubischen Geographen, bis ins Meer der Schatten. »aggressi sunt mare tenebrarum, quid in eo esset exploraturi.«

Nehmen wir also an, ich sei wahnsinnig. Ich gebe zum wenigsten zu, daß mein Geistesleben aus zwei ganz verschiedenen Zuständen besteht: dem Zustand klarer, nicht anzuzweifelnder Vernunft, der die Erinnerung an die Begebenheiten der ersten Epoche meines Lebens umfaßt, und einem Zustand voller Schatten und Zweifel, dem die Gegenwart gehört und die Erinnerung an die Geschehnisse der zweiten großen Epoche meines Lebens. Darum könnt ihr dem, was ich von meinem ersten Lebensabschnitt sagen werde, Glauben schenken; von dem aber, was ich von der späteren Zeit berichte, glaubt nur so viel, als euch glaubwürdig erscheint – oder bezweifelt das Ganze. Doch falls ihr nicht zweifeln könnt, so mögt ihr vor den Rätseln meiner Seele den Ödipus spielen.

Sie, die ich in meiner Jugend liebte und von der ich jetzt kühl und klar das Folgende berichte, war die einzige Tochter der einzigen Schwester meiner früh verstorbenen Mutter. Eleonora war der Name meiner Kusine. Wir hatten immer zusammengewohnt – im »Tale des vielfarbigen Grases« unter tropischer Sonne. Kein fremder Fuß betrat jemals dies Tal, denn es lag weit weit droben inmitten gigantischer Berge, die es ragend umstanden und seinen lieblichen Gründen Schatten spendeten. Kein Pfad führte dorthin, und um in unser seliges Heim zu gelangen, hätte man das Gezweig von vieltausend Waldbäumen gewaltsam durchbrechen und die Herrlichkeit von viel Millionen duftender Blumen zertreten müssen. So lebten wir also ganz einsam und kannten nichts von der Welt außerhalb des Tales – ich und meine Kusine und ihre Mutter.

Aus den nebelhaften Regionen der höchsten Berge, die unser Reich umschlossen, kam ein Fluß daher, schmal und tief, und seine Flut war glänzender als alles – ausgenommen Eleonoras Augen. Er wand sich durchs Tal in verstohlenen Krümmungen und tauchte dann in eine dunkle Schlucht, zwischen Bergen, die noch düsterer und geheimnisvoller waren als jene, aus denen er gekommen war. Wir nannten ihn den »Fluß des Schweigens«, denn es war, als ob sein Fluten alles beruhige und stille mache. Kein Murmeln klang aus seinen Tiefen, er ging so sanft dahin, daß die beperlten Kiesel auf seinem Grunde, die wir oft bewunderten, sich niemals rührten – in regungsloser Ruhe lagen sie, jeder funkelte ewig am alten Platz.

Das Ufer des Flusses und der vielen glitzernden Bächlein, die ihm auf allerlei Umwegen zuströmten, und ebenso alle Flächen, die von den Ufern sich ins Wasser bis zum Kieselgrund hinuntersenkten, waren von kurzem, dichtem, gleichmäßigem Rasen bedeckt, der lieblich duftete. Und weiter noch dehnte sich dieser sanfte grüne Teppich – durchs ganze Tal, vom Fluß bis an den Fuß der Höhen, die es umgürteten. Diese wundervolle weite Grasfläche war über und über mit gelben Butterblumen, weißen Gänseblümchen, blauen Veilchen und rubinroten Asphodelen besprenkelt, und ihre unbeschreibliche

Schönheit redete laut zu unsern Herzen von der Liebe und der Herrlichkeit Gottes.

Und hie und da erhoben sich im Grase wie seltsam verschlungene Traumgebilde Gruppen phantastischer Baume, deren Stämme nicht senkrecht aufragten, sondern in anmutigen Biegungen dem Licht entgegenstrebten, das um Mittag in die Mitte des Tales hereinleuchtete. Ihre Rinde war ebenholzschwarz und silbern gefleckt und war zarter als alles – ausgenommen Eleonoras Wangen. Ja, man hätte diese Bäume für gigantische Schlangen halten können, die der Sonne, ihrer Gottheit, huldigten, wären nicht die glänzend grünen, großen Blätter gewesen, die von ihren Gipfeln in langen, bebenden Reihen niederhingen und mit dem Zephir tändelten.

Lange Jahre durchstreifte ich Hand in Hand mit Eleonora das Tal, ehe die Liebe in unsere Herzen einzog. Es war an einem Abend in Eleonoras fünfzehntem und meinem zwanzigsten Lebensjahre, da saßen wir, einander eng umschlungen haltend, unter den Schlangenbäumen und blickten hinab in den Fluß des Schweigens und auf unser Bild, das sich in seinen Wassern spiegelte.

Wir sprachen nichts mehr an diesem süßen Tage, und selbst am andern Morgen fand unsere Rede nur wenige zitternde Worte.

Wir hatten in den Wassern Gott Eros gefunden und hatten ihn in uns aufgenommen, und wir fühlten nun, daß er die feurigen Seelen unserer Vorfahren in uns entzündet hatte. Alle Leidenschaftlichkeit und blühende Phantasie, die Jahrhunderte lang unser Geschlecht auszeichneten, ergriffen unsere Herzen wie ein Rausch und hauchten in das Tal des vielfarbigen Grases eine wahnsinnige Seligkeit. Alle Dinge veränderten sich. Die Bäume, die nie vordem ein Blühen gekannt hatten, entfalteten seltsame, sternförmige, strahlende Blüten. Das Grün des Rasenteppichs vertiefte sich, und als – eine nach der andern – die weißen Gänseblümchen dahinschwanden, brachen an ihren Orten rubinrote Asphodelen auf – zu zehn auf einmal. Und Leben regte sich auf unseren Pfaden, denn der hohe, schlanke Flamingo, den wir bis dahin noch nie gesehen, entfaltete vor uns sein scharlachfarbenes Gefieder, und mit ihm kamen und glühten alle heiteren Vögel. Gold- und Silberfische belebten den Fluß, und aus seinen Tiefen hob sich leise, doch lauter und lauter werdend, ein Murmeln, das schließlich zu einer sanften, erhabenen Melodie anschwoll, erhabener als der Sang aus des Äolus Harfe und süßer als alles – ausgenommen Eleonoras Stimme.

Und eine schwere, mächtige Wolke, die wir seit langem in den Regionen des Abendsterns beobachtet hatten, setzte sich gemächlich in Bewegung. Und durch und durch karmin- und golderglänzend lagerte sie sich über unser Tal und sank Tag um Tag friedvoll tiefer und tiefer, bis ihre Ränder auf den Gipfeln der Berge ruhten, deren nebelhaftes Grau sie in Glanz und Pracht verwandelte. Und sie lagerte über uns und schloß uns ein wie in ein zauberhaftes Gefängnis von seltsamer Herrlichkeit.

Der Liebreiz Eleonoras war der der Seraphim; aber sie war so schlicht und unschuldig wie das kurze Leben, das sie inmitten der Blumen gelebt hatte. Keine Arglist lehrte sie, die Inbrunst, die ihr Herz entflammte, zu verbergen, und während wir miteinander im Tale des vielfarbigen Grases wandelten und über all seine Veränderungen sprachen, enthüllte sie mir die geheimsten Tiefen ihrer Seele.

Und eines Tages sprach sie unter Tränen von jener letzten traurigen Veränderung, der alle Menschen unterworfen sind; und von nun an weilte sie nur bei diesem einen schmerzvollen Thema, das sie in jedes unserer Gespräche einflocht, so wie die Sänger von Schiras in ihren Liedern dieselben Bilder wieder und wieder anwenden.

Sie hatte die Hand des Todes auf ihrer Brust gefühlt, sie wußte, daß sie in so vollkommener Schönheit erschaffen worden war, nur um – gleich der Eintagsfliege – früh zu sterben. Doch alle Schrecken des Todes waren für sie nur in dem einen Gedanken vereint, von dem sie in abendlicher Dämmerstunde am Fluß des Schweigens sprach. Es bekümmerte sie, zu denken, ich könne, nachdem ich sie im Tale des vielfarbigen Grases begraben hätte, seine selige Verborgenheit verlassen und die Liebe, die jetzt ganz ihr gehörte, irgendeinem Mädchen der Alltagswelt da draußen schenken. Und damals und dort warf ich mich ohne Besinnen Eleonora zu Füßen und tat ihr und dem Himmel den Schwur, daß ich mich niemals mit einer Tochter der Welt in Ehe verbinden – daß ich niemals ihrem geliebten Andenken, dem Andenken der innigen Zuneigung, mit der sie mich segnete, untreu werden wollte. Und ich rief den allmächtigen Herrn des Weltalls zum Zeugen an für meines Schwurs aufrichtigen Ernst. Und der Fluch, den ich von ihm und von ihr, der Heiligen im Paradiese, für den Fall meines Treubruches auf mich herabrief, schloß eine so entsetzliche Strafe in sich, daß ich hier nicht davon sprechen kann.

Und die strahlenden Augen Eleonoras erstrahlten noch heller bei meinen Worten. Und sie seufzte, als sei eine tödliche Last ihr vom Herzen genommen, und sie zitterte und weinte bitterlich. Aber sie nahm meinen Schwur an – denn was war sie anderes als ein Kind – und er ließ sie erleichtert dem Sterben entgegensehen. Und als sie einige Tage später friedvoll entschlief, sagte sie zu mir, sie wolle um deswillen, was ich für den Frieden ihrer Seele getan habe, mit dieser Seele über mich wachen; sie wolle, sofern es möglich sei, in den wachen Stunden der Nacht mir sichtbarlich erscheinen. Wenn aber dies außerhalb der Macht der Seelen im Paradiese läge, so wolle sie mir ihr Gegenwärtigsein wenigstens durch allerlei Zeichen kundtun. Sie werde mit den Abendwinden mich umkosen und die Luft um mich her mit dem Duft der himmlischen Weihrauchschalen erfüllen. Mit diesen Worten auf den Lippen gab sie ihr junges, reines Leben auf, und mit ihr endete die erste Epoche meines eigenen Lebens.

Bis hierher habe ich wahrheitsgetreu berichtet. Doch wenn mein Denken auf dem Wege der Vergangenheit die Grenze, die der Tod meiner Geliebten gezogen, überschreitet und in die zweite Periode meines Lebens eintritt, dann sammeln sich Schatten um mein Hirn, und ich fühle, daß ich an meinem gesunden Gedächtnis zweifeln muß. Doch ich will fortfahren.

Die Jahre schleppten sich träge dahin, und immer noch wohnte ich im Tale des vielfarbigen Grases. Aber wiederum hatte eine Veränderung alle Dinge befallen. Die sternförmigen Blüten krochen zurück in die Stämme der Bäume und kamen nie wieder zum Vorschein. Das tiefe Grün des Rasenteppichs verblaßte, und die rubinroten Asphodelen welkten hin, eine nach der andern. Und an ihren Orten brachen – zu zehn auf einmal – dunkle, blauäugige Veilchen auf, und ihre Augen standen immer voll Tau und blickten kummervoll. Und Leben entschwand von unsern alten Pfaden; denn der hohe, schlanke Flamingo entfaltete nie mehr sein scharlachrotes Gefieder, trauernd flog er aus unserm Tale fort den Bergen zu, und mit ihm zogen alle heiteren Vögel, die ihn begleitet hatten. Und die Gold- und Silberfische schwammen davon durch die Schlucht, die an der einen Seite unser Reich begrenzte, und zierten nie wieder den lieblichen Fluß. Und die sanfte Melodie, die erhebender gewesen war als der Sang aus des Äolus Harfe und süßer als alles – ausgenommen Eleonoras Stimme, sie sank wieder zu leisem Murmeln herab und wurde leiser und leiser, bis sie erstarb und der Fluß wieder in seinem einstigen feierlich-düsteren Schweigen dahinfloß. Und dann – zuletzt – hob sich die mächtige Wolke von den Gipfeln der Berge, die wieder in ihr nebelhaftes Grau zurücktauchten, und schwamm gemächlich davon, den fernen Regionen des Abendsternes zu, und mit ihr verschwand das strahlende Gold und alle die glänzende Pracht, mit der sie das Tal des vielfarbigen Grases überschüttet hatte.

Jedoch was Eleonora versprochen hatte, erfüllte sich. Denn ich hörte um mich das Schwingen der himmlischen Weihrauchschalen, und Ströme himmlischer Düfte durchfluteten immer und immer das Tal. Und in einsamen Stunden, wenn mein Herz in heftigem Pulsschlag erbebte, umschmeichelten sanfte Winde mit süßem Seufzen meine Stirn. Die dunklen Nächte füllte oft ein schwaches Flüstern, und einmal – o, einmal nur! – weckte mich aus einem todähnlichen Schlafe der Kuß geisterhafter Lippen, die meinen Mund berührten.

Aber all dies vermochte nicht die Leere meines Herzens auszufüllen, und grenzenlos wuchs sein Verlangen nach jener Liebe, von der es vordem so übervoll gewesen war. Und endlich kam es soweit, daß mir das Tal des vielfarbigen Grases, durch das mich die Erinnerungen hetzten, zur Qual wurde, und ich vertauschte es für immer gegen die Eitelkeiten und das friedelose Glück der Welt.

*

Ich fand mich in einer fremden Stadt, in der alle Dinge nur dazu dienten, die Erinnerung an die süßen Träume, die ich so lange Jahre im Tal des vielfarbigen Grases träumte, aus meinem Gedächtnis auszulöschen. Ein äußerst prächtiges Hoflager mit Pomp und Festen, betäubendes Waffengeklirr und strahlende Frauenlieblichkeit verwirrten und berauschten mein Hirn. Doch bis jetzt war meine Seele ihrem Schwur treu geblieben, und immer noch verkündete mir Eleonora in den stillen Stunden der Nacht ihr Gegenwärtigsein.

Plötzlich aber hörten diese Anzeichen auf, und die Welt wurde schwarz vor meinen Augen, und ich stand in atemlosem Schreck vor dem glühenden Gedanken – der grauenhaften Versuchung, die mich befallen hatte. Denn an den fröhlichen Hof des Königs, dem ich diente, kam aus irgendeinem fernen, fernen, unbekannten Lande ein Mädchen, von dessen Schönheit mein ganzes ruchloses Herz entflammt und hingerissen ward – zu dessen Füßen ich mich ohne Sträuben niederwarf in wehrloser, abgöttischer Liebe. Ach, wie armselig war die Leidenschaft, die ich dem jungen Kinde im Tale des vielfarbigen Grases geschenkt hatte, wenn ich sie mit der Glut und dem Wahnwitz und den beseligenden Ekstasen verglich, in denen jetzt meine Anbetung emporjauchzte, mit dem trunkenen Schluchzen, in dem meine Seele zu Füßen der himmlischen Ermengard dahinschmolz! O, herrlich war der Engel Ermengard! Und vor dieser Erkenntnis versank alles andere. – O, göttlich war der Engel Ermengard! Und ich ertrank im Blick ihrer unergründlichen Augen und sah und suchte nur sie.

Ich vermählte mich mit Ermengard – und fürchtete nicht den Fluch, den ich auf mich herabgeschworen hatte, und seine Schrecken suchten mich nicht heim. Da kam noch einmal – ein einziges Mal durch das Schweigen der Nacht das süße Seufzen wieder zu mir, und es formte sich zu einer wohlbekannten, inbrünstigen Stimme:

»Schlafe in Frieden! Denn der Geist der Liebe lebt und herrscht. Und wenn du glühenden Herzens Ermengard umarmst, bist du – aus Gründen, die dir dereinst im Himmel offenbar werden sollen – deines Gelübdes an Eleonora entbunden.«

Du bist der Mann

Ich will jetzt für das Schnatterburger Rätsel den Ödipus spielen. Ich will euch, wie nur ich es vermag, alle Geheimnisse aufdecken, die das Schnatterburger Wunder zustande brachten – das eine, wahre, anerkannte, unwidersprochene, unwiderlegliche Wunder, das dem Unglauben der Schnatterburger ein für allemal ein Ende bereitete und alle Materialisten, die sich vordem als Skeptiker aufspielten, zum orthodoxen Glauben ihrer Großmütter bekehrte.

Dieses Ereignis, das ich nicht in unangebracht leichtfertigem Ton schildern möchte, trug sich im Sommer des Jahres 18 . . zu. Herr Barnabas Schützenwerth, einer der wohlhabendsten und angesehensten Bürger der Stadt, wurde seit mehreren Tagen vermißt, und alle begleitenden Umstände führten zu dem Verdacht, daß ihm irgendwelche Gewalt angetan worden sei. – Herr Schützenwerth hatte Schnatterburg am Samstagmorgen in aller Frühe zu Pferde verlassen, mit der vorher geäußerten Absicht, nach der etwa fünfzehn Meilen entfernten Stadt zu reiten und am Abend desselben Tages wieder heimzukommen. Aber schon zwei Stunden nach dem Fortreiten kehrte das Pferd zurück, und zwar ohne Reiter, auch ohne die Satteltaschen, die ihm beim Ausritt auf den Rücken geschnallt gewesen waren. Dazu war das Tier verwundet und mit Schmutz bedeckt.

All das rief bei den Freunden des Vermißten natürlich große Bestürzung hervor, und als er am Sonntagmorgen noch immer nicht zurückgekommen war, machte sich die gesamte Einwohnerschaft wie ein Mann auf die Suche.

Der erste und eifrigste bei der Veranstaltung dieser Nachforschungen war aber der Busenfreund des Herrn Schützenwerth, ein Herr Charles Guterjung, oder, wie er allgemein genannt wurde, »Karlchen Guterjung«. Ich habe nun nie feststellen können, ob es ein wundersames Zusammentreffen war oder ob der Name selbst einen unmerklichen Einfluß auf den Charakter ausübt; Tatsache aber ist, daß es noch nie einen Menschen mit Namen Charles gegeben hat, der nicht ein offener, männlicher, ehrenhafter, gutmütiger und freimütiger Kerl gewesen wäre, mit einer vollen, klaren Stimme, die wohltuend wirkte, und einem Blick, der einem gerade ins Gesicht sah, als wolle er sagen: Ich habe ein reines Gewissen, fürchte keine Seele und bin ganz außerstande, eine schlechte Handlung zu begehen. Und so führen alle munteren, sorglosen Herren auf der Bühne mit ziemlicher Bestimmtheit den Namen Charles.

Karlchen Guterjung hatte, obschon er sich erst seit kaum sechs Monaten in Schnatterburg befand und kein Mensch, ehe er sich hier niederließ, etwas von ihm wußte, es mit leichter Mühe fertiggebracht, die Bekanntschaft aller ehrenwerten Leute im Städtchen zu machen. Da war kein Mann, dem ein schlichtes Wort aus seinem Mund nicht so viel wert gewesen wäre wie tausend Worte andrer, und von den Frauen läßt sich gar nicht sagen, was sie alles getan haben würden, um ihm gefällig zu sein. Und alles das nur, weil er Charles getauft worden war und infolgedessen jenes einnehmende Gesicht besaß, das als »bester Empfehlungsbrief« sprichwörtlich geworden ist.

Ich habe schon gesagt, daß Herr Schützenwerth zu den achtenswertesten und jedenfalls reichsten Leuten in Schnatterburg gehörte; Karlchen Guterjung aber stand auf so vertrautem Fuß mit ihm, als wäre er sein eigner Bruder gewesen. Die beiden alten Herren waren Nachbarn, und wenngleich Herr Schützenwerth selten oder nie zu Karlchen hinüberging und noch nie bei ihm gespeist hatte, so hinderte das die beiden Freunde doch nicht, in der soeben dargelegten Weise einander nahezustehen; denn Karlchen ließ keinen Tag vergehen, an dem er nicht drei-, viermal nachsah, wie es dem Nachbarn ging, und sehr häufig blieb er zum Frühstück oder Nachmittagstee und fast stets zum Mittagessen. Und es wäre wirklich nur mit Mühe festzustellen, welche Quantitäten Wein die beiden Kumpane in einer Sitzung bewältigten. Karlchens Lieblingsgetränk war Château Margaux, und es schien Herrn Schützenwerths Herz zu erfreuen, wenn er sah, wie der alte Knabe ein Quart nach dem andern davon hinunterspülte. So kam es, daß er eines Tages, als der Wein einverleibt, der Verstand aber ziemlich ausgetrieben worden war, seinem Kumpan auf den Rücken klopfte und sagte: »Höre, Karlchen, du bist, meiner Seel', der tüchtigste Kerl, der mir mein Lebtag vorgekommen ist, und da du es liebst, den Wein derart hinunterzuschütten, so will ich mich hängen lassen, wenn ich dir nicht nächstens eine große Kiste Château

Margaux zum Geschenk mache. Hol mich der Teufel« – Herr Schützenwerth hatte die betrübliche Gewohnheit zu fluchen, doch ging er glücklicherweise selten weiter als bis zu »alle Wetter« oder »Potztausend noch einmal« –, »Hol mich der Teufel«, sagte er, »wenn ich nicht noch heute vormittag in die Stadt schicke und eine Doppelkiste vom Allerbesten bestelle und dir ein Geschenk damit mache – ja, das will ich! – Du brauchst kein Wörtchen zu sagen – ich will, sage ich dir, und damit ist es erledigt; du kannst sie also erwarten – sie wird eines schönen Tages eintreffen, gerade, wenn du am wenigsten daran denkst!« Ich erwähne diese kleine Freigebigkeit von Seiten des Herrn Schützenwerth nur, um darzulegen, wie ein geradezu inniges Einverständnis zwischen den beiden Freunden herrschte.

Also, an dem bewußten Sonntagmorgen, als es bekannt wurde, daß Herrn Schützenwerth übel mitgespielt worden sein mußte, ging das niemand so nahe wie Karlchen Guterjung. Als er hörte, daß das Pferd ohne seinen Herrn, ohne die Satteltaschen und mit Blut bedeckt zurückgekehrt sei, mit Blut, das von einer Pistolenkugel herrührte, die dem Tier, ohne es ganz zu töten, durch die Brust gegangen war – als er das alles hörte, wurde er so bleich, als sei der Vermißte sein geliebter Bruder oder Vater, und zitterte am ganzen Leib wie im Schüttelfrost.

Zuerst war er vom Schmerz zu erschüttert, um irgend etwas planen oder unternehmen zu können, lange Zeit vermochte er Herrn Schützenwerths übrige Freunde abzuhalten, etwas in der Sache zu tun; er hielt es für das beste, abzuwarten – sagen wir ein bis zwei Wochen, oder ein bis zwei Monate –, ob sich nicht etwas herausstellen oder Herr Schützenwerth sich nicht von selbst einfinden und die Gründe auseinandersetzen würde, die ihn veranlaßt hatten, sein Pferd vorauszuschicken. Ich gebe zu, man hat diese Neigung zum Zögern, zum Aufschub sehr oft bei Leuten beobachtet, die eine schwere Sorge drückt. Ihre Geisteskraft erlahmt, so daß sie ein Grauen vor aller Betätigung haben und nichts auf der Welt lieber tun, als still im Bett liegen und ihren »Kummer pflegen«, wie die alten Damen das nennen – das heißt, über ihre Sorgen grübeln.

Nun hatten die Leute von Schnatterburg tatsächlich eine so hohe Meinung von der Weisheit und Umsicht »unseres Karlchen«, daß die meisten geneigt waren, ihm zuzustimmen und nichts in der Sache zu unternehmen, bis sich »etwas herausstellen« würde, wie der brave Alte meinte; und ich glaube, man hätte sich schließlich allgemein dahin entschieden, hätte sich nicht der Neffe Herrn Schützenwerths verdächtigerweise eingemischt, ein junger Mann von liederlichen Gewohnheiten und durchaus schlechtem Charakter. Dieser Neffe, Kielfeder mit Namen, wollte hinsichtlich des »Abwartens« keine Vernunft annehmen und bestand auf einer sofortigen Suche nach »der Leiche des Ermordeten«. Das war der Ausdruck, den er gebrauchte, und Herr Guterjung bemerkte sehr richtig, es sei eine »sonderbare Bezeichnung, gelinde gesagt«. Auch diese Äußerung Karlchens war auf die Menge von großer Wirkung, und man hörte, wie jemand die bedeutsame Frage tat, wie es komme, daß Herr Kielfeder so genau die Umstände des Verschwindens seines reichen Onkels wissen könne, daß er sich berufen fühle, klar und unzweideutig zu behaupten, sein Onkel sei »ein Ermordeter«. Darauf gab es zwischen einzelnen in der Menge allerlei Gezänk und Gestichel, besonders zwischen Karlchen und Herrn Kielfeder – obzwar dieses letztere Ereignis durchaus nichts Neues war, denn in den letzten paar Monaten zeigten sich die beiden wenig gut gesinnt. Die Dinge waren sogar so weit gediehen, daß Herr Kielfeder seines Onkels Freund zu Boden geschlagen hatte, wie er behauptete, wegen allzu großer Freiheiten, die der Besucher sich in des Onkels Haus herausgenommen habe, das der Neffe mitbewohnte. Wie es scheint, hatte Karlchen sich bei dieser Gelegenheit mit vorbildlicher Gelassenheit und christlicher Milde benommen. Er erhob sich, ordnete seinen Anzug und machte nicht den geringsten Versuch zu einer Wiedervergeltung – murmelte nur etwas wie »bei erster Gelegenheit summarische Rache nehmen« – eine natürliche und gerechtfertigte Aufwallung des Zornes, die jedoch nichts weiter besagte und zweifellos ebenso schnell vergessen wurde, wie sie geäußert worden war.

Wie diese Dinge nun auch liegen mögen (die mit dem vorliegenden Fall in keinerlei Beziehung stehen), Tatsache ist, daß die Leute von Schnatterburg durch die Überredungskunst Herrn Kielfeders endlich den Beschluß faßten, sich in der Umgegend auf die Suche nach dem vermißten Herrn Schützenwerth zu begeben. Ich sage, sie faßten zunächst den Entschluß. Nachdem beschlossen worden war, daß eine Nachforschung angestellt werden sollte, verstand es sich eigentlich von selbst, daß die Suchenden sich verteilten – das heißt, in einzelnen Trupps auszogen –, um die Umgegend gründlich abzusuchen. Ich habe jedoch vergessen, mit welchen Gründen Karlchen die Versammelten bald überzeugte, wie ganz unverständig dieser Plan sei. Jedenfalls – er überzeugte sie, alle bis auf Herrn Kielfeder, und man kam schließlich überein, daß eine sorgsame und sehr gründliche Untersuchung von den Bürgern »en masse« vorgenommen werden sollte, unter Führung von Karlchen selbst.

Was das anlangte, so hätte es keinen besseren Pfadfinder als Karlchen geben können, von dem alle wußten, daß er Luchsaugen besaß; doch obschon er sie in alle erdenklichen heimlichen Winkel und Höhlen führte und auf Wegen, die keiner je in der Nachbarschaft vermutet hatte, und obschon die Nachforschungen Tag und Nacht fast eine Woche lang ununterbrochen fortgesetzt wurden, ließ sich doch keine Spur von Herrn Schützenwerth entdecken. Wenn ich sage, keine Spur, so muß man das aber nicht wörtlich nehmen; denn allerdings, eine gewisse Spur war vorhanden. Die Hufeisen des Pferdes (die von besonderer Art waren) ließen die Spur des armen Mannes auf der zur Hauptstadt führenden Landstraße bis in etwa drei Meilen Entfernung verfolgen. Hier leitete die Spur auf einen Nebenweg im Wald – der wieder auf die Landstraße zurückführte und etwa eine halbe Meile Abkürzung bedeutete. Der Trupp folgte den Hufspuren auf diesen Nebenpfad und gelangte zu einem sumpfigen Teich, der rechts vom Weg durch Brombeergestrüpp fast verborgen war, jenseits des Teiches aber blieb die Spur verschwunden. Man durchfischte den Teich zweimal mit großer Sorgfalt, fand aber nichts, und die Leute wollten sich gerade, am Erfolg verzweifelnd, entfernen, als die Vorsehung Herrn Guterjung den Gedanken eingab, man müsse das Wasser ganz und gar ablassen. Dieser Vorschlag wurde eifrig begrüßt, und Karlchen erhielt manch hohes Lob ob seiner Weisheit und Überlegung. Da viele der Bürger Spaten bei sich hatten, in der Erwartung, daß es vielleicht eine Leiche auszugraben gäbe, so wurde die Entwässerung des Teiches leicht und rasch bewerkstelligt, und kaum tauchte der Boden auf, da kam in der Mitte der zurückbleibenden Schlammfläche ein schwarzes Wams aus Seidenplüsch zum Vorschein, das von fast allen Anwesenden als das Eigentum des Herrn Kielfeder erkannt wurde. Das Wams war sehr zerrissen und blutbefleckt, und es gab unter den Leuten mehrere, die sich genau erinnerten, daß sein Besitzer es gerade an dem Morgen, als Herr Schützenwerth den Ritt zur Stadt unternahm, getragen habe; wohingegen wieder andre auf Verlangen bereit waren, zu beschwören, daß Herr Kielfeder das Kleidungsstück zu einer späteren Zeit als jenem denkwürdigen Tag nicht mehr angehabt habe; es war niemand aufzutreiben, der hätte aussagen können, es seit Herrn Schützenwerths Verschwinden je wieder gesehen zu haben.

Die Dinge standen nun für Herrn Kielfeder sehr bedenklich, und als unwiderlegliche Bestätigung des Verdachtes, der sich gegen ihn erhob, erwies sich sein plötzliches Erbleichen und seine völlige Unfähigkeit, auf die Frage, was er zu seiner Verteidigung zu sagen habe, auch nur ein Wort zu erwidern. Daraufhin ließen ihn die wenigen Freunde, die sein leichtfertiger Lebenswandel ihm noch gelassen hatte, wie ein Mann im Stich und stimmten noch lauter als seine bekannten Feinde für seine augenblickliche Verhaftung. Andrerseits aber zeigte sich der Edelmut des Herrn Guterjung in um so hellerem Licht. Er hielt eine warme und sehr beredte Verteidigung zugunsten des Herrn Kielfeder, bei der er mehr als einmal darauf hinwies, daß er dem verwilderten jungen Mann aufrichtig vergeben, »dem Erben des ehrwürdigen Herrn Schützenwerth« die Kränkung aufrichtig vergeben habe, die er (der junge Mann), zweifellos in der Hitze der Leidenschaft, ihm (Herrn Guterjung) zuzufügen für richtig befunden habe. Er vergebe ihm, so sagte er, aus tiefstem Herzen, und was ihn selbst (Herrn Guterjung) angehe, so wolle er – weit entfernt, die Verdachtsmomente auf die Spitze zu treiben, die, wie er leider zugeben müsse, wirklich gegen Herrn Kielfeder zeugten –, so wolle er (Herr Guterjung) alles tun, was in seiner Macht stehe, seine ganze Beredsamkeit aufbieten, um – um – um – die schlimmen Anzeichen dieser so bestürzenden Angelegenheit soviel als möglich zu dämpfen.

In diesem Stil erging sich Herr Guterjung eine halbe Stunde oder länger, sehr zum Lob seines Verstandes und seines Gemütes. Aber solche warmherzigen Leute wissen Worte oft nicht recht zu setzen – begehen allerlei Ungeschicklichkeiten, sind in ihrem Übereifer, einem Freund zu nützen, oft etwas mal-à-propos – und tun so oft in der allerbesten Absicht mehr zu seinem Schaden als zu seinem Vorteil.

So ging es diesmal mit Karlchens Beredsamkeit. Denn trotzdem er sich ernstlich zugunsten des Verdächtigen bemühte, hatte doch jede Silbe, die er in der bestimmten, aber unwillkürlichen Absicht äußerte, den Sprecher seinen Hörern gegenüber nicht herauszustreichen, die Wirkung, den bereits vorhandenen Verdacht gegen die Persönlichkeit, deren Sache er vertrat, zu bestärken und die Wut des Pöbels gegen den jungen Mann aufzustacheln.

Zu diesen unverantwortlichen Fehlern des Redners gehörte der Hinweis, daß der Verdächtige »der Erbe des ehrenwerten alten Herrn Schützenwerth« sei. Die Leute waren wirklich noch nicht darauf gekommen. Sie entsannen sich nur, daß der Onkel (der außer dem Neffen keinen Erben hatte) diesem vor ein bis zwei Jahren ein paarmal mit Enterbung gedroht hatte, und sie hatten diese Enterbung daher stets als eine ganz abgemachte Sache betrachtet – ein so absonderlicher Menschenschlag war die Einwohnerschaft von Schnatterburg. Karlchens Bemerkung aber rückte diesen Punkt sofort ins wahre Licht und ließ so erkennen, daß diese Drohungen eben höchstwahrscheinlich nichts als Drohungen gewesen waren. Und daraus ergab sich natürlich sogleich die Frage nach dem »cui bono«, eine Frage, die sogar noch mehr als das Wams geeignet war, das furchtbare Verbrechen dem jungen Mann zur Last zu legen. Und hier gestatte man mir, damit ich nicht mißverstanden werde, eine kurze Abschweifung, lediglich um festzustellen, daß die so ausnehmend kurze und schlichte lateinische Bezeichnung, die ich angewendet habe, ausnahmslos falsch übersetzt und mißdeutet wird. In allen Sensationsromanen und überall – beispielsweise in denen der Mrs. Gohe (der Verfasserin von »Cecil«), einer Dame, die alle Sprachen, vom Chaldäischen bis zu den Indianersprachen, beherrscht und deren Kenntnisse »nach Bedarf« und planmäßig von einem Herrn Beckford unterstützt werden – ich sage, in allen Sensationsromanen, bei Bulwer und Dickens angefangen bis zu Turnapenny und Ainsworth, werden die zwei kleinen Worte »cui bono« als »zu welchem Zweck« ausgelegt oder (wie »quo bono«) »wozu ist es gut?« Ihr wahrer Sinn ist jedoch »zu wessen Vorteil«. »Cui« = für wen, »bono« = ist es von Vorteil. Es ist eine rein juristische Phrase und gerade auf solche Fälle wie den vorliegenden anwendbar, wo die Wahrscheinlichkeit der Täterschaft von der Wahrscheinlichkeit des Vorteils abhängt, der dem Betreffenden entsteht oder der aus der Vollziehung der Tat erwächst. Nun wies in vorliegendem Fall die Frage nach dem »cui bono« sehr deutlich auf Herrn Kielfeder hin. Denn der Onkel hatte ein Testament zu seinen Gunsten gemacht und ihm dann mit Enterbung gedroht. Die Drohung hatte er aber nicht ausgeführt; es schien, als sei das ursprüngliche Testament nicht geändert worden. Wäre es geändert worden, so hätte sich als einziges mutmaßliches Motiv für den Mord der bekannte Rachedurst ergeben, und selbst dem stand die Hoffnung entgegen, von dem Onkel wieder in Gnaden aufgenommen zu werden. Wenn jedoch das Testament unverändert blieb, die Drohung aber beständig über dem Haupt des Neffen schwebte, so ergibt sich sofort der stärkste Antrieb zu einem Verbrechen: und so schlußfolgerten höchst weise auch die würdigen Bürger von Schnatterburg.

Demgemäß wurde Herr Kielfeder auf der Stelle verhaftet, und die Menge begab sich nach etlichen weiteren Nachforschungen auf den Heimweg, wobei sie den Beschuldigten gut bewachte. Unterwegs ereignete sich nun noch ein Umstand, der den schon vorhandenen Verdacht nur bestärken konnte. Herr Guterjung, den der Eifer stets dem Trupp um einige Schritte voraneilen ließ, lief plötzlich vor, bückte sich und schien irgendeinen kleinen Gegenstand vom Grasboden aufzuheben. Man sah, wie er ihn rasch betrachtete und halbwegs den Versuch machte, ihn in der Tasche seines Überrocks verschwinden zu lassen; dieses Vorhaben wurde aber, wie gesagt, bemerkt und verhindert, und der gefundene Gegenstand wurde als ein spanisches Dolchmesser erkannt, von dem wohl ein Dutzend Leute wußten, daß es Herrn Kielfeder gehörte. Überdies waren seine Initialen auf dem Handgriff eingraviert. Die Klinge des Messers stand offen und war blutig.

Nun blieb kein Zweifel mehr an des Neffen Schuld, und sogleich nach Ankunft in Schnatterburg wurde er einem Beamten zur Untersuchung vorgeführt.

Hier nahmen die Dinge wiederum eine höchst ungünstige Wendung. Als der Gefangene befragt wurde, wo er sich am Morgen, als Herr Schützenwerth verschwand, aufgehalten habe, besaß er die volle Kühnheit, einzugestehen, daß er an eben diesem Morgen mit seiner Flinte auf den Anstand gegangen sei, in nächster Nähe jenes Teiches, worin man durch die Umsicht des Herrn Guterjung das blutbefleckte Wams entdeckt hatte.

Dieser trat nun vor und bat mit Tränen in den Augen, verhört zu werden. Er sagte, ein strenges Pflichtbewußtsein gegenüber seinem Schöpfer und seinen Mitmenschen gestatte ihm nicht, noch länger zu schweigen. Bisher habe die aufrichtigste Zuneigung zu dem jungen Mann (ungeachtet der schlechten Behandlung, die dieser ihm, Herrn Guterjung, hätte zuteil werden lassen) ihn veranlaßt, alle nur erdenklichen Hypothesen heranzuziehen, um für die Herrn Kielfeder so sehr nachteiligen Verdachtsmomente eine Widerlegung zu finden; diese Umstände seien jetzt aber allzu überzeugend, allzu belastend; er wolle nicht länger zögern – wolle alles sagen, was er wisse, wenngleich sein (Herrn Guterjungs) Herz zu brechen drohe. Er bekundete nun, daß am Nachmittag vor Herrn Schützenwerths Abreise zur Stadt dieser würdige alte Herr in seiner (Herrn Guterjungs) Hörweite zu seinem Neffen geäußert habe, der Zweck seiner Reise in die Stadt sei der, bei der »Farmers and Mechanics Bank« eine ungewöhnlich große Summe zu deponieren, und gleichzeitig habe genannter Herr Schützenwerth genanntem Neffen deutlich seinen unabänderlichen Entschluß zu verstehen gegeben, das ursprüngliche Testament umzustoßen und ihn mit einem Pflichtteil abzufinden. Er (der Zeuge) wandte sich nun an den Angeklagten mit dem feierlichen Ersuchen, zu bekunden, ob das, was er (der Zeuge) soeben ausgesagt habe, in allen wesentlichen Einzelheiten die Wahrheit sei oder nicht. Zum großen Erstaunen aller Anwesenden gab Herr Kielfeder offen zu, es sei die Wahrheit.

Der Beamte hielt es nun für seine Pflicht, ein paar Polizisten mit einer Durchsuchung des Zimmers zu beauftragen, das der Angeklagte im Hause seines Onkels innegehabt hatte. Von dieser Haussuchung kehrten sie fast auf der Stelle mit der wohlbekannten metallbeschlagenen Brieftasche aus rotbraunem Leder zurück, die der alte Herr seit Jahren gewohnheitsmäßig bei sich trug. Ihr Wertinhalt war jedoch verschwunden, und der Untersuchungsrichter bemühte sich vergebens, dem Angeklagten ein Geständnis zu entlocken, was er mit ihm angefangen oder wo er ihn verborgen habe. Ja, er leugnete hartnäckig, irgend etwas darüber zu wissen. Die Polizisten hatten ferner zwischen Bettzeug und Matratze des Unglücklichen ein mit seinen Buchstaben gezeichnetes Hemd und Taschentuch gefunden, beides ekelhaft mit dem Blut des Opfers getränkt.

Gerade jetzt wurde bekanntgegeben, daß das Pferd des Ermordeten soeben im Stall seinen Wunden erlegen sei, und von Herrn Guterjung wurde vorgeschlagen, sogleich eine Post-mortem-Untersuchung an dem Tier vorzunehmen, in der Absicht, wenn möglich die Kugel zu entdecken. Es geschah demgemäß, und wie um die Schuld des Angeklagten ganz außer Frage zu stellen, gelang es Herrn Guterjung nach längerem Suchen, in der Brusthöhle des Tieres eine Kugel von großem Kaliber aufzufinden und herauszuziehen, die, wie ein Versuch ergab, genau in den Lauf von Kielfeders Flinte paßte, aber bei weitem zu groß für jede andre Flinte in unserer Stadt und ihrer Umgebung war. Um die Sache immer gewisser zu machen, fand sich, daß diese Kugel einen Einschnitt oder Nahtstreifen aufwies, der sich zu der üblichen Gußnaht rechtwinklig verhielt, und bei einer Prüfung paßte dieser Nahtstreifen genau auf eine kreisförmige Erhebung in einer der Gußzangen, die der Angeklagte selber als sein Eigentum bezeichnete. Nach Auffindung dieser Kugel weigerte sich der Untersuchungsrichter, noch weitere Zeugen anzuhören, und schickte den Gefangenen sofort in Untersuchungshaft, indem er entschieden ablehnte, ihn gegen Bürgschaft freizugeben, obgleich Herr Guterjung mit Wärme gegen solche Strenge eintrat und sich erbot, in jeder gewünschten Höhe Sicherheit zu leisten. Diese Großmut auf Seiten Karlchens stand völlig im Einklang mit dem ganzen liebenswürdigen und ritterlichen Wesen, das er zur Schau trug, seit er sich in Schnatterburg ansässig gemacht hatte. Im vorliegenden Fall ließ sich der Brave von der Glut seines Mitgefühls so hinreißen, daß er ganz zu vergessen schien, als er sich zum Bürgen für seinen jungen Freund anbot, daß er selbst (Herr Guterjung) auch nicht eines Dollars Wert auf Erden besaß.

Die Folgen der Verhaftung sind leicht vorauszusehen. Herr Kielfeder wurde unter den lauten Verwünschungen aller Schnatterburger bei der nächsten Gerichtssitzung vorgeführt, und die Beweiskette (durch allerlei erschwerende Umstände ergänzt, die Herrn Guterjungs empfindsames Gewissen dem Gerichtshof nicht vorzuenthalten vermochte) wurde so lückenlos und entscheidend befunden, daß die Geschworenen, ohne ihre Plätze verlassen zu haben, sogleich das Urteil fällten: »Des Mordes schuldig, ohne mildernde Umstände.« Bald darauf erhielt der arme Kerl sein Todesurteil und wurde dann dem Landesgefängnis überantwortet, um der unerbittlichen Strenge des Gesetzes entgegenzusehen.

Inzwischen hatte Karlchen Guterjungs edles Benehmen ihn den würdigen Bürgern des Städtchens doppelt wert gemacht. Er wurde noch zehnmal beliebter als bisher, und als natürliche Folge der Gastfreundschaft, die man ihm entgegenbrachte, gab er notgedrungen die äußerst eingeschränkte Lebensweise auf, die zu führen seine Armut ihn bisher gezwungen hatte, und es gab recht häufig kleine Zusammenkünfte bei ihm zu Hause, bei denen Witz und Frohsinn regierten – freilich von der gelegentlichen Erinnerung an das verdrießliche und tragische Geschick gedämpft, das auf dem Neffen des jüngstbeweinten Busenfreundes unseres großzügigen Gastgebers lastete.

Eines Tages wurde der hochherzige alte Herr durch folgenden Brief angenehm überrascht:

»Herrn Charles Guterjung, Hochwohlgeboren.

Sehr geehrter Herr,

in Verfolg eines Auftrags, der unsrer Firma vor ungefähr zwei Monaten durch unsern wohllöblichen Geschäftsfreund, Herrn Barnabas Schützenwerth, erteilt wurde, beehren wir uns, heute an Ihre Adresse eine Doppelkiste Château Margaux Antilopenbrand, violette Kapsel, abgehen zu lassen. Adresse und Nummer der Kiste wie hierneben.

Wir verbleiben, sehr geehrter Herr,
Ihre ganz ergebenen
Faß, Naß, Haß & Co.

P. S. Die Kiste wird als Bahngut einen Tag nach diesem Brief bei Ihnen eintreffen. Unsre Empfehlung an Herrn Schützenwerth.

F. N. H. & Co.

Tatsache ist, daß Herr Guterjung seit dem Tode des Herrn Schützenwerth die Erwartung völlig aufgegeben hatte, den versprochenen

Château Margaux noch zu erhalten, und so erschien ihm das nun als ein Zeichen, daß die Vorsehung ihm verziehen habe. Er war natürlich ungemein entzückt und lud im Überschwang seiner Freude einen großen Bekanntenkreis für den kommenden Tag zu einem »petit souper«, bei welcher Gelegenheit man das Geschenk des guten alten Herrn Schützenwerth anbrechen wollte. Übrigens ließ er, als er die Einladungen vorbrachte, den »guten alten Herrn Schützenwerth« unerwähnt. Wenn ich mich recht erinnere, so sagte er es keiner Seele, daß er den Château Margaux als Geschenk erhalten hatte. Er forderte lediglich seine Freunde auf, bei ihm einen hervorragend guten Wein von köstlichem Aroma zu trinken, den er vor einigen Monaten in der Stadt bestellt habe und der morgen eintreffen werde. Ich mußte mir oft den Kopf zerbrechen, warum »unser Karlchen« nicht sagen wollte, daß er den Wein von seinem alten Freund erhalten hatte, aber ich konnte den Grund für sein Schweigen nie ganz verstehen, wenngleich er ohne Zweifel einen ausgezeichneten und edelmütigen Grund gehabt haben wird.

Der andere Tag kam, und mit ihm fand sich eine sehr große und höchst würdige Gesellschaft im Hause des Herrn Guterjung ein. Ja, die halbe Stadt war da – auch ich gehörte dazu. Zum großen Leidwesen des Hausherrn aber langte der Château Margaux erst in später Stunde an, als dem üppigen, von »unserm Karlchen« spendierten Mahl von den Gästen bereits ausgiebig Ehre angetan worden war. Immerhin, er traf endlich ein – eine ungeheuer große Kiste voll –, und da sich die Gesellschaft in ausgezeichneter Stimmung befand, wurde allgemein beschlossen, die Kiste auf den Tisch zu stellen und sogleich auszupacken.

Kaum gesagt, getan. Ich lieh hilfreiche Hand, und im Nu hatten wir die Kiste auf dem Tisch, mitten zwischen den Flaschen und Gläsern, von denen nicht wenige bei diesem Manöver zerbrachen. »Unser Karlchen«, der schon reichlich angeheitert war und einen ganz roten Kopf hatte, nahm nun mit gespielter Feierlichkeit am obern Ende der Tafel Platz, hieb mit einem Abfüllgefäß wie rasend auf den Tisch und rief die Gesellschaft zur Ordnung, da jetzt »der Schatz zur Auferstehung gebracht werden« solle.

Nach allerlei lautem Gerede herrschte endlich Schweigen, und wie es in ähnlichen Fällen öfter geschieht, war es auf einmal vollkommen und auffällig still. Als man mich nun ersuchte, den Deckel aufzubrechen, tat ich das selbstredend mit »unendlichem Vergnügen«. Ich setze einen Meißel an, und als ich ihm mit einem Hammer einige leichte Schläge gegeben hatte, sprang der Deckel heftig auf, und gleichzeitig schnellte, mit dem Gesicht zum Hausherrn gewandt, der zerschmetterte, blutige, halbverweste Leichnam des ermordeten Herrn Schützenwerth selbst in sitzende Stellung empor. Fest und traurig blickte er mit seinen eingefallenen und gebrochenen Augen dem Herrn Guterjung ins Gesicht, sagte langsam, aber klar und bedeutsam: »Du bist der Mann!«, sank dann befriedigt seitwärts aus der Kiste heraus und streckte seine zitternden Glieder über den Tisch.

Die Szene, die folgte, ist gar nicht zu beschreiben. Alles stürzte wie rasend zu Türen und Fenstern hinaus, und viele der kräftigsten Männer sanken vor Entsetzen glatt in Ohnmacht. Nach dem ersten wilden Entsetzensschrei aber wandten sich aller Augen auf Herrn Guterjung. Wenn ich tausend Jahre lebe, so werde ich nie das tödliche Grauen vergessen, das sich auf seinem eben noch von Stolz und Wein geröteten, jetzt geisterbleichen Antlitz malte. Minutenlang saß er steif da wie ein Marmorbild; seine Augen schienen mit völlig leerem Blick nach innen gerichtet und in Betrachtung seiner eignen Mörderseele versunken. Dann plötzlich glitt sein Blick heraus zu seiner Umgebung, als er mit jähem Satz aufsprang, Kopf und Schultern schwer auf den Tisch fallen ließ, so daß er den Leichnam berührte, und nun wild und hastend ein ausführliches Geständnis des abscheulichen Verbrechens ablegte, um deswillen Herr Kielfeder gegenwärtig in Haft saß und zum Tode verurteilt war.

Was er erzählte, war im wesentlichen dies: Er folgte seinem Opfer bis in die Nähe des Teiches, schoß auf das Pferd mit der Pistole, schlug den Reiter mit dem Pistolengriff nieder, bemächtigte sich seiner Brieftasche und zerrte das Pferd, das er für tot hielt, in die Brombeeren am Weiher. Auf sein eignes Tier warf er den Leichnam des Herrn Schützenwerth und brachte ihn so an einen tief im Wald versteckten sicheren Ort.

Wams, Messer, Brieftasche und Kugel hatte er an ihren Fundorten niederlegt, in der Absicht, sich an Herrn Kielfelder zu rächen.

Auch die Auffindung des blutbefleckten Taschentuchs und Hemdes war von ihm veranlaßt worden.

Als dieser Bericht, bei dem einem das Blut in den Adern gerann, sich seinem Ende näherte, wurden die Worte des verbrecherischen Schurken hohl und stammelnd. Als schließlich alles gesagt war, stand er auf, tastete sich vom Tisch zurück und – fiel tot zu Boden. Die Mittel, mit denen dieses rechtzeitige und wirksame Bekenntnis erzielt wurde, blieben einfach genug. Herrn Guterjungs übertriebner Freimut hatte mich abgestoßen und von Anfang an meinen Verdacht erregt. Ich war dabeigewesen, als Herr Kielfeder ihn niederwarf, und der boshafte Ausdruck, der, wenn auch nur für einen Augenblick, auf seinem Gesicht erschien, gab mir die Gewißheit, daß er seine Rachedrohung wenn möglich in die Tat umsetzen würde. So war ich vorbereitet, die Manöver »unsres Karlchens« in ganz andrem Licht zu sehen als die guten Schnatterburger. Ich bemerkte sofort, daß alle die belastenden Entdeckungen direkt oder indirekt von ihm selbst herrührten. Was mir aber die Augen über den wahren Sachverhalt öffnete, das war die Geschichte mit der von Herrn Guterjung im Kadaver des Pferdes »gefundenen« Kugel. Ich hatte nicht wie die Schnatterburger übersehen, daß sowohl ein Einschuß- als ein Ausschußloch der Kugel vorhanden war. Wenn sie nun, nachdem sie aus dem Körper herausgedrungen war, doch darin gefunden wurde, so sah ich klar, daß sie von dem, der sie fand, hier eingelegt sein mußte. Das blutige Hemd und Taschentuch bestärkten die durch die Kugel geweckte Vermutung, denn das Blut erwies sich bei einer Prüfung als weiter nichts als ausgezeichneter Rotwein. Wenn ich über diese Dinge und die jüngst erwachte Freigebigkeit und Verschwendungssucht des Herrn Guterjung nachdachte, kam mir ein Verdacht, der, wenn ich ihn auch für mich behielt, darum doch nicht weniger stark war.

Inzwischen begann ich eine eifrige private Nachforschung nach der Leiche des Herrn Schützenwerth und suchte aus guten Gründen in Gegenden, die möglichst weit ablagen von denen, in die Herr Guterjung die Gesellschaft geführt hatte. Dadurch entdeckte ich nach einigen Tagen eine alte versiegte Quelle, die fast ganz in Brombeergesträuch verborgen lag, und hier fand ich, was ich suchte.

Nun hatte ich seinerzeit zufällig die Unterredung der beiden Zechgenossen angehört, bei der Herr Guterjung seinem Gastgeber das

Versprechen auf eine Kiste Château Margaux herauszulocken wußte. Diesem Fingerzeig folgte ich. Ich beschaffte mir eine steife Stange Fischbein, stieß sie der Leiche in den Schlund hinab, die ich dann in eine leere Weinkiste legte – indem ich den Körper so zusammenbog, daß das Fischbein ebenfalls zusammengebogen wurde. Auf die Art mußte ich den Kistendeckel mit aller Gewalt herunterdrücken, während ich die Nägel einschlug, und ich sagte mir natürlich, sobald man den Deckel lockerte, würde er ab- und der Körper emporschnellen.

Nachdem ich die Kiste so hergerichtet hatte, versah ich sie mit Zeichen und Nummer und adressierte sie wie vorerwähnt. Dann schrieb ich im Namen der Weinhandlung, zu der Herr Schützenwerth Geschäftsbeziehungen hatte, einen Brief und gab meinem Diener den Auftrag, die Kiste auf ein gegebenes Zeichen von mir in einem Schubkarren vor Herrn Guterjungs Tür zu fahren. Für die Worte, die ich der Leiche in den Mund zu legen gedachte, verließ ich mich vertrauensvoll auf meine Bauchrednerkünste, ihre Wirkung garantierte mir das schlechte Gewissen des mörderischen Schurken.

Ich glaube, weiter ist nichts zu erklären. Herr Kielfeder wurde auf der Stelle freigelassen, erbte das Vermögen seines Onkels, zog aus den Erfahrungen seinen Nutzen, besserte sich und führte von nun an ein neues, glückliches Leben.

Das Fass Amontillado

Alle die tausend kränkenden Reden Fortunatos ertrug ich, so gut ich konnte, als er aber Beleidigungen und Beschimpfungen wagte, schwor ich ihm Rache. Ihr werdet doch nicht annehmen – ihr, die ihr so gut das Wesen meiner Seele kennt –, daß ich eine Drohung laut werden ließ. Einmal würde ich gerächt sein! Aber die Bestimmtheit, mit der ich meinen Entschluß faßte, verbot mir alles, was mein Vorhaben gefährden konnte. Ein Unrecht ist nicht bestraft, wenn den Rächer Vergeltung trifft für seine Rachetat; es ist auch nicht bestraft, wenn es dem Rächer nicht gelingt, sich als solcher seinem Opfer zu zeigen.

Es muß vorausgeschickt werden, daß ich Fortunato weder mit Wort noch Tat Grund gab, meine gute Gesinnung anzuzweifeln. Ich fuhr fort, liebenswürdig zu ihm zu sein, und er gewahrte nicht, daß mein Lächeln jetzt dem Gedanken seiner Vernichtung galt.

Er hatte eine Schwäche, dieser Fortunato – obschon er in anderer Hinsicht ein geachteter und sogar gefürchteter Mann war. Er brüstete sich damit, daß er ein Weinkenner sei. Nur wenige Italiener besitzen den wahren Kunstverstand. Sie begeistern sich meist nur für eine einzige Sache: für betrügerische Manipulationen gegenüber britischen und österreichischen Millionären. In der Beurteilung von Bildern und Edelsteinen war Fortunato, gleich seinen Landsleuten, ein unwissender Prahlhans, in bezug auf alte Weine aber hatte er ein ehrliches und sicheres Urteil. Hierin stand ich selbst ihm kaum nach; ich kannte den italienischen Wein gut und kaufte viel, sooft sich mir günstige Gelegenheit bot.

Es war in der tollen Karnevalszeit, als ich an einem dämmerigen Abend meinem Freunde begegnete. Er begrüßte mich mit übertriebener Wärme, denn er hatte viel getrunken. Der Mann war maskiert. Er trug ein enganliegendes, zur Hälfte gestreiftes Gewand, und auf seinem Kopfe erhob sich die konisch geformte Narrenkappe. Ich freute mich so sehr, ihn zu sehen, daß ich gar kein Ende finden konnte, ihm die Hand zu schütteln.

Ich sagte zu ihm: »Mein lieber Fortunato, es freut mich, dich zu treffen. Wie prächtig du heute aussiehst – außerordentlich wohl!

Doch höre: ich habe ein Faß Wein bekommen, das für Amontillado gilt, und ich habe meine Zweifel.«

»Wie?« sagte er, »Amontillado? Ein Faß? Unmöglich? Und mitten im Karneval?«

»Ich habe meine Zweifel«, erwiderte ich. »Und ich war töricht genug, den vollen Amontillado-Preis zu zahlen, ohne dich erst zu Rate zu ziehen. Du warst nicht zu finden, und ich fürchtete, durch eine Verzögerung den ganzen Handel zu verlieren.«

»Amontillado!«

»Ich habe meine Zweifel.«

»Amontillado!«

»Und ich muß sie zum Schweigen bringen.«

»Amontillado!«

»Da du beschäftigt bist, werde ich Luchesi aufsuchen. Wenn einer ein kritisches Urteil hat, ist er es. Er wird mir sagen –«

»Luchesi kann Amontillado nicht von Sherry unterscheiden!«

»Und doch behaupten so ein paar Narren, daß sein Weinverstand dem deinigen gleichkomme.«

»Komm, laß uns gehen.«

»Wohin?«

»In deine Kellereien.«

»Nein, mein Freund; ich will nicht deine Gutmütigkeit ausnützen. Ich sehe, du bist beschäftigt. Luchesi –«

»Ich bin nicht beschäftigt, komm!«

»Lieber Freund, nein! Es ist ja nicht nur das, daß du etwas anderes vorhattest; du bist ernstlich erkältet. Die Kellergewölbe sind unerträglich feucht. Sie haben eine Salpeterkruste angesetzt.«

»Laß uns trotzdem gehen! Die Erkältung ist nicht der Rede wert. Amontillado! Man hat dich betrogen; und Luchesi – der kann Sherry von Amontillado nicht unterscheiden.«

Mit diesen Worten hing Fortunato sich in meinen Arm. Ich nahm eine schwarze Seidenmaske vors Gesicht, hüllte mich dicht in meinen Mantel und ließ es geschehen, daß mein Freund mich eilends zu meinem Palazzo geleitete.

Die Dienerschaft war nicht zu Hause; der Karneval hatte sie hinausgelockt. Ich hatte den Leuten gesagt, daß ich nicht vor dem nächsten Morgen heimkommen würde, und ihnen streng verboten, sich aus dem Hause zu rühren. Ich wußte, daß dies genügte, damit alle zusammen, sobald ich den Rücken wandte, davonliefen.

Ich nahm zwei Fackeln aus den Ringen an der Wand, gab Fortunato eine davon und komplimentierte ihn durch mehrere Zimmerreihen in den Bogengang, der zu den Gewölben führte. Ich schritt eine lange, gewundene Treppe hinab und bat ihn, mir vorsichtig zu folgen. Endlich kamen wir unten an und standen zusammen in der feuchten Tiefe der Katakomben der Montresors.

Der Gang meines Freundes war unsicher, und die Schellen an seiner Kappe klingelten bei seinen Schritten.

»Das Faß!« sagte er.

»Das ist weiter hinten«, antwortete ich. »Siehst du das weiße Gewebe, das da ringsum von den Kellermauern leuchtet?«

Er wandte sich mir zu und sah mir in die Augen. Seine Blicke waren feucht von Schnupfen und Trunkenheit.

»Salpeter?« fragte er schließlich.

»Salpeter«, erwiderte ich. »Wie lange hast du schon diesen Husten?«

Er hustete, hustete, hustete. Mein armer Freund konnte minutenlang keine Antwort geben.

»Es ist nichts«, erwiderte er dann.

»Komm,« sagte ich sehr bestimmt, »wir wollen umkehren; deine Gesundheit ist kostbar. Du bist reich, geachtet, bewundert, geliebt; du bist glücklich, wie ich einst war. Du würdest eine Lücke hinterlassen. Um mich ist es nicht schade. Wir wollen umkehren! Du wirst krank werden, und ich kann das nicht verantworten. Übrigens kann ja Luchesi –«

»Genug!« sagte er. »Der Husten ist ganz belanglos; er wird mich nicht umbringen. Ich werde nicht an meinem Husten zugrunde gehen.«

»Wahr – wahr«, erwiderte ich. »Wirklich, ich hatte nicht die Absicht, dich unnötig zu beunruhigen – aber du solltest die Vorsicht nicht außer acht lassen. Ein Schluck Medoc wird uns vor der Einwirkung der Dünste schützen.«

Bei diesen Worten zog ich aus einer langen Flaschenreihe, die längs der Mauer auf der Erde lag, eine Flasche hervor und schlug ihr den Hals ab.

»Trink«, sagte ich und bot ihm den Wein. Er setzte ihn an die Lippen. Er hielt inne und nickte mir vertraulich zu; seine Glöckchen klingelten.

»Ich trinke«, sagte er, »auf die Toten, die hier ruhen.«

»Und ich auf dein langes Leben!«

Er nahm von neuem meinen Arm, und wir gingen weiter.

»Diese Gewölbe«, sagte er, »sind weitläufig.«

»Die Montresors«, erwiderte ich, »waren eine große und zahlreiche Familie.«

»Ich vergaß dein Wappenzeichen.«

»Ein riesiger goldener Fuß in blauem Felde; der Fuß zertritt eine sich bäumende Schlange, deren Zähne ihm in der Ferse sitzen.«

»Und das Motto?«

»Nemo me impune lacessit.«

»Gut!« sagte er.

Der Wein flackerte aus seinen Augen, und die Glöckchen klingelten. Auch mir stieg der Medoc zu Kopfe. Wir waren an einer ganzen Reihe aufgestapelter Skelette und Fässer vorbei bis in den entferntesten Teil der Katakomben gelangt. Ich blieb wieder stehen, und diesmal wagte ich es, Fortunato am Arm zu rütteln.

»Der Salpeter!« sagte ich. »Sieh, wie es immer mehr wird. Er hängt an den Wölbungen wie Moos. Wir sind unter dem Flußbett. Die Nässe tropft durch die Skelette. Komm, wir wollen umkehren, ehe es zu spät ist. Dein Husten –«

»Nicht der Rede wert,« sagte er; »laß uns weitergehen. Vorher aber – noch einen Schluck Medoc.«

Ich schlug einer Flasche de Grave den Hals ab und reichte sie ihm. Er leerte sie mit einem Zug. In seinen Augen flackerte ein wildes Licht. Er lachte und warf die Flasche mit einer seltsamen Bewegung zur Decke – einer Geste, die ich nicht verstand.

Ich sah ihn verwundert an. Er wiederholte die absonderliche Geste.

»Du verstehst nicht?« fragte er.

»Nicht im geringsten«, antwortete ich.

»Du gehörst nicht zur Bruderschaft!«

»Wie?«

»Du bist kein Maurer.«

»Ja, ja«, sagte ich. »Jawohl, ja.«

»Du? Unmöglich! Ein Maurer?«

»Ein Maurer«, antwortete ich.

»Ein Zeichen!« sagte er.

»Hier ist es«, erwiderte ich, aus den Falten meines Überwurfs eine Maurerkelle hervorziehend.

»Du spaßest«, rief er aus und wich von mir zurück. »Aber komm weiter zum Amontillado!«

»Gut also«, sagte ich, nahm die Kelle wieder unter den Mantel und bot ihm den Arm. Er lehnte sich schwer darauf. Wir setzten unseren Weg fort. Wir gingen durch mehrere niedere Bogengänge, gingen hinab, hinauf und wieder hinab und betraten nun eine tiefe Gruft, wo die Luft so modrig war, daß unsere Fackeln nicht mehr flammten, sondern nur noch schwelten.

Am entlegensten Ende der Gruft kam eine andere, kleinere zum Vorschein. An ihren Wänden waren bis zur Decke hinauf Menschenknochen aufgestapelt gewesen, ähnlich wie in den großen Katakomben von Paris. Drei Seiten dieser innersten Gruftkammer waren noch jetzt so geschmückt. Von der vierten waren die Knochen weggeräumt; sie lagen auf dem Boden herum und waren an einer Stelle zu einem Haufen aufgetürmt. Inmitten der so bloßgelegten Mauer bemerkten wir noch eine letzte Höhlung. Sie war etwa vier Fuß tief, drei Fuß breit und sechs bis sieben Fuß hoch. Sie schien nicht zu irgendeinem besonderen Zwecke gemacht worden zu sein, sondern bildete lediglich den Zwischenraum zwischen drei der mächtigen Stützpfeiler, die die Deckenwölbung der Katakomben trugen; ihre Rückwand wurde von einer der massiven Granitmauern gebildet.

Vergeblich hob Fortunato seine trübe Fackel, um in die Tiefe der Höhlung zu spähen. Das schwache Licht gestattete nicht, die Rückwand zu erblicken.

»Geh weiter«, sagte ich. »Hier drin ist der Amontillado. Übrigens könnte Luchesi –«

»Er ist ein Dummkopf«, fiel mir mein Freund ins Wort, während er unsicher vorwärts schritt; ich folgte ihm auf den Fersen. Einen Augenblick später hatte er das Ende der Höhlung erreicht; verdutzt stand er vor der Mauer, die ihm Halt gebot. Und noch einen Augenblick später hatte ich ihn an den Granit gefesselt. In der Mauer befanden sich auf gleicher Höhe und in zwei Fuß Entfernung voneinander zwei Schließhaken; an einem derselben hing eine kurze Kette, am andern ein Vorlegeschloß. Ich warf die Kette um Fortunatos Leib und befestigte sie im Schloß. Das Ganze war nur das Werk weniger Sekunden. Er war zu verblüfft, um Widerstand entgegenzusetzen. Ich zog den Schlüssel ab und trat aus der Nische zurück.

»Streich mit der Hand über die Mauer«, sagte ich. »Du wirst den Salpeter fühlen. Wahrhaftig, es ist bedenklich feucht dadrinnen. Noch einmal: laß dich beschwören, umzukehren! Nein? Dann muß ich dich wirklich verlassen. Aber zuerst muß ich dir noch alle die kleinen Aufmerksamkeiten erweisen, die in meiner Macht stehen.«

»Der Amontillado!« rief mein Freund, der sich von seinem Erstaunen noch nicht erholt hatte.

»Gewiß,« erwiderte ich; »der Amontillado.«

Bei diesen Worten machte ich mir am Knochenhaufen zu schaffen, von dem ich vorhin gesprochen habe. Ich warf die Knochen beiseite und legte bald eine Anzahl Bausteine und ein Häufchen Mörtel bloß. Mit diesen Materialien und mit Hilfe der Maurerkelle begann ich, eilig den Eingang der Nische zuzumauern.

Ich hatte kaum die erste Reihe des Mauerwerks errichtet, als ich entdeckte, daß Fortunatos Betrunkenheit sehr nachgelassen hatte. Das erste Anzeichen dafür gab mir ein leiser klagender Schrei, der aus der Tiefe der Höhlung kam. Es war nicht der Schrei eines Betrunkenen. Dann folgte ein langes, eigensinniges Schweigen. Ich mauerte eine zweite Reihe – und eine dritte und vierte; und dann hörte ich das wütende Stoßen und Schwingen an der festgespannten Kette. Das Geräusch dauerte mehrere Minuten, während welcher ich, um besser lauschen zu können, meine Arbeit einstellte und mich auf den Knochenhaufen setzte. Als das hastige Klirren endlich aufhörte, ergriff ich von neuem die Kelle und vollendete ohne Unterbrechung die fünfte, die sechste und die siebente Reihe. Der Wall war nun fast in gleicher Höhe mit meiner Brust. Ich hielt von neuem inne, hob die Fackel über das Mauerwerk und warf damit ein paar schwache Strahlen auf die Gestalt dadrinnen.

Da stieß der Gefesselte plötzlich wilde Schreie aus – viele laute gellende Schreie, die mich zurücktaumeln machten. Einen Augenblick zögerte ich – zitterte ich. Ich zog den Degen und stach damit in das Dunkel der Nische hinein. Doch nach kurzer Überlegung beruhigte ich mich wieder. Ich legte die Hand auf das massige Gemäuer der Katakomben und war befriedigt. Ich trat wieder an meine Mauer. Ich antwortete auf das Geheul des Rufenden. Ich ahmte es nach – verstärkte es – übertönte es. Das tat ich eine Weile, und der Schreier wurde still.

Es war jetzt Mitternacht, und meine Arbeit nahte ihrem Ende. Ich hatte die achte, die neunte und die zehnte Reihe vollendet. Ich hatte einen Teil der elften und letzten Reihe beendet; es blieb nur noch ein einziger Stein einzusetzen und festzumauern. Ich rang mit seinem

Gewicht. Ich hob ihn an seinen Platz, konnte ihm jedoch nicht sogleich seine richtige Lage geben. Jetzt kam aus der Nische ein leises Lachen, das mir die Haare auf dem Kopf zu Berge stehen machte. Dann sprach eine traurige Stimme, die ich nur schwer als die Stimme des edlen Fortunato erkennen konnte. Die Stimme sagte:

»Ha ha ha – he he – wahrhaftig ein guter Spaß, wir werden im Palazzo noch oft darüber lachen – he he he – über unsern Wein – he he he!«

»Den Amontillado!« sagte ich.

»He he he – – he he – ja, den Amontillado. Aber ist es nicht schon spät? Werden sie uns nicht im Palazzo erwarten? Die Lady Fortunato und die andern? Laß uns gehen.«

»Ja,« sagte ich, »laß uns gehen.«

»Bei der Liebe Gottes, Montresor!«

»Ja,« sagte ich, »bei der Liebe Gottes!«

Aber auf diese Worte erwartete ich vergeblich eine Antwort. Ich wurde ungeduldig, ich rief laut:

»Fortunato!«

Keine Antwort.

Ich rief wieder:

»Fortunato!«

Noch keine Antwort.

Ich nahm seine Fackel, stieß sie durch die Öffnung und ließ sie drinnen zu Boden fallen. Als Antwort kam nur ein Klingen der Schellen. Mein Herz wurde schwer – infolge der Moderluft in den Katakomben. Ich beeilte mich, meine Arbeit zu beenden. Ich zwang den letzten Stein in seine richtige Lage. Ich mauerte ihn ein. Gegen das neue Mauerwerk türmte ich den alten Knochenwall auf. Seit einem halben Jahrhundert hat kein Sterblicher ihn angerührt. In pace requiescat!

König Pest

Unter der Regierung des ritterlichen Königs Eduard III. ereignete es sich eines Mitternachts im Oktober, daß zwei Matrosen des Handelsschooners »Frei und Leicht«, der regelmäßig zwischen Sluys und der Themse hin und her fuhr und nun in diesem Fluß vor Anker lag, sich zu ihrem eigenen Erstaunen in der Trinkstube eines Bierhauses der Gemeinde St. Andreas in London sahen – eines Bierhauses, das als Wahrzeichen einen lustigen Matrosen im Schilde führte.

Das dürftig eingerichtete, rauchgeschwärzte Zimmer mit der niedrigen Decke, das auch in allem anderen durchaus den Charakter wahrte, wie er zur damaligen Zeit solchen Lokalen eigen war, schien den sonderbaren Gästen, die in Gruppen herumsaßen, für seine Bestimmung ganz geeignet.

Von diesen Gruppen bildeten unsere zwei Schiffer wohl die interessanteste.

Der eine, der der ältere zu sein schien und den sein Genosse bezeichnenderweise »Bein« nannte, war bei weitem der größere von beiden. Er mochte sechseinhalb Fuß haben, und ein gewohnheitsmäßiges Vornüberbeugen war wohl die notwendige Folge einer so gewaltigen Länge. Dies Zuviel einerseits wurde jedoch durchs anderweitige Zuwenig mehr als ausgeglichen. Er war auffallend mager und hätte, wie seine Kameraden versicherten, als Wimpel an der Mastspitze hängen oder auch als Klüverbaum dienen können. Doch diese und andere ähnliche Scherze hatten anscheinend auf die Lachmuskeln des Matrosen nicht die geringste Wirkung auszuüben vermocht. Mit seinen starken Backenknochen, der großen Hakennase, dem zurücktretenden Kinn, dem hängenden Unterkiefer und den großen hervorquellenden Augen blieb der Ausdruck seines Gesichts allen Neckereien zum Trotz ernst und feierlich – um nicht zu sagen gleichgültig gegen alles.

Der jüngere Seemann war in seiner äußeren Erscheinung das gerade Gegenteil seines Gefährten. Seine Höhe betrug keine vier Fuß. Ein paar stämmige, krumme Beine trugen seine gedrungene, schwerfällige Gestalt, während seine ungewöhnlich kurzen und dicken

Arme, an deren Enden viel zu kleine Fäuste saßen, zu beiden Seiten herabschlenkerten wie die Flossen einer Meerschildkröte. Kleine Augen von unbestimmter Farbe zwinkerten aus einer runden und rosigen Fleischmasse hervor, in der die kurze Nase fast begraben lag; und seine dicke Oberlippe ruhte auf der noch dickeren Unterlippe mit einem Ausdruck großer Selbstgefälligkeit, der noch dadurch erhöht wurde, daß ihr Besitzer die Gewohnheit hatte, sie oft zu lecken. Für seinen langen Freund hatte er offenbar ein Gefühl, bei dem sich Bewunderung und Spott die Wage hielten, und gelegentlich starrte er zu seinem Antlitz auf wie die rot untergehende Sonne zu den Felsenhöhen von Ben Newis.

Die Wanderung dieses würdigen Paares durch die Schenken der Nachbarschaft war gründlich und abenteuerlich gewesen; doch selbst die reichste Quelle versiegt einmal, und so hatten unsere Freunde nun diese letzte Schenke mit leeren Taschen betreten.

Zur Zeit, da diese Geschichte beginnt, saßen Bein und sein Kamerad, Hugo Tarpaulin, am langen Eichentisch in der Mitte der Gaststube mit aufgestützten Ellenbogen da. Sie starrten hinter einer riesigen Kanne voll Starkbier zu den gewichtigen Worten »Hier wird nicht angekreidet« empor, die zu ihrer Verwunderung und Entrüstung über der Türe geschrieben standen – und zwar vermittels eben jenes Minerals, dessen Vorhandensein sie ableugneten. Nicht etwa, daß einer dieser Seebären die Gabe besessen hätte, Geschriebenes entziffern zu können – eine Gabe, die dem gemeinen Volk jener Tage kaum weniger kabbalistisch dünkte als die der Rednerkunst –, aber die Buchstaben waren so seltsam verschnörkelt, hatten eine so bedenklich schiefe Neigung leewärts, daß sie den Schiffern schlechtes Wetter anzuzeigen schienen; sie beschlossen daher, um die bezeichnenden Worte Beins anzuwenden, »Wasser auszupumpen, alle Segel aufzugeien und vor dem Wind zu treiben.«

Nachdem sie also den Rest des Bieres passend untergebracht und die Enden ihres kurzen Kamisols hochgenommen hatten, machten sie einen Ausfall nach der Straße. Wenngleich Tarpaulin zweimal in die Feuerstelle rollte, die er irrtümlich für die Türe hielt, so glückte ihnen schließlich doch die Flucht, und gerade als es halb eins schlug, rannten unsere Helden, zu allen Schandtaten bereit, die dunkle Straße hinunter, die zur Sankt-Andreas-Treppe führte – und hinter ihnen her lief scheltend die Wirtin vom »Lustigen Matrosen«.

Zur Zeit dieser ereignisreichen Geschichte, wie auch Jahre vorher und danach, schallte durch ganz England, besonders aber in der Hauptstadt, der Angstschrei: »Die Pest!« Die Stadt war stark entvölkert – und in den schrecklichen Bezirken an den Ufern der Themse, von wo inmitten enger, dunkler und schmutziger Gassen der Dämon dieser Krankheit, wie es hieß, seinen Ausgang genommen hatte, herrschten in einsamer Größe Grauen und Entsetzen und Aberglaube.

Durch den Machtspruch des Königs war über diese Orte damals der Bann gesprochen und ihr Betreten bei Todesstrafe verboten worden. Doch weder das Gebot des Königs noch die riesigen Schranken, die den Zugang zu diesen Straßen versperrten, noch der Anblick jenes ekelhaften Todes, der mit fast unumstößlicher Gewißheit den Elenden befiel, dem keine Gefahr die Abenteuerlust benahm, schützten die verlassenen Wohnungen vor nächtlichen Beutezügen, die dort nach Eisenteilen und sonstigen zurückgebliebenen Dingen, die irgendwie verwertbar waren, unternommen wurden.

Alljährlich, wenn der Winter kam und die Schranken geöffnet wurden, stellte es sich heraus, daß Schlösser, Riegel und verborgene Gelasse den reichen Vorräten an Wein und Branntwein nur wenig Schutz geboten hatten, die von den Händlern, deren Geschäftsräume in der Nähe lagen, für die Dauer der Verbannung in so unzulänglicher Obhut belassen worden waren.

Doch nur sehr wenige von der erschreckten Bevölkerung glaubten, daß Menschenhände hier am Werk gewesen. Pestgeister, Seuchengespenster und Fieberdämonen waren die volkstümlichen Unglücksbringer; und so blutrünstige Geschichten wurden berichtet, daß dieses ganze verbotene Viertel in Schauer gehüllt war wie in ein Leichentuch, und nicht selten der Plünderer selbst von dem Grausen, das seine Taten erst geweckt hatten, hinweggetrieben wurde, und der ganze große verpönte Stadtteil in Dunkel und Stille der Pest und dem Tode überlassen war.

Eine der gewaltigen Schranken also, die anzeigten, daß der Ort dahinter dem Pestbann unterworfen sei, versperrte plötzlich dem biederen Tarpaulin und seinem Freunde Bein den Weg. Umkehr war ausgeschlossen, und Zeit war nicht zu verlieren, denn die Verfolger waren ihnen dicht auf den Fersen. Einem rechten Seemann ist es ein kleines, solch rauhes Plankenwerk zu überklettern, und in der doppelten Aufregung der Flucht und des Branntweins sprangen sie ohne Zögern in die versperrten Gassen hinab, deren widerliche Winkelgänge sie in trunkenem Lauf mit Schreien und Rufen durchirrten.

Wären sie nicht so bis zur Bewußtlosigkeit betrunken gewesen – ihre taumelnden Füße hätten inmitten dieses Grauens wie gelähmt sein müssen. Die Luft war kalt und neblig. Die Pflastersteine lagen aufgewühlt im hohen fetten Gras. Zusammengestürzte Häuser blockierten die Straßen; ekle, giftige Dünste stiegen auf – und in dem gespenstischen Schein, der selbst um Mitternacht einer feuchten und verseuchten Atmosphäre entsteigt, konnte man in den Winkeln und Gassen und in den fensterlosen Behausungen den Leichnam manch eines nächtlichen Plünderers faulen sehen, den die Seuche mitten bei seinen Räubereien ereilt hatte.

Aber weder diese Bilder noch irgendwelche räumlichen Hindernisse hatten Macht, den Lauf von Männern aufzuhalten, die, von Natur aus tapfer, gerade jetzt von übermütiger Kühnheit und Starkbier überschäumten und in ihrem gegenwärtigen Zustand ohne Zögern in den Rachen des Todes gerannt sein würden. Vorwärts – immer vorwärts stelzte der grimmige Bein, und die trostlose Einöde hallte wider von seinen Schreien, die wie der grausige Schlachtruf der Indianer aufgellten. Und vorwärts – immer vorwärts rollte der dicke Tarpaulin am Rockschoß seines lebhafteren Gefährten und überbot dessen emsige Gesangstätigkeit mit seinem donnergrollenden Baß, der aus den Tiefen seiner gewaltigen Lungen dröhnte.

Sie waren nun offenbar ins innerste Lager der Pest vorgedrungen. Mit jedem taumelnden Schritt wurde ihr Weg widerlicher und grausiger – wurden die Pfade enger und ungangbarer. Riesige Steine und Balken, die von den verrotteten Dächern herabstürzten, ließen durch ihren dumpfen, schweren Fall erkennen, wie hoch die dunklen Häusermassen waren; und da wirkliche Tatkraft dazu gehörte, sich durch die Unrathaufen einen Weg zu bahnen, so geschah es keineswegs selten, daß die Hand ein Skelett oder eine weiche Leichenmasse berührte.

Plötzlich, als die Matrosen gegen das Tor eines hohen, gespenstischen Hauses taumelten und aus der Kehle des aufgeregten Bein ein Ruf, noch schriller als bisher, emporgellte, kam ihnen aus dem Innern Antwort in seltsamen, gelächterähnlichen höllischen Schreien. Wen hätten Töne solcher Art, zu solcher Stunde und an solchem Orte nicht entsetzt? Wem hätten sie nicht das Blut in den Adern erstarren gemacht? Das trunkene Paar aber stürzte kopfüber gegen das Tor, warf es auf und stolperte mit einer Ladung von Flüchen mitten hinein in die Ereignisse.

Der Raum, in dem sie sich befanden, schien der Laden eines Leichenbesorgers zu sein; doch eine offene Falltür, die sich dicht beim Eingang im Boden befand, zeigte dem Blick eine lange Reihe von Weinkellern, die, nach dem gelegentlichen Knall zerplatzender Flaschen zu schließen, mit angemessenem Trinkstoff gut versorgt zu sein schienen. Inmitten des Raumes stand ein Tisch und auf ihm ein riesiges Gefäß mit einer punschähnlichen Flüssigkeit.

Flaschen mit den verschiedensten Weinen und Likören, Kannen, Krüge und Gemäße von jeder Form und Größe waren zahlreich über den Tisch verstreut, um den herum auf Sargböcken eine Gesellschaft von sechs Personen saß. Diese Gesellschaft will ich, so gut es geht, im einzelnen beschreiben.

Der Eingangstüre gegenüber und ein wenig höher als die andern saß eine Persönlichkeit, die der Präsident der Tafelrunde zu sein schien. Die Gestalt war hoch und hager, und Bein war verblüfft, hier jemanden zu finden, der ihn selbst noch überragte. Das Gesicht war gelb wie Safran, doch waren seine Züge, bis auf eine Ausnahme, in keiner Hinsicht so bemerkenswert, um eine Beschreibung zu rechtfertigen. Diese eine Ausnahme war eine ungewöhnlich und grausig hohe Stirn, die aussah wie eine dem natürlichen Kopf aufgesetzte Fleischmütze oder -krone. Der Mund war eingefallen und zu einem gewissen gespenstischen Ausdruck von Leutseligkeit verzogen, und die Augen waren, gleich den Augen aller am Tisch, trüb und starr von Trunkenheit. Der ganze Mann war von Kopf zu Fuß in ein reichbesticktes schwarzsamtenes Bahrtuch gehüllt, das er wie einen spanischen Mantel umgeworfen hatte. Von seinem Kopfe nickten schwarze Trauerfedern, die er mit würdiger und listiger Miene hin und her schwenkte;

und in der rechten Hand hielt er ein mächtiges menschliches Schenkelbein, mit dem er soeben durch Aufschlagen auf den Tisch einen aus dem Kreise zum Singen aufgefordert zu haben schien.

Ihm gegenüber und mit dem Rücken zur Türe saß eine Dame, die ihm an Seltsamkeit kein Jota nachstand. Wenngleich sie ebenso groß war wie er, konnte sie sich nicht über ebensolche unnatürliche Magerkeit beklagen. Sie schien im letzten Stadium der Wassersucht zu sein, und ihr Antlitz glich dem mächtigen Faß voll Oktoberbier, das dicht an ihrer Seite in einer Zimmerecke stand. Ihr Gesicht war unglaublich rund, rot und voll und hatte dieselbe Eigenart oder vielmehr denselben Mangel an Eigenart, den ich schon beim Präsidenten erwähnte, d. h. nur ein einziger Zug in ihrem Gesicht war ausgeprägt genug, um besondere Erwähnung zu verdienen. Übrigens bemerkte der aufmerksame Tarpaulin sofort, daß man von jedem der Anwesenden dasselbe sagen, konnte; jeder schien das Monopol auf eine besondere Eigenart in der Gesichtsbildung zu besitzen. Bei der in Rede stehenden Dame war es der Mund. Er begann am rechten Ohr und schwang sich in einer schauerlich klaffenden Spalte zum linken hinüber, so daß die kurzen Gehänge, mit denen sie die Ohrläppchen geschmückt hatte, fortwährend in die Öffnung tauchten. Sie war jedoch unablässig bemüht, den Mund geschlossen zu halten und würdig auszusehen in ihrem frisch gestärkten und gebügelten Leichenhemd, das mit einer steifen Batistkrause dicht unterm Kinn abschloß.

Zu ihrer Rechten saß eine winzige junge Dame, die sie in ihre Obhut genommen zu haben schien. Dieses zierliche Geschöpf, dessen abgemagerte Finger zitterten, dessen Lippen bleigrau waren und dessen leichenblasse Wangen hektische rote Flecke trugen, machte den unverkennbaren Eindruck, von der galoppierenden Schwindsucht ergriffen zu sein. Dabei war ihre ganze Erscheinung durchaus vornehm; sie trug mit anmutiger Nachlässigkeit ein weites, schönes Sargtuch aus feinstem indischen Schleierleinen; ihr Haar hing in Ringeln auf den Nacken; ihre Lippen umspielte ein sanftes Lächeln; aber ihre Nase – eine lange, dünne, krumme, biegsame und finnige Nase – hing tief über die Unterlippe herab und gab ihrem Antlitz, ungeachtet der zierlichen Weise, mit der ihre Zunge die Nase dann und wann zur Seite schob, einen etwas zweideutigen Ausdruck.

Ihr gegenüber und zur Linken der wassersüchtigen Dame saß ein kleiner, aufgeblasener, keuchender und gichtiger Alter, dessen Wangen wie zwei riesige Blasen voll Portwein auf seinen Schultern ruhten. Mit gekreuzten Armen und einem fest bandagierten Bein, das auf dem Tische lag, hielt er sich anscheinend zu tiefsinnigen Betrachtungen berechtigt. Er war sichtlich stolz auf jeden Zoll seiner persönlichen Erscheinung, schien aber noch größeres Entzücken darin zu finden, die Aufmerksamkeit auf seinen lustigbunten Überrock zu lenken. Dieser mußte ihn nicht wenig Geld gekostet haben und war ihm wie auf den Leib geschnitten – aus einem jener seltsam bestickten Seidenüberzüge, mit denen man in England und auch anderswo, wenn ein Adelsgeschlecht ausgestorben ist, das Wappenschild an seinem Stammsitz zu drapieren pflegt.

Neben ihm und rechts vom Präsidenten saß ein Herr in langen weißen Strümpfen und baumwollenen Hosen. Seine Gestalt schwankte in lächerlicher Weise hin und her, in einem Anfall, den Tarpaulin mit »Katzenjammer« bezeichnete. Seine frischrasierten Kinnbacken waren mit einer Musselinbinde fest hinaufgebunden; und seine Arme waren auf ähnliche Weise an den Handgelenken gefesselt, so daß er den Getränken auf dem Tisch nicht allzu kräftig zusprechen konnte – eine Vorsichtsmaßregel, die nach Ansicht von Bein durchaus angemessen war, so versoffen war sein Antlitz. Ein paar gewaltige Ohren, die beim besten Willen nicht verborgen werden konnten, türmten sich in den Raum empor und zuckten jedesmal krampfhaft zusammen, wenn ein neuer Pfropfen knallte.

Ihm gegenüber, als Sechster und Letzter, befand sich einer in sehr steifer Haltung, der – gelähmt wie er war – sich in seiner unbequemen Kleidung wenig behaglich gefühlt haben muß. Er war recht unangemessen mit einem neuen und hübschen Mahagonisarg bekleidet, dessen Kopfende dem Träger den Schädel drückte und in Art einer Haube darüber hinausragte, was dem ganzen Antlitz einen unbeschreiblichen Reiz verlieh. In die Seiten des Sarges waren nicht sowohl aus Schönheitsgründen als zur Bequemlichkeit Armlöcher eingeschnitten; nichtsdestoweniger aber verhinderte das Kleid seinen Besitzer, so aufrecht dazusitzen wie seine Gefährten; und wie er so in einem Winkel von fünfundvierzig Grad sich rückwärts an seine Bahre lehnte, verdrehten ein Paar ungeheurer gestielter Augen ihr grauenhaftes Weiß zur Decke – in höchster Verblüffung über ihre eigene Riesenhaftigkeit.

Vor jedem aus der Tafelrunde lag ein Schädel, der als Trinkbecher diente. Über dem Tisch hing ein menschliches Skelett, dessen eines Bein vermittels eines Stricks an einem Haken in der Decke befestigt war. Das andere Bein stand in rechtem Winkel vom Rumpfe ab und veranlaßte, daß das ganze leichte und klappernde Gestell bei jedem launischen Windstoß, der hereinirrte, herumwirbelte. In der Schädelhöhle dieses widerlichen Dinges lag eine Anzahl glühender Kohlen, die die ganze Szenerie feurig beleuchteten, indes Särge und andere zum Laden eines Leichenbesorgers gehörigen Gegenstände an Wänden und Fenstern aufgestapelt lehnten und verhinderten, daß etwa ein Lichtstrahl auf die Straße dringe.

Beim Anblick dieser merkwürdigen Versammlung und ihrer noch merkwürdigeren Geräte bewiesen unsere Seeleute nicht gerade jenen Anstand, den man hier erwartet zu haben schien. Bein lehnte sich, da wo er stand, an die Wand, ließ seinen Unterkiefer noch tiefer als gewöhnlich hängen und sperrte die Augen auf, so weit er konnte, indessen Hugo Tarpaulin sich in die Knie beugte, bis seine Nase in gleicher Höhe mit dem Tische war, die Fäuste auf die Knie stemmte und in ein langes und geräuschvolles, höchst unziemliches Gelächter ausbrach.

Der lange Präsident aber, durch dieses ungezogene Benehmen keineswegs beleidigt, lächelte die Eintretenden liebenswürdig an – nickte ihnen mit seinem Kopf voll Trauerfedern zu – stand auf, nahm jeden von ihnen beim Arm und führte ihn zu einem Sitz, den ein anderer der Versammelten inzwischen für ihn bereitgestellt hatte. Bein ließ alles dies widerstandslos mit sich geschehen und nahm dort Platz, wo man ihn hingeführt hatte; der galante Hugo aber ergriff das Sarggestell, das man ihm am Kopfende des Tisches zugewiesen hatte, und rückte es neben die schwindsüchtige junge Dame in dem Sargtuch aus indischem Schleierleinen. Hier an ihrer Seite ließ er sich fröhlich nieder, goß sich einen Schädelbecher voll Rotwein ein und leerte ihn auf ihre Gesundheit. Diese Vermessenheit aber empörte den steifen Herrn im Sarg aufs höchste, und es hätte leicht zu ernsten Folgen kommen können, wenn nicht der Präsident mit seinem Schenkelbein auf den Tisch gehauen und die Aufmerksamkeit der Anwesenden für die folgende Rede in Anspruch genommen hätte:

»Es wird uns zur Pflicht, das gegenwärtige fröhliche Ereignis –«

»Halt da!« unterbrach ihn Bein mit ernster Miene, »halt da, sage ich, und meldet mal erst, wer zum Teufel ihr eigentlich seid und was ihr hier zu tun habt! Ihr seht ja aus wie leibhaftige Teufelsbraten! Wie kommt ihr dazu, den Wein zu mausen, den mein ehrenwerter Schiffskamerad, Will Wimble, der Leichenbesorger, sich für den Winter aufgestaut hatte?«

Bei diesem unverzeihlich rüden Benehmen sprang die ganze Gesellschaft entrüstet auf und stieß dieselben höllischen Schreie aus, die zuvor die beiden Seeleute hereingelockt hatten. Der Präsident gewann als erster seine Fassung wieder, wandte sich mit großer Würde zu Bein und begann von neuem:

»Wir sind gern bereit, eine angebrachte Neugier von seiten so vornehmer Gäste, so ungebeten sie auch sein mögen, zu befriedigen. So wißt denn, daß in diesem Reich hier ich der Herrscher bin und mit unumschränkter Gewalt regiere unter dem Titel: König Pest der Erste.

Dieser Raum, den ihr profanerweise als den Laden von Will Wimble, Leichenbesorger, bezeichnet – ein Mann, den ich gar nicht kenne und dessen plebejischer Name mein königliches Ohr noch nie verletzte – dieser Raum, sage ich, ist der Thronsaal unseres Palastes, in dem wir das Wohl des Landes beraten und bei sonstigen heiligen und wichtigen Anlässen zusammenkommen.

Die edle Dame mir gegenüber ist Königin Pest, Unsere durchlauchtigste Gemahlin. Die anderen erhabenen Anwesenden gehören alle zu Unserer Familie und tragen die Abzeichen königlicher Herkunft nebst den respektiven Titeln: Seine Gnaden der Erzherzog Pestherd – Seine Gnaden der Herzog Pestilenz – Seine Gnaden der Herzog Daßdichdiepest – und Ihre Durchlaucht die Erzherzogin Ana-Pest.

Was eure Frage anlangt,« fuhr er fort, »aus welchem Grunde wir hier zu Rate sitzen, so werdet ihr verzeihen, wenn wir entgegnen, daß es sich – und zwar ausschließlich – um Unsere eigenen königlichen Interessen handelt, die für niemanden sonst von Wichtigkeit sind. In

Anbetracht der Rechte aber, auf die ihr als Fremde und als unsere Gäste Anspruch erheben könnt, wollen wir noch hinzufügen, daß wir nach vorangegangenen gründlichen Nachforschungen und Erkundigungen heute nacht hier sind, um dem besonderen Geist – der unbegreiflichen Art und Eigenschaft – dieser köstlichen Gaumenlatzung: der Weine, Biere und Liköre Unserer trefflichen Hauptstadt nachzugehen, ihn zu analysieren. Damit folgen wir weniger Unseren eigenen Wünschen, vielmehr dienen wir hiermit der Wohlfahrt jenes unirdischen Herrschers, der uns alle regiert, dessen Reich keine Grenzen kennt und dessen Name ›Tod‹ ist.«

»Dessen Name David Jones ist!« ließ sich Tarpaulin vernehmen, seiner Dame einen Schädel voll Likör reichend und sich dann selber eingießend.

»Gemeiner Bube!« wandte sich nun der Präsident an Hugo, »gemeiner, niederträchtiger Schurke! – Wir haben ausgesprochen, daß in Anbetracht der Gastrechte, die wir selbst deiner elenden Person zugestehen, wir Uns herablassen wollten, deine ungezogenen und ungelegenen Fragen zu beantworten. Dessenungeachtet halten Wir es für unsere Pflicht, euer unheiliges Eindringen in unsere Ratssitzung mit einer Buße zu belegen und verurteilen daher dich und deinen Spießgesellen zu je einer Gallone Wacholderschnaps, den ihr auf die gedeihliche Entwicklung Unseres Königreichs auf einen Zug und mit gebeugtem Knie hinunterzugießen habt. Dann soll es euch freistehn, eure Wege weiterzugehn oder zu bleiben und an den Privilegien Unserer Tafelrunde teilzunehmen – je nachdem es euch Vergnügen macht.«

»Es ist ein Ding der Unmöglichkeit,« entgegnete Bein, dem das würdige Auftreten des Königs Pest I. offenbar Respekt einflößte und der sich erhoben hatte und aufgestützt am Tische stand, – »Majestät halten zu Gnaden, es ist ein Ding der Unmöglichkeit, in meinen Raum auch nur ein Viertelmaß jenes Likörs zu verstauen, den Eure Majestät soeben erwähnten. Nicht nur, daß ich am Vormittag an Bord tüchtig Ballast aufgenommen habe und heut Abend in verschiedenen Häfen eine Menge Bier und Schnaps einschiffen ließ – ich habe gegenwärtig eine volle Ladung Starkbier in mir, die ich im ›Lustigen Matrosen‹ gegen Barzahlung eingenommen habe. Eure Majestät wollen daher so gnädig sein, den Willen für die Tat zu nehmen – denn nichts kann mich dazu bringen, noch einen Tropfen zu schlucken – am allerwenigsten einen Tropfen jenes höllischen Schlagwassers, das auf den Namen ›Wacholderschnaps‹ hört.«

»Heh, stopp!« unterbrach ihn Tarpaulin, nicht weniger erstaunt über die Länge dieser Rede als über ihren abweisenden Inhalt – »heh, stopp! du Flegel! – Ich sage dir, Bein, kein solches Geschlabber mehr! Mein Laderaum ist noch leer, wennschon ich zugebe, daß du selber ein wenig betrunken bist; und was deinen Teil an der Ladung anlangt, so würde ich ihn, um Streit zu vermeiden, mitsamt dem meinigen zu verstauen suchen, aber –«

»Ein solches Vorgehen«, fiel der Präsident hier ein, »widerspräche durchaus dem gesetzlichen Machtspruch, der unwiderruflich ist. Die von Uns auferlegte Strafe muß nach dem Buchstaben erfüllt werden – und zwar unverzüglich, andernfalls dekretieren wir, daß man euch Kopf und Füße zusammenbindet und euch als Aufrührer in jenem Oxhoft mit Oktoberbier ersäuft.«

»Ein Rechtsspruch! – Ein Rechtsspruch! – Ein guter und gerechter Rechtsspruch! – Ein glorreiches Wort! – Ein würdiges und aufrechtes Urteil!« – rief die Familie Pest wie aus einem Munde. Der König zog die Stirn in tausend Falten; der gichtige Alte schnaufte wie ein Blasebalg; die Dame mit dem Sargtuch schwenkte ihre Nase hin und her; der Herr in den baumwollenen Hosen spitzte seine langen Ohren; die mit dem Leichenhemd klappte mit ihrem Fischmaul, und der im Sarg hielt sich steif und rollte mit den Augen.

»Hu, hu, hu!« kicherte Tarpaulin, ohne die allgemeine Aufregung zu beachten, »hu, hu, hu! – hu, hu, hu, hu! – hu, hu, hu! – Ich meinte,« sagte er, »ich meinte, als Herr König Pest seine Marlpfrieme dazwischensteckte, ich meinte, was zwei oder drei Gallonen Wacholderschnaps anlange, so sei das eine Kleinigkeit für ein strammes und nicht überlastetes Seeboot wie mich – wenn aber auf das Wohl des Teufels getrunken werden soll und wenn ich bei lebendigem Leibe zu diesem bösen König hinunterfahren soll, von dem ich so gewiß weiß, wie von mir, daß ich ein Sünder bin, daß er kein anderer ist als Tim Hurlygurly, der Schauspieler – ja, das ist denn doch 'ne ganz andere Sache und geht durchaus über mein Verständnis.«

Er konnte seine Rede nicht beenden. Bei Nennung des Namens Tim Hurlygurly sprang die ganze Versammlung von ihren Sitzen.

»Verrat!« brüllte Seine Majestät König Pest der Erste.

»Verrat!« sagte der kleine gichtige Alte.

»Verrat!« kreischte die Erzherzogin Ana-Pest.

»Verrat!« kreischte der Herr mit der aufgebundenen Kinnlade.

»Verrat!« grollte der mit dem Sarg.

»Verrat! Verrat!« rief die Majestät vom großen Maul und packte den unglücklichen Tarpaulin, der sich soeben seinen Trinkschädel neu gefüllt hatte, bei seinem Hosenboden, hob ihn hoch in die Luft und ließ ihn ohne alle Umschweife in die riesige Bütte seines geliebten Starkbieres fallen. Er tauchte auf und nieder wie ein Apfel im Grog und verschwand schließlich im Schaumstrudel, den seine Befreiungsversuche in der ohnedies schäumenden Flüssigkeit hervorgebracht hatten.

Bein aber, der lange Seemann, war nicht gewillt, die Leiden seines Kameraden ruhig mit anzusehen. Er stieß König Pest durch die offene Falltür im Fußboden und warf fluchend die Tür hinter ihm zu. Dann wandte er sich ins Zimmer. Er riß das über dem Tische schaukelnde Skelett herab und schlug damit so gewaltig um sich, daß er beim letzten Schein des verglimmenden Lichtes dem kleinen Mann mit der Gicht die Hirnschale zerschmetterte. Dann stürmte er zu dem verhängnisvollen Oxhoft voll Oktoberbier und Hugo Tarpaulin und stieß es mit aller Macht um. Ein Meer von Flüssigkeit stürzte heraus, so gewaltig – so flutend und brausend –, daß der Raum von einem Ende zum andern überschwemmt war – der vollbeladene Tisch wurde umgeworfen – die Bahren fielen um, die Punschkübel ins Kaminfeuer und die Damen in Schreikrämpfe. Ganze Haufen von Bestattungsgeräten schwammen umher. Kannen und Krüge wogten durcheinander, und Korbflaschen kämpften verzweifelt mit Weiden- und Kürbisflaschen. Der Mann mit dem Katzenjammer ersoff auf der Stelle – der kleine steife Herr schwamm in seinem Sarg davon, und der siegreiche Bein ergriff die dicke Dame im Leichenhemd bei den Hüften, stürmte mit ihr auf die Straße und jagte auf kürzestem Wege zum Ankerplatz der »Frei und Leicht«; hinter ihm drein segelte der furchtbare Hugo Tarpaulin, der, nachdem er zwei- bis dreimal kräftig geniest hatte, mit der Erzherzogin Ana-Pest auf den Armen daherkeuchte.

Schatten

Eine Parabel

Wahrlich, ob ich auch wandele
durch das Tal des Schattens –

Psalm Davids

Du, der Lesende, weilst noch unter den Lebendigen; ich, der Schreibende aber, habe längst meinen Weg ins Reich der Schatten genommen. Denn das ist gewiß, seltsame Dinge werden geschehen und geheime Dinge aufgedeckt werden, und viele Jahrhunderte werden vergehen, ehe diese Aufzeichnungen den Menschen vor Augen kommen. Und unter denen, die sie sehen, werden manche Ungläubige sein und manche Zweifler und dennoch einige wenige, denen die Schriftzeichen, die ich hier mit stählernem Griffel grabe, viel zum Sinnen geben sollen.

Das Jahr war ein Jahr des Schreckens gewesen und der Empfindungen, die noch stärker sind als die Schrecken, für die es auf Erden keinen Namen gibt. Denn viele Zeichen und Wunder waren geschehen, und fern und nah, über Meer und Land, hatten sich die schwarzen Schwingen der Pest ausgespannt.

Für jene aber, die in den Sternen zu lesen wußten, war es ersichtlich, daß die Himmel einen bösen Anblick boten, und mir, dem Griechen Oinos, wurde es gleich andern klar, daß nun die Wende des siebenhundertvierundneunzigsten Jahres gekommen war, da beim Eintritt des Widders der Planet Jupiter vom roten Ring des schrecklichen Saturn umschnitten wird. Wenn ich nicht irre, so äußerte sich der seltsame Geist der Gestirne nicht nur im physischen Lauf der Erde, sondern in der Seele, der Vorstellungs- und Gedankenwelt der Menschen.

Wir saßen nachts, unser sieben, bei einigen Flaschen roten Weines in einer edlen Halle der düsteren Stadt Ptolemais. Und der Raum besaß keinen andern Eingang als durch eine hohe, erzene Pforte; und der Künstler Corinnos hatte die Pforte gebaut, es war ein kunstvolles Stück, das von innen geschlossen wurde.

So hielten auch schwarze Vorhänge dem düsteren Gemach den Anblick des Mondes fern, der fahlen Sterne und menschenleeren Straßen – das Vorgefühl und das Gedenken des Unglücks aber ließen sich nicht so aussperren.

Es gab Dinge um uns her, von denen ich nicht deutlich Rechenschaft geben kann – materielle und geistige Dinge – eine Dichtigkeit der Luft – ein Gefühl des Erstickens – eine Beängstigung – und vor allem den schrecklichen Zustand, den nervöse Menschen durchmachen, wenn die Sinne scharf und wachsam sind, die Macht des Gedankens aber gebannt liegt.

Eine tote Last drückte auf uns. Sie lastete auf unsern Gliedern – auf den Gegenständen im Raum – auf den Bechern, aus denen wir tranken, und alle Dinge wurden schwer davon und bedrückt – alle Dinge, bis auf die Flammen der sieben Lampen aus Erz, die unser Fest beleuchteten. Sich aufreckend zu hohen, schlanken Lichtstreifen, brannten sie bleich und regungslos, und in dem Spiegel, den ihr Glanz auf den runden Ebenholztisch warf, an dem wir saßen, gewahrte jeder von uns die Blässe seines eigenen Angesichts und das unruhige Flackern in den gesenkten Blicken seiner Gefährten.

Dennoch lachten wir und waren fröhlich auf unsre eigne Weise – die hysterisch war, und sangen die Lieder des Anakreon – was Wahnsinn war, und tranken tiefe Züge – obgleich der purpurne Wein uns an Blut gemahnte. Denn da war noch ein Gast in unserm Gemach in Gestalt des jungen Zoilus. Tot und in seiner ganzen Länge lag er da, eingesargt – der Geist und der Dämon der Szene.

Ach! Er nahm keinen Teil an unsrer Lust, nur daß sein Antlitz, von der Seuche verzerrt, und seine Augen, in denen der Tod die Glut der Pest nur halb gelöscht hatte, unsrer Fröhlichkeit ein gewisses Interesse zuzuwenden schienen, wie die Toten es für die Heiterkeit derer, die noch ans Sterben kommen, wohl haben mögen. Doch wenngleich ich, Oinos, fühlte, daß die Blicke des Abgeschiedenen auf mir ruhten, so zwang ich mich dennoch, die Bitterkeit ihres Ausdrucks nicht zu beachten, und standhaft in die Tiefen des ebenholzenen Spiegels spähend, sang ich mit lauter und klangvoller Stimme die Lieder des Sängers aus Teos.

Doch allmählich hörten meine Lieder auf, und ihr Echo, das sich weit hinten in den schwarzen Behängen des Raumes verlor, wurde matt und undeutlich und starb dahin. Und weh! aus den schwarzen Behängen, darin die Töne des Liedes erstarben, kam ein dunkler und unbestimmbarer Schatten hervor – ein Schatten, wie ihn der Mond, wenn er tief am Himmel steht, aus der Gestalt eines Menschen bilden mag; aber es war weder der Schatten eines Menschen noch der Schatten eines Gottes oder irgendeiner vertrauten Sache. Er durchzitterte eine Weile die Vorhänge im Raum und kam schließlich auf der Fläche der erzenen Pforte in voller Sicht zur Ruhe.

Doch der Schatten war flüchtig und formlos und unbestimmt und war keines Menschen und keines Gottes Schatten – nicht eines Gottes der Griechen noch eines Gottes der Chaldäer noch irgendeines ägyptischen Gottes. Und der Schatten ruhte auf der erzenen Pforte und unter dem Bogen des Türgebälks und rührte sich nicht, sprach kein Wort, sondern ließ sich dort nieder und verblieb da. Und das Tor, auf dem der Schatten ruhte, war, wenn ich mich recht erinnere, genau gegenüber den Füßen des eingesargten jungen Zoilus. Wir aber, die sieben dort Versammelten, die wir den Schatten gewahrt hatten, wie er aus den Vorhängen heraustrat, wagten nicht, ihn anzusehen, sondern senkten die Blicke und spähten beständig in die Tiefen des Ebenholzspiegels.

Und endlich wagte ich, Oinos, einige leise Worte und fragte den Schatten nach seiner Herkunft und seinem Namen.

Und der Schatten entgegnete: »Ich bin Schatten, und ich hause bei den Katakomben von Ptolemais und dicht an den düstern Feldern von Helusion, die an die trüben Wasser des Charon grenzen.«

Und dann sprangen wir sieben erschrocken von unsern Sitzen und standen bebend und schaudernd vor Entsetzen: denn die Klänge in der Stimme des Schattens waren nicht die Klänge irgendeines Wesens, und von Silbe zu Silbe die Laute wechselnd, trafen sie dunkel an unser Ohr im unvergeßlichen, vertrauten Tonfall vieler Tausender dahingegangener Freunde.

Das schwatzende Herz

Wahr ist es: nervös, entsetzlich nervös war ich damals und bin es noch. Warum aber müßt ihr durchaus behaupten, daß ich wahnsinnig sei? Mein nervöser Zustand hatte meinen Verstand nicht zerrüttet, sondern ihn geschärft, hatte meine Sinne nicht abgestumpft, sondern wachsamer gemacht. Vor allem hatte sich mein Gehörsinn wunderbar fein entwickelt. Ich hörte alle Dinge im Himmel und auf Erden. Ich hörte viele Dinge in der Hölle. Und das sollte Wahnsinn sein? Hört zu und merkt auf, wie sachlich, wie ruhig ich die ganze Geschichte erzählen kann.

Ich kann nicht sagen, wann der Gedanke mich zum erstenmal überfiel. Er war urplötzlich da und verfolgte mich Tag und Nacht. Ein wichtiges Motiv war nicht vorhanden. Haß war nicht vorhanden. Ich liebte den alten Mann. Er hatte mir nie etwas zuleid getan. Er hatte mir nie eine Kränkung zugefügt. Nach seinem Geld trug ich kein Verlangen. Ich glaube, es war sein Auge. Ja, das war es! Eins seiner Augen glich vollständig dem Auge eines Geiers – ein blasses blaues Auge mit einem Häutchen darüber. Wann immer es mich anblickte, erstarrte mir das Blut. Und so – nach und nach – immer zwingender – setzte sich der Gedanke in mir fest, dem alten Mann das Leben zu nehmen und mich auf diese Weise für immer von dem Auge zu befreien.

Nun merkt wohl auf! Ihr haltet mich für verrückt. Verrückte erwägen nichts. Aber mich hättet ihr sehen sollen! Ihr hättet sehen sollen, wie klug ich vorging – mit wieviel Vorsicht – mit wieviel Umsicht – mit wieviel Heuchelei ich zu Werke ging! Ich war nie freundlicher zu dem alten Mann als während der ganzen Woche, bevor ich ihn umbrachte. Und jede Nacht gegen Mitternacht drückte ich auf seine Türklinke und öffnete die Tür – oh, so leise! Und dann, wenn der Spalt weit genug war, daß ich den Kopf hindurchstecken konnte, hielt ich eine verdunkelte, ganz geschlossene Laterne ins Zimmer; sie war ganz geschlossen, so daß kein Lichtschein herausdrang. Und dann folgte mein Kopf. Oh, ihr hättet gelacht, wenn ihr gesehen hättet, wie geschickt ich ihn vorstreckte! Ich bewegte ihn ganz langsam vorwärts, um nicht den Schlaf des alten Mannes zu stören. Ich brauchte eine Stunde dazu, den Kopf so weit durch die Öffnung zu schieben, daß ich den Alten in seinem Bette sehen konnte. Ha! wäre ein Wahnsinniger wohl so weise vorgegangen? Und dann, wenn ich meinen Kopf glücklich im Zimmer hatte, öffnete ich vorsichtig die Laterne – oh, so vorsichtig! Ganz sachte, denn die Scharniere kreischten, öffnete ich sie so weit, daß ein einziger feiner Strahl auf das Geierauge fiel. Und das tat ich sieben Nächte lang, jede Nacht gerade um Mitternacht. Aber ich fand das Auge immer geschlossen, und so war es unmöglich, das Werk zu vollenden; denn es war nicht der alte Mann, der mich ärgerte, sondern sein Scheelauge. Und jeden Morgen, wenn der Tag anbrach, ging ich kühn zu ihm hinein und sprach mit ihm. Ich nannte ihn munter und herzlich beim Namen und fragte ihn, ob er eine gute Nacht verbracht habe. Ihr seht also, er hätte wirklich ein sehr schlauer Mann sein müssen, um zu vermuten, daß ich allnächtlich um zwölf Uhr, während er schlief, zu ihm hereinsah.

In der achten Nacht ging ich beim Öffnen der Tür mit ganz besonderer Vorsicht zu Werke. Der Minutenzeiger einer Uhr rückt gewiß schneller voran, als damals meine Hand. Niemals vor dieser Nacht hatte ich die Größe meiner Macht, meines Scharfsinns so gefühlt. Ich konnte kaum meinen Triumph unterdrücken. Da war ich nun hier und öffnete ganz sacht, ganz allmählich die Tür – und ihm träumte nicht einmal von meinem geheimen Tun und Denken. Ich kicherte bei diesem Gedanken, und vielleicht hörte er mich, denn er rührte sich – wie erschreckt. Jetzt könntet ihr denken, ich sei zurückgefahren. Aber nein! Sein Zimmer war ganz dunkel, denn er hatte die Fensterladen aus Furcht vor Einbrechern fest geschlossen; es war pechschwarz. Und ich wußte also, daß er das Öffnen der Tür nicht sehen konnte, und ich fuhr fort, sie langsam, langsam aufzumachen.

Ich war mit dem Kopf im Zimmer und machte mich daran, die Laterne zu öffnen; da glitt mein Daumen an dem Blechverschluß ab, und der alte Mann schrak im Bett empor und schrie: »Wer ist da?«

Ich verhielt mich ganz still und sagte nichts. Eine volle Stunde lang rührte ich kein Glied, und in dieser ganzen Zeit hörte ich nicht, daß er sich wieder niederlegte. Er saß noch aufrecht im Bett und horchte – gerade so, wie ich Nacht um Nacht auf das Ticken der Totenuhren an den Stubenwänden gehorcht habe.

Da hörte ich ein leises Ächzen, und ich wußte, das war das Ächzen tödlichen Entsetzens. So stöhnte nicht Schmerz und nicht Kummer – o nein! es war das Grauen! Das war der dumpfe, erstickte Laut, der aus den Tiefen der Seele kommt, wenn das Grauen sie gepackt hält. Ich kannte diesen Laut gut. In mancher Nacht, wenn alle Welt schlief, in mancher Mitternacht war er aus meiner eigenen Brust heraufgequollen und hatte mit seinem schrecklichen Klang das Entsetzen, das mich von Sinnen brachte, noch vermehrt.

Ich sage, ich kannte diesen ächzenden Laut gut. Ich wußte, was der alte Mann fühlte, und ich bemitleidete ihn, obschon ich innerlich kicherte. Ich wußte, daß er wach gelegen, schon seit dem ersten schwachen Geräusch, das ihn aufgeschreckt hatte. Seitdem war seine Angst von Minute zu Minute gewachsen. Er hatte versucht, sie als grundlos anzusehen, aber es gelang ihm nicht. Er hatte sich gesagt: »Es ist weiter nichts als der Wind im Schornstein«, oder: »Es ist nur eine Maus, die durchs Zimmer läuft«, oder: »Es ist nur eine Grille, die ein einziges Mal gezirpt hat.« Ja, er hatte versucht, sich mit diesen Vermutungen zu beruhigen; aber es war alles vergebens gewesen. Alles vergebens, weil der nahende Tod schon vor ihn hingetreten war und sein Opfer mit schwarzem Schatten umhüllte. Und die dunkle Gewalt des unsichtbaren Schattens war es, die ihn – obschon er weder sah noch hörte – fühlen ließ, daß mein Kopf im Zimmer war.

Nachdem ich lange Zeit sehr geduldig gewartet hatte, ohne doch zu hören, daß er sich wieder niederlegte, beschloß ich endlich, einen kleinen – einen winzig kleinen Spalt der Laterne zu öffnen. Ich begann also – ihr könnt euch gar nicht vorstellen, wie bedachtsam, wie leise – die Laterne zu öffnen, bis schließlich ein einziger matter, spinnfadenfeiner Strahl herausdrang und auf das Geierauge fiel.

Es war offen, weit offen, und ich wurde rasend, als ich daraufhin starrte. Ich sah es mit vollkommener Deutlichkeit: nichts als ein stumpfes Blau mit einem ekelhaften Schleier darüber. Ich erschauerte bis ins Mark. Aber ich konnte von des alten Mannes Gesicht und Gestalt nichts weiter sehen, denn ich hatte den Strahl wie instinktiv ganz genau auf die verfluchte Stelle gerichtet.

Und nun – habe ich euch nicht gesagt, daß das, was ihr für Wahnsinn haltet, nur eine Überfeinerung der Sinne ist? – nun, sage ich, vernahm mein Ohr ein leises, dumpfes, schnelles Geräusch, ein Geräusch wie das Ticken einer Uhr, die man mit einem Tuch umwickelt hat. Auch diesen Laut kannte ich gut. Es war des alten Mannes Herz, das so schlug. Es steigerte meine Wut, wie das Schlagen einer Trommel den Soldaten zu mutigerem Vorgehen anreizt.

Aber selbst jetzt bezwang ich mich und blieb still. Ich atmete kaum. Ich hielt die Laterne regungslos. Ich versuchte den Strahl so beständig wie möglich auf das Auge zu heften. Inzwischen steigerte sich das höllische Trommeln des Herzens. Es wurde jede Minute schneller und schneller und lauter und lauter. Das Entsetzen des alten Mannes muß furchtbar gewesen sein. Das Klopfen wurde lauter, sage ich, lauter von Minute zu Minute! – Hört ihr mich wohl? Ich habe euch gesagt, daß ich nervös sei, und das bin ich. Und nun, in so toter Nachtstunde, in diesem alten Hause, das so grauenhaft schweigsam war, erweckte dies eine seltsame Geräusch in mir ein maßloses Entsetzen. Doch noch einige Minuten länger bezwang ich mich und stand still. Aber das Klopfen wurde lauter und lauter! Ich dachte, das Herz müsse zerspringen. Und nun faßte mich eine neue Angst: das Geräusch könnte von einem Nachbarn vernommen werden!

Da war des Alten Stunde gekommen! Mit einem lauten Geheul riß ich die Blendlaterne auf und sprang ins Zimmer. Er schrie auf – nur ein einziges Mal! Im Augenblick zerrte ich ihn auf den Boden hinunter und zog das schwere Federbett über ihn. Dann lächelte ich, froh, die Tat so weit vollbracht zu sehen. Aber noch viele Minuten hörte ich den erstickten Laut des klopfenden Herzens. Das kümmerte mich jedoch nicht. Das konnte nicht durch die Wände hindurch gehört werden. Endlich hörte es auf. Der alte Mann war tot. Ich entfernte das Bett und untersuchte den Leichnam. Ja, er war tot – tot wie ein Stein. Ich legte ihm meine Hand aufs Herz und ließ sie minutenlang da liegen. Kein Pulsschlag war zu spüren. Er war endgültig tot. Sein Auge würde mich nicht mehr belästigen.

Solltet ihr mich noch immer für wahnsinnig halten, so werdet ihr eure Anschauung sicher ändern, wenn ich euch schildere, welch kluge

Vorsichtsmaßregeln ich ergriff, um den Leichnam zu verbergen. Die Nacht schwand hin, und ich arbeitete eilig, aber in großer Stille.

Aus dem Fußboden des Zimmers hob ich drei Dielen heraus und bereitete darunter dem Toten sein Grab. Dann legte ich die Bretter wieder an Ort und Stelle. So geschickt, so sorgfältig tat ich dies, daß kein menschliches Auge – nicht einmal das seine – irgend etwas Auffallendes hätte bemerken können. Da gab es nichts wegzuwaschen – keinen Fleck irgendwelcher Art – nicht das kleinste Bluttröpfchen. Dafür war ich viel zu bedachtsam vorgegangen.

Als ich mit dieser Arbeit fertig war, war es vier Uhr – noch immer schwarz wie Mitternacht. Als die Turmuhr die Stunde anschlug, pochte es am Haustor. Ich ging leichten Herzens hinunter, um zu öffnen – denn was hatte ich jetzt zu fürchten? Es traten drei Männer herein, die sich sehr liebenswürdig als Polizeibeamte vorstellten. Ein Nachbar hatte in der Nacht einen Schrei vernommen; man hatte Verdacht gefaßt, hatte dem Polizeiamt Mitteilung gemacht, und sie, die drei Beamten, waren abgesandt worden, um nach der Ursache zu forschen.

Ich lächelte – denn was hatte ich zu fürchten? Ich hieß die Herren willkommen. Den Schrei, sagte ich, hätte ich selbst ausgestoßen, in einem Traum. Der alte Mann sei abwesend, sei aufs Land gereist, bemerkte ich. Ich führte die Besucher durchs ganze Haus. Ich bat sie, sich umzusehen – gut umzusehen. Ich führte sie schließlich in sein Zimmer. Ich zeigte ihnen seine Wertsachen vollzählig und unberührt. Begeistert über meine Gewissensruhe brachte ich Stühle herbei und ersuchte die Herren, sich hier von ihrer Ermüdung zu erholen, während ich, im Bewußtsein meines vollständigen Sieges, voll ausgelassener Kühnheit meinen eigenen Stuhl genau dorthin stellte, wo unter den Dielen der Leichnam des Opfers ruhte.

Die Beamten waren zufrieden. Mein Benehmen hatte sie überzeugt. Ich war ungewöhnlich aufgeräumt. Sie saßen also, und während ich fröhlich Antwort gab, plauderten sie von privaten Angelegenheiten. Aber nicht lange, da fühlte ich, daß ich erbleichte, und ich wünschte sie fort. Mein Kopf schmerzte, und ich glaubte, Ohrensausen zu haben; aber noch immer saßen sie da und plauderten. Das Sausen wurde deutlicher – es hörte nicht auf und wurde immer deutlicher. Ich sprach noch unbefangener, um das seltsame Gefühl loszuwerden. Aber es blieb und nahm zu an Deutlichkeit – bis mir endlich klar wurde, daß das Geräusch nicht in den Ohren selbst war.

Zweifellos: jetzt wurde ich sehr bleich – aber ich redete noch eifriger und mit erhobener Stimme. Doch das Geräusch wurde lauter – und was konnte ich tun? Es war ein leises, dumpfes, schnelles Geräusch – ein Geräusch wie das Ticken einer Uhr, die man mit einem Tuch umwickelt hat. Ich rang nach Atem – und dennoch – die Beamten hörten es noch immer nicht. Ich sprach schneller – heftiger, aber das Geräusch wuchs beständig. Ich stand auf und redete gereizt und zornig; meine Stimme war schrill, und ich gestikulierte wild – aber das Geräusch wuchs beständig. Warum gingen sie denn nicht? Ich lief mit wuchtigen Schritten auf und ab, als ob mich die Reden der Männer in Wut gebracht hätten – aber das Geräusch nahm fortwährend zu. O Gott! Was konnte ich tun? Ich schäumte – ich raste – ich fluchte! Ich ergriff den Stuhl, auf dem ich gesessen, und kratzte damit auf den Dielen hin und her – aber das Geräusch erhob sich über alles und nahm fortgesetzt zu. Es wurde lauter – lauter – lauter! Und immer noch plauderten die Männer freundlich und lächelten. War es möglich, daß sie nicht hörten? Allmächtiger Gott! – nein, nein! Sie hörten! – sie argwöhnten! – sie wußten! Sie trieben Spott mit meinem Entsetzen! – Das war es, was ich dachte, und das denke ich noch. Aber alles andere war besser als diese Pein. Alles war erträglicher als dieser Hohn. Ich konnte dies heuchlerische Lächeln nicht länger ertragen. Ich fühlte, daß ich hinausschreien mußte – oder sterben! – Und jetzt – wieder! – horch! lauter! lauter! lauter! lauter ...!

»Schurken!« kreischte ich, »verstellt euch nicht länger! Ich bekenne die Tat! – Reißt die Dielen auf! – Hier, hier! – Es ist das Schlagen dieses fürchterlichen Herzens.«

Der Herrschaftssitz Arnheim

Der Garten lag wie eine schöne Frau,
Die tief entzückt geschloßnen Auges ruht
Und schlummernd träumt ins offne Himmelsblau.

Giles Fletcher

Von der Wiege bis zum Grabe wurde mein Freund Ellison von der Woge des Erfolges emporgehoben. Ich gebrauche aber nicht das Wort Erfolg im landläufigen Sinne; ich gebrauche es als Synonym für Glück. Der Mensch, von dem ich rede, schien geboren, die Doktrinen eines Turgot, Price, Priestly und Condorcet zu verwirklichen – durch persönliches Beispiel den Beweis zu erbringen für das, was man eine Schimäre der Puritaner genannt hat. Ich vermeine in dem kurzen Dasein Ellisons das Dogma widerlegt gesehen zu haben, daß in der Natur des Menschen etwas verborgen sei, was ihn der Seligkeit entziehe. Eine eingehende Prüfung seiner Laufbahn hat mir zu verstehen gegeben, daß im allgemeinen das Unglück der Menschheit von der Verletzung einiger weniger einfacher Menschengesetze abzuleiten ist – daß wir die Elemente zu heiterer Genüge bis jetzt ungenutzt in unsrer Macht haben – und daß selbst jetzt in der gegenwärtigen Finsternis und Tollheit, da alle Gedanken auf die große Frage der sozialen Lage gerichtet sind, es nicht ausgeschlossen ist, daß der Mensch, das Individuum, unter gewissen ungewöhnlichen und rein zufälligen Umständen glücklich sein kann.

Auch mein junger Freund war von derartigen Ansichten ganz erfüllt, und es ist deshalb bemerkenswert, daß der ununterbrochene Genuß, den das Leben ihm brachte, zum großen Teil die Folge weiser Voraussicht war. Ja, es ist klar, daß Mr. Ellison, hätte er weniger instinktive Philosophie besessen, die gelegentlich so gut die Stelle der Erfahrung zu ersetzen weiß, sich durch den so außerordentlichen Erfolg, den das Leben ihm brachte, in den üblichen Strudel des Unglücks hinabgezogen gesehen hätte, der das Los aller hervorragend begünstigten Leute ist. Doch es ist keineswegs meine Absicht, einen Essay über das Wesen des Glücks zu schreiben. Die Gedankengänge meines Freundes seien nur in kurzen Worten geschildert. Er gab nicht mehr als vier Elementarsätze oder, genauer gesagt, Bedingungen für die Freude zu. Die Hauptsache war ihm (seltsam genug!) der einfache und rein physische Grundsatz der Bewegung im Freien. »Was man an Gesundheit«, sagte er, »auf anderm Wege erreichen kann, ist dieses Namens kaum wert.« Als Beispiel führte er die Wonnen des Fuchsjägers an und wies auf die Ackerbauern hin, die einzigen Leute, die man, als Klasse betrachtet, glücklicher erachten kann als andre. Seine zweite Bedingung war Weibesliebe. Seine dritte und sehr schwer zu verwirklichende war die Verachtung des Ehrgeizes. Seine vierte ein rastlos gesuchtes Ziel. Und er behauptete, da andre Dinge gleichgültig seien, so stehe das Maß des erreichbaren Glücksgefühls im Verhältnis zu der Geistigkeit dieses Zieles.

Ellison zeichnete sich durch eine Fülle guter Gaben aus, die das Glück ihm in den Schoß geworfen hatte. An Schönheit und Anmut überstrahlte er alle Männer. Sein Verstand war von der Art jener, denen das Erwerben von Kenntnissen weniger Anstrengung als Intention und Bedürfnis ist. Seine Familie gehörte zu den erlauchtesten im Reich. Seine Braut war die lieblichste und treu ergebenste aller Frauen. Er hatte stets über reichliches Besitztum verfügt; als er aber mündig wurde, stellte es sich heraus, daß das Schicksal ihm einen der seltenen Streiche gespielt hatte, wie sie die ganze soziale Welt, in der sie sich ereignen, zuweilen in Verblüffung versetzen und selten verfehlen, die Geistesverfassung derer, denen sie gelten, völlig umzustoßen.

Es fand sich, daß etwa hundert Jahre vor Mr. Ellisons Mündigwerdung in einer entfernten Provinz ein Mr. Seabright Ellison gestorben war. Dieser Herr hatte ein fürstliches Vermögen zusammengerafft, und da er keine direkten Nachkommen hatte, packte ihn die Grille, das Vermögen sich bis hundert Jahre nach seinem Tode weiter aufstapeln zu lassen. Indem er die Anlage des Kapitals eingehend und scharfsinnig bestimmte, vermachte er die aufgehäufte Summe demjenigen nächsten Blutsverwandten des Namens Ellison, der nach Ablauf von hundert Jahren am Leben wäre. Viele Versuche waren gemacht worden, diese eigenartige Bestimmung zu umgehen; ihr Ex-post-facto-Charakter ließ sie fehlschlagen; man lenkte aber die Aufmerksamkeit einer habgierigen Negierung darauf und erlangte eine gesetzliche Verfügung, die alle derartigen Geldanhäufungen untersagte. Das hinderte freilich den jungen Ellison nicht, an seinem einundzwanzigsten Geburtstag als der Erbe seines Ahnherrn Seabright in den Besitz eines Vermögens von vierhundertundfünfzig Millionen Dollar zu kommen.

Als es bekannt wurde, welch ungeheuerliche Summe die Erbschaft ausmachte, gab es natürlich viele Vermutungen über die Art, wie sie anzulegen sei. Die Höhe und die sofortige Greifbarkeit der Summe verwirrte alle, die sich mit der Sache befaßten. Für den Besitzer irgendeiner übersehbaren Geldmenge hätte man sich irgendeinen von tausend Plänen ausgedacht. Wäre er mit Gütern gesegnet worden, die lediglich die der andern Bürger überstiegen, so hätte man sich unschwer vorgestellt, er werde die beliebten Extravaganzen seiner Zeit in unerhörtester Weise übertreiben – oder sich mit politischen Umtrieben befassen – oder nach der Machtstellung eines Ministers streben – oder sich den höheren Adel kaufen – oder große Museen der schönen Künste anlegen – oder den freigebigen Mäzen in Wissenschaft, Literatur und Kunst spielen – oder seinen Namen in ausgedehnten Wohlfahrtseinrichtungen verewigen. Bei dem unfaßlichen Vermögen jedoch, in dessen unumschränktem Besitz der Erbe sich befand, empfand man diese und alle gewöhnlichen Ziele als ein allzu begrenztes Feld. Man nahm zu Zahlen seine Zuflucht, und auch diese verwirrten noch mehr. Es stellte sich heraus, daß selbst bei nur drei Prozent das Jahreseinkommen der Erbschaft nicht weniger als dreizehn Millionen fünfhunderttausend Dollar betrug, was eine Million einhundertundfünfundzwanzigtausend Dollar im Monat ausmachte; oder sechsunddreißigtausendneunhundertundsechsundachtzig am Tag; oder sechsundzwanzig Dollar für jede entfliehende Minute. So wurde natürlich der übliche Weg der Mutmaßungen völlig umgestoßen. Die Leute wußten nicht, was sie ersinnen sollten. Einige meinten sogar, Mr. Ellison werde sich mindestens der Hälfte seines Vermögens als völlig überflüssig entledigen – und die ganze Sippe seiner Verwandtschaft durch Verteilung dieses Überflusses bereichern. Den nächsten Verwandten überließ er tatsächlich die ungewöhnlich großen Reichtümer, die ihm bereits vor der Erbschaft gehörten. Ich war jedoch gar nicht überrascht, als ich merkte, daß er schon längst seinen Entschluß über einen Punkt gefaßt hatte, der von seinen Freunden soviel erörtert worden war. Auch war ich über die Art dieses Entschlusses nicht allzusehr erstaunt. Hinsichtlich der persönlichen Wohltätigkeit hatte er sein Gewissen beruhigt. Von der Möglichkeit irgendeines wesentlichen Dienstes, den der Mensch, wie man so zu sagen pflegt, der Menschheit erweisen könnte, war er (wie ich leider gestehen muß) wenig überzeugt. Kurz und gut, glücklich oder nicht glücklich, er war so ziemlich ganz auf sich selber angewiesen.

Er war im weitesten und edeln Sinne ein Dichter. Er erfaßte überdies den wahren Charakter, die erhabenen Ziele, die herrliche Majestät und Würde der poetischen Empfindung. Er fühlte instinktiv, daß die vollste, wenn nicht die einzige Befriedigung in der Erschaffung neuer Schönheitsformen lag. Eine gewisse Eigenart, eine Folge seiner Erziehung oder seines Intellekts, gab allen seinen ethischen Betrachtungen eine materialistische Färbung, und dieser Hang vielleicht war es, der ihn zu der Ansicht führte, das vorteilhafteste, wenn nicht das einzig rechtmäßige Feld für angewandte Poesie biete die Schöpfung neuer Formen von natürlicher, rein physischer Schönheit. So kam es, daß er weder Musiker noch Dichter wurde – wenn wir die letztere Bezeichnung in ihrer gewöhnlichen Bedeutung fassen. Es mag aber auch sein, daß er beides nicht werden wollte – lediglich in Verfolgung seiner Idee, daß die Verachtung jeglichen Ehrgeizes eine der wesentlichen Wurzeln des irdischen Glückes sei. Ist es nicht tatsächlich möglich, daß, während ein großes Genie naturgemäß ehrgeizig ist, noch ein größeres über dem steht, was wir Ehrgeiz nennen? Kann es nicht sein, daß viele, die weit größer sind als Milton, sich begnügt haben, »stumm und unberühmt« zu bleiben? Ich glaube, die Welt hat auf dem Gebiet der Kunst die ganze erschöpfende Fülle prachtvoller Leistungen, deren die menschliche Natur unbedingt fähig ist, nie gesehen und wird sie nie sehen – es sei denn, daß allerlei Zufälle einmal eines jener größeren Genies, entgegen seiner eigenen Anschauung, zu Taten veranlassen.

Ellison wurde weder Musiker noch Dichter, obgleich man Musik und Poesie nicht inniger lieben konnte als er. Es ist nicht ausgeschlossen, daß er unter andern Lebensbedingungen Maler geworden wäre.

Die Bildhauerkunst war trotz ihres stark poetischen Gehalts zu begrenzt in Form und Wirkung, um jemals seine Aufmerksamkeit lange fesseln zu können. Und ich habe nun alle Gebiete aufgezählt, in denen nach allgemeinen Begriffen die poetische Empfindung sich ausbreiten kann. Ellison aber behauptete, das reichste und echteste, das natürlichste und wohl auch umfassendste Gebiet sei unverantwortlicherweise übersehen worden. Kein Deuter habe je den Landschaftsgärtner als Künstler erwähnt; dennoch, so meinte mein Freund, biete der Landschaftsgarten der wahren Muse die edelsten Möglichkeiten. Hier sei wirklich das schönste Feld zur Entfaltung der Phantasie in immer neuer Gestaltung neuer Schönheitsformen, da die zur Zusammenstellung vorhandenen Elemente bei weitem die herrlichsten seien, die die Erde zu bieten habe. In den zahllosen Formen und Farben der Blumen und Bäume erkannte er den ausgesprochensten und kraftvollsten Drang der Natur nach körperlicher Schönheit. Und in der Anordnung oder Vereinigung dieser Bemühungen – oder richtiger, in ihrer Anpassung an die Augen, die sie auf Erden würdigen sollten – glaubte er auf die beste Art – und mit den erfolgreichsten Leistungen der Erfüllung nahezukommen, nicht nur seiner eigenen Bestimmung als Künstler, sondern auch den erhabenen Zielen, um derentwillen die Gottheit dem Menschen das künstlerische Empfinden eingeimpft habe.

»Ihre Anpassung an die Augen, die sie auf Erden würdigen sollten ...« In seiner Erläuterung dieses Ausdrucks trug Mr. Ellison viel zur Lösung dessen bei, was mir immer als Rätsel erschienen war: – ich meine die (nur von Unwissenden bestrittene) Tatsache, daß es in der Natur keine solchen Szenerien gibt, wie der geniale Maler sie zu schaffen weiß. Keine solchen Paradiese sind in der Wirklichkeit zu finden, wie sie auf der Leinwand Claudes erglühen. In den bezauberndsten natürlichen Landschaften wird stets ein Mangel oder ein Unmaß zu finden sein – viele Mängel und viele Unmäßigkeiten. Während die gegebenen Bestandteile im einzelnen das größte Können des Künstlers übertreffen mögen, so wird die Anordnung dieser Teile stets noch der Vervollkommnung bedürftig sein. Kurz, in der ganzen weiten natürlichen Landschaft auf Erden gibt es keinen Betrachtungspunkt, von dem aus ein Künstlerauge bei längerem Zusehen nicht einen Verstoß gegen das fände, was man die »Komposition«

der Landschaft nennt. Und wie unbegreiflich ist das doch! In allen andern Dingen sind wir richtig belehrt, die Natur als überlegen anzusehen. Wir scheuen den Wettbewerb mit ihren Einzelschöpfungen. Wer wollte es fertigbringen, die Farben der Tulpe wiederzugeben oder die Gestalt des Maiglöckchens zu verbessern? Die Kritik, die von der Bildhauerei oder der Porträtkunst sagt, daß hier die Natur nicht nur erreicht, sondern übertroffen oder idealisiert sei, befindet sich im Irrtum. Kein malerisches noch bildhauerisches Zusammenwirken von Einzelheiten menschlicher Schönheit kann mehr, als der lebendigen, atmenden Schönheit nahekommen. Nur in der Landschaft ist jener Standpunkt des Kritikers im Recht, und da er seine Wahrheit hier empfand, so ist es nur die unüberlegte Vorliebe zur Verallgemeinerung, die ihn dahin führte, ihn auf allen Gebieten der Kunst als richtig aufzustellen. Ich sage: »seine Wahrheit hier empfand«; denn die Empfindung ist keine Einbildung, keine Schimäre. Die Mathematiker liefern keine exakteren Beweise, als sie dem Künstler in seiner Kunst das Gefühl bietet. Er glaubt nicht nur, sondern er weiß positiv, daß die und die scheinbar willkürliche Anordnung der Dinge die wahre Schönheit ausmacht – sie ganz allein ausmacht. Seine Gründe aber sind noch nicht zum Ausdruck gereift. Es bleibt einer gründlicheren Analyse, als die Welt sie bisher gesehen hat, überlassen, diese Gründe voll zu erforschen und darzutun. Dessenungeachtet wird er in seiner instinktiven Ansicht durch die Stimme aller seiner Brüder unterstützt.

Nehmen wir an, eine »Komposition« sei mangelhaft, sie solle lediglich in ihrer Zusammensetzung umgearbeitet werden; nun möge man die Frage nach der Notwendigkeit dieser Umarbeitung jedem Künstler, den es nur gibt, vorlegen, von jedem wird die Notwendigkeit zugegeben werden. Und sogar weit mehr als das: zur Behebung der fehlerhaften Komposition würde jedes einzelne Glied dieser Bruderschaft die nämliche Änderung vorgeschlagen haben.

Ich wiederhole, daß nur bei Landschaftsbildern die Schönheit der Natur eine Steigerung zuläßt und daß daher die Fähigkeit zu ihrer Vervollkommnung in gerade diesem einen Punkte ein Geheimnis war, das ich nicht zu lösen wußte. Meine eigenen Anschauungen über den Gegenstand gingen dahin, die Natur habe in ihrer ursprünglichen Absicht die Erde so gebildet, daß sie in allen Punkten der menschlichen Auffassung von vollendeter Schönheit oder Erhabenheit entsprach; aber diese ursprüngliche Absicht sei durch die bekannten geologischen Störungen vernichtet worden – Störungen in Form und Farbengruppierung, in deren Verbesserung oder Abschwächung die Seele der Kunst beruht. Die Kraft dieses Gedankens wurde jedoch sehr abgeschwächt durch die in ihm verborgene Notwendigkeit, die Störungen als anormal und durchaus unzweckmäßig zu betrachten. Ellison war es, der die Vermutung aussprach, sie seien ein Anzeichen des Todes. Er erklärte das so: – »Angenommen, die ursprüngliche Absicht sei die irdische Unsterblichkeit des Menschen gewesen. Dann finden wir die ursprüngliche Bildung der Erde seinem seligen Zustand angepaßt – zwar nicht bestehend, aber beabsichtigt. Die Umwälzungen waren die Vorbereitungen für seine später beschlossene Bestimmung zum Tode.

Nun könnte aber«, sagte mein Freund, »das, was wir als Steigerung der landschaftlichen Schönheit empfinden, eine lediglich menschliche Anschauungsweise sein. Jede Veränderung der natürlichen Szenerie würde das Bild vielleicht verunstalten, wenn wir es uns von weitem – als große Masse gesehen – denken, von einem der Erdoberfläche fernen Punkt, wenngleich nicht hinter den Grenzen ihrer Atmosphäre. Es ist leicht begreiflich, daß das, was einem nah besehenen Detail zum Vorteil gereichen mag, gleichzeitig eine allgemeine oder auf größere Entfernung berechnete Wirkung beeinträchtigen kann. Es könnte doch eine Art vordem menschlicher, nun aber der Menschheit unsichtbarer Wesen geben, denen aus der Ferne unsre Wirrnis als Ordnung erscheint – unser Unmalerisches als malerisch; mit einem Wort, ich meine die Erdengel, für deren Betrachtung mehr als für unsre und für deren durch den Tod veredelte Bewertung des Schönen die weiten Landschaftsgärten der Hemisphären von Gott aufgestellt worden sein mögen.«

Im Laufe des Gespräches führte mein Freund einige Zitate eines Beurteilers der Landschaftsgärtnerei an, der, wie man sagt, sein Thema gut behandelt haben soll:

›Es gibt eigentlich nur zwei Richtungen in der Landschaftsgärtnerei, die natürliche und die künstliche. Man versucht die ursprüngliche Schönheit der Landschaft wiederherzustellen, indem man ihre eigenen Mittel auf die Umgebung anwendet: Bäume anpflanzt, die sich den benachbarten Hügeln oder Flächen harmonisch anpassen; jenen reizvollen Einklang von Größe, Form und Farbe entdeckt und anwendet, der, dem gewöhnlichen Beschauer verborgen, sich erfahrenen Naturbeobachtern überall enthüllt. Das Resultat der natürlichen Richtung in der Gärtnerei zeigt sich mehr in der Vermeidung aller Mängel und Mißverhältnisse – in der Pflege einer gesunden Harmonie und Ordnung –, als im Hervorbringen von Wundern oder Besonderheiten. Die künstliche Richtung hat so viele Abstufungen, wie es Geschmacksverschiedenheiten zu befriedigen gibt. Sie hat eine gewisse allgemeine Verwandtschaft mit den verschiedenen Baustilen. Da gibt es die pomphaften Alleen und Boskette Versailles', italienische Terrassen und einen vielfach gemischten altenglischen Stil, der eine gewisse Ähnlichkeit mit der profanen Gotik oder der englischen elisabethanischen Architektur zeigt. Was auch gegen den Mißbrauch der künstlichen Landschaftsgärtnerei gesagt worden sein mag, so gibt doch eine Beimischung reiner Kunst einer Gartenszene große Schönheit. Teils erfreut es das Auge, daß es eine Ordnung und Planmäßigkeit wahrnimmt, teils ist es ein geistiges Genießen. Eine Terrasse mit einer alten, moosbewachsenen Balustrade ruft uns sofort die reizenden Gestalten ins Gedächtnis, die hier in früheren Tagen gewandelt sind. Die kleinste Darbietung von Kunst ist ein Beweis der Sorgfalt und menschlichen Einflusses.‹

»Aus meinen bisherigen Bemerkungen werden Sie begreifen,« sagte Ellison, »daß ich den Gedanken verwerfe, die ursprüngliche Schönheit der Landschaft wieder herstellen zu wollen. Die ursprüngliche Schönheit ist nie so groß wie die, welche man hervorrufen könnte. Allerdings liegt alles an der Wahl eines geeigneten Platzes. Was oben über die Entdeckung und praktische Anwendung hübscher Beziehungen in Größe, Gestalt und Farbe gesagt wurde, ist nichts als eine hohle Redensart, um unklare Gedanken zu bemänteln. Der genannte Ausspruch kann alles und nichts besagen und gibt keinerlei Anweisung. Daß der wahre Erfolg des natürlichen Stils in der Gärtnerei mehr in der Vermeidung aller Mängel und Mißverhältnisse als in der Erschaffung irgendwelcher Wunder und Besonderheiten zu suchen sei, ist eine Behauptung, die besser zu dem niedrigen Begriffsvermögen der Herdenmenschen paßt als zu den feurigen Träumen eines genialen Mannes. Der befürwortete negative Vorzug gehört zu den hinkenden Beurteilungen, die in der Literatur zum Beispiel einem Addison eine Apotheose bereiten würden. Ja, während jene Tüchtigkeit, die lediglich in der Vermeidung von Fehlern besteht, sich direkt an unsre Einsicht wendet und daher durch Vorschriften umschrieben werden kann, ist die erhabenere Gabe, die in der Neuschöpfung flammt, allein in ihren Wirkungen zu begreifen. Regeln behandeln nur die Vorzüge der Vermeidung – den Wert der Enthaltsamkeit. Darüber hinaus kann die kritische Kunst nur mutmaßen. Man kann uns unterweisen, einen ›Cato‹ zu konstruieren, aber vergeblich wird man uns belehren, wie ein Parthenon oder ein ›Inferno‹ zu schaffen sei. Ist aber die Sache getan, das Wunder vollendet, so ist es allgemeinverständlich. Die Sophisten der negativen Schule, die aus Unfähigkeit zum Schöpferischen solches Tun verspottet haben, sind nun die eifrigsten im Beifallspenden. Was im Larvenzustand seines Beginns ihren zahmen Verstand beleidigte, verfehlt nie, in seiner Reife der Vollendung ihrem Schönheitsinstinkt Bewunderung abzunötigen.

Gegen die Bemerkungen des Verfassers über den künstlichen Stil ist weniger zu sagen«, fuhr Ellison fort. »Die Beimischung reiner Kunst gibt einer Gartenszene eine große Schönheit. Das ist richtig, ebenso wie der Hinweis auf menschlichen Einfluß. Das angeführte Prinzip ist unbestreitbar – es könnte aber darüber hinaus noch etwas geben. Es könnte ein auf diesem Grundsatz aufgebautes Ziel geben – ein mit den üblichen Mitteln des einzelnen unerreichbares Ziel, das aber, wenn es erreicht wird, dem Landschaftsgarten einen Reiz verleihen würde, der alles weit überträfe, was menschlicher Einfluß hervorzubringen imstande wäre. Ein Künstler mit ganz außergewöhnlichen Geldmitteln könnte, unter Beibehaltung des notwendigen Ideenteiles von Kunst oder Kultur oder, wie unser Autor sagt, von Einfluß, seine Pläne gleichzeitig so durch großzügige Anlage und neuartige Schönheit bereichern, daß man an die Einmischung von Feenhand glauben möchte. Man wird sehen, daß er zu solchem Resultat alle Vorteile des Einflusses oder der Absicht heranzieht, während er doch sein Werk von der Schärfe oder den Kunstgriffen der irdischen Kunst befreit. Im finstersten Urwald – in den entlegensten Gebieten der Natur – ist die Kunst eines Schöpfers erkennbar; doch diese Kunst wird nur dem Verstande deutlich; in keiner Weise hat sie die einleuchtende

Kraft des Gefühls. Nun wollen wir uns diesen Sinn in der Absicht des Allmächtigen nur einen Grad niedriger denken – irgendwie in Harmonie oder in Übereinstimmung gebracht mit dem Wesen der menschlichen Kunst – um ein Zwischenglied zwischen beiden zu bilden: stellen wir uns beispielsweise eine Landschaft vor, die durch Ausgedehntheit und Bestimmtheit, durch Schönheit, Pracht und Absonderlichkeit den Gedanken an Sorgfalt, Kultur und Pflege durch höhere und doch der Menschheit verwandte Wesen wachruft – dann ist der Begriff des Einflusses gewahrt, während die eingeflochtene Kunst zur Annahme einer vermittelnden oder zweiten Natur führt – einer Natur, die weder Gott noch eine Emanation Gottes, die aber dennoch Natur ist, als Kunstwerk der Engel, die zwischen den Menschen und Gott schweben.«

Ellison gedachte seinen ungeheuren Reichtum in der Verwirklichung einer derartigen Vision anzulegen – in der durch persönliche Überwachung seiner Anordnungen gebotenen Bewegung im Freien – in dem unbeschränkten Ziel, das diese Absichten boten, in dem vergeistigten Wesen dieses Ziels, in der Verachtung ehrgeizigen Strebens, die ihm dadurch ermöglicht wurde, in dem ewigen Lenz, mit dem dieses Ziel, ohne je zu übersättigen, seine Hauptleidenschaft, den Durst nach Schönheit, befriedigte; vor allem aber in der Sympathie eines nicht unweiblichen Weibes, dessen Lieblichkeit und Liebe sein Dasein mit der purpurnen Atmosphäre des Paradieses umgeben sollten; und er hoffte, Befreiung von den Alltagszielen der Menschheit zu finden, und er fand sie und eine weit größere Fülle positiven Glücks, als je in den überschwenglichen Wachträumen einer Staël glühte.

Ich bezweifle, daß ich in dem Leser eine irgendwie klare Vorstellung der Wunder vermitteln kann, die mein Freund tatsächlich schuf. Ich möchte beschreiben, fühle mich aber von der Schwierigkeit der Beschreibung entmutigt und zögere zwischen Detaillierung und Verallgemeinerung. Der beste Weg ist vielleicht der, die beiden Extreme zu vereinigen.

Mr. Ellisons erster Schritt galt natürlich der Wahl einer Örtlichkeit, und kaum hatte er über diesen Punkt nachgedacht, als die üppige Naturpracht der Südsee-Inseln seine Aufmerksamkeit fesselte. Ja, er hatte schon beschlossen, eine Reise in die Südsee anzutreten, als die

Überlegung einer Nacht ihn veranlaßte, die Idee aufzugeben. »Wäre ich ein Menschenfeind,« sagte er, »so würde mir solch ein Ort gefallen. Die völlige Abgeschlossenheit und die Schwierigkeit des Hin- und Zurückgelangens wäre in solchem Falle der Reiz aller Reize; noch aber bin ich nicht Timon. Ich wünsche die Erholung, aber nicht das Bedrückende der Einsamkeit. Ich muß in gewissem Sinne den Grad und die Dauer meiner Zurückgezogenheit bestimmen können. Es mögen Stunden kommen, in denen ich das, was ich geleistet habe, der Sympathie poetischer Geister vorführen will. Ich werde daher einen Ort wählen, der nicht weit von einer volkreichen Stadt liegt, deren Nähe mir auch die Durchführung meiner Pläne am besten ermöglicht.«

Auf der Suche nach einem solchen Ort reiste Ellison mehrere Jahre umher, und mir war es erlaubt, ihn zu begleiten. Wohl tausend Plätze, von denen ich entzückt war, verwarf er aus Gründen, deren Richtigkeit ich jedesmal anerkennen mußte. Wir kamen schließlich zu einem erhöhten Tafelland von wundervoller Fruchtbarkeit und Schönheit, das einen Rundblick bot, der dem des Ätna an Ausdehnung sehr wenig nachstand und nach Ellisons wie meiner Ansicht die weitberühmte Aussicht jenes Berges in allen wesentlichen Elementen des Malerischen überragte.

»Ich bin mir bewußt,« sagte der Reisende mit einem Seufzer tiefen Entzückens, nachdem er die Szene wohl eine Stunde lang bezaubert betrachtet hatte, »ich weiß, daß neun Zehntel der wählerischsten Männer an meiner Stelle hier befriedigt sein würden. Dieses Panorama ist in der Tat herrlich, und ich würde davon hingerissen sein, wenn es nicht übertrieben herrlich wäre. Der Geschmack aller mir bekannten Baumeister veranlaßt sie, der ›Aussicht‹ wegen, ihre Häuser auf eine Höhe zu stellen. Der Irrtum ist klar. Größe in jeder Form, besonders aber als Ausdehnung, bringt Überraschung, Erregung – und ermüdet dann, drückt nieder. Als gelegentliche Szene kann es nichts Besseres geben – zum dauernden Anblick nichts Schlimmeres. Und zum dauernden Anblick ist die unzulässigste Art der Größe die der Ausdehnung, des weiten Raumes. Sie steht mit dem Gefühl, dem Sinn für Zurückgezogenheit auf dem Kriegsfuß – dem Sinn, den wir zu befriedigen suchen, wenn wir uns ›auf das Land zurückziehen‹. Wenn wir vom Gipfel eines Berges um uns blicken, so fühlen wir uns unwillkürlich verloren in der Welt. Die tief melancholischen Seelen meiden einen weiten Blick wie die Pest.«

Nicht vor Ende des vierten Jahres unsrer Suche fanden wir eine Gegend, mit der Ellison sich einverstanden erklärte. Es ist natürlich überflüssig, zu sagen, wo diese Gegend lag. Der kürzlich erfolgte Tod meines Freundes, der seine Besitzung für gewisse Kreise von Besuchern erschloß, hat Arnheim zu einer heimlichen und gedämpften, wenn nicht traurigen Berühmtheit verholfen, ähnlich – allerdings in unendlich höherem Grade – wie es mit dem so lang verehrten Fonthill gegangen ist.

Der übliche Weg nach Arnheim war der Fluß. Der Besucher verließ die Stadt am frühen Morgen. Im Laufe des Vormittags glitt er zwischen Ufern voll stiller, ländlicher Schönheit dahin, auf denen zahllose Schafe weideten, deren weißes Fell das strahlende Grün der vorüberziehenden Wiesen sprenkelte. Nach und nach wirkte die Landschaft weniger bebaut, als lediglich mit Sorgfalt gepflegt. Das wandelte sich allmählich in Verlassenheit – diese wieder in völlige Abgeschiedenheit. Als der Abend kam, wurde das Flußbett enger, die Ufer erhoben sich steiler und waren mit üppigem, dunklem Laubwuchs bedeckt. Das Wasser wurde durchsichtig. Der Fluß machte tausend Windungen, so daß man seine schimmernde Fläche nur immer eine kurze Strecke weit überschauen konnte. Jeden Augenblick war es, als befinde sich das Schiff in einem Zauberkreis aus undurchdringlichen Laubwänden, mit einer Decke von tiefblauer Seide und – keinem Boden, da der Kiel mit staunenswerter Geschicklichkeit auf dem eines andern gespenstischen Bootes zu balancieren schien, das, zufällig kieloben treibend, die beständige Begleitung und gewissermaßen der Halt des wirklichen Bootes zu sein schien. Das Flußbett wurde jetzt zu einer Schlucht – diese Bezeichnung ist allerdings etwas unangebracht, ich gebrauche sie nur, weil die Sprache kein Wort hat, das diesen auffälligsten Zug der Landschaft kennzeichnet. Der Charakter einer Schlucht wurde nur durch die Höhe und Gleichmäßigkeit beider Ufer gegeben; in allem andern war keine Ähnlichkeit zu spüren. Die Wände der Schlucht (durch die das Wasser weiter still dahinfloß) erreichten eine Höhe von hundert und gelegentlich hundertundfünfzig Fuß und neigten sich einander so weit zu, daß sie das Tageslicht wesentlich abdämpften, während das lange, flaumige Moos, das in dichten Büscheln vom verflochtenen Strauchwerk oben herniederhing, der ganzen Kluft eine trauernde Düsterkeit verlieh. Die Windungen wurden häufiger und verworrener und schienen oft wieder nach rückwärts zu führen, so daß der Reisende längst nicht mehr die Richtung kannte. Überdies fühlte er mit Entzücken die Seltsamkeit seiner Umgebung. Freilich, Natur war es noch immer, aber sie war beeinflußt worden. Da war eine zauberhafte Symmetrie, eine packende Gleichmäßigkeit, eine märchenhafte Sauberkeit hier in ihren Werken. Nicht ein totes Zweiglein – nicht ein welkes Blatt – nicht ein verirrter Kiesel – nicht ein Fleckchen nackter Erde war zu sehen. Das kristallklare Wasser wellte an dem säubern Granit oder dem fleckenlosen Moos in einer so ebenmäßigen Grenzlinie empor, daß es das Auge entzückte und bestürzte.

Hatte man die Irrgänge dieses Flußbettes einige Stunden lang durchzogen, während die Dämmerung immer mehr zunahm, so brachte eine scharfe und plötzliche Wendung das Boot wie vom Himmel gefallen in ein rundes Becken von ansehnlichen Ausmaßen, mit denen der Schlucht verglichen. Es hatte etwa zweihundert Meter Durchmesser und war bis auf eine einzige Stelle, die dem Boot bei seinem Eintritt genau gegenüberlag, von Hügeln eingefaßt, deren Höhe den Wänden der Schlucht entsprach, die aber ganz anders in der Anlage waren. Sie glitten in einem Winkel von etwa vierzig Grad zum Wasser herunter, und diese Hänge waren von unten bis oben – ohne den kleinsten Zwischenraum – mit den prächtigsten Blüten geschmückt; kaum ein grünes Blättchen war in dem Meer duftender Farben und flutender Blütensterne zu sehen. Das Becken war von großer Tiefe; das Wasser war aber so durchsichtig, daß der Boden, der aus einer dichten Menge kleiner, runder Alabasterkiesel zu bestehen schien, gelegentlich deutlich sichtbar wurde, das heißt immer dann, wenn das Auge es fertig brachte, nicht tief unten im umgekehrten Himmel das verdoppelte Blühen der Hügel wahrzunehmen. Auf ihnen gab es weder Bäume noch Sträucher irgendwelcher Größe. Der Eindruck für den Beschauer war Fülle, Wärme, Farbe, Ruhe, Gleichmäßigkeit, Sanftheit, Zartheit, Vornehmheit, Üppigkeit und ein so wundervolles Übermaß von Pflege, daß man träumen mochte, das Geschlecht der Feen, der fleißigen, geschmackvollen, prunkliebenden und stolzen

Feen sei auferstanden; wenn aber der Blick von der scharfen Wassergrenze des myriadengetönten Hanges zu seiner in niedrig ziehenden Wolken verschwimmenden Höhe schweifte, so war es wirklich schwer, nicht an einen stürzenden Wasserfall von Rubinen, Saphiren, Opalen und goldschimmernden Onyxen zu denken, der schweigend aus dem Himmel niederstürzte.

Der Besucher, der plötzlich aus dem Dämmer der Schlucht in diese Bucht herausgleitet, ist entzückt und überrascht, den vollen Ball der untergehenden Sonne zu erblicken, die er längst tief unter dem Horizont glaubte, die ihm nun aber gegenübersteht und den einzigen Abschluß eines andernfalls unbegrenzten Ausblicks durch einen andern schluchtartigen Einschnitt in den Hügeln bildet.

Hier aber verläßt der Reisende das Schiff, das ihn soweit getragen hat, und besteigt ein leichtes Boot aus Elfenbein, das innen wie außen mit Arabesken in Scharlachrot geziert ist. Bug und Hinterteil des Bootes heben sich in scharfer Spitze hoch aus dem Wasser, so daß die Form des Ganzen ein unregelmäßiger Halbmond ist. Mit der stolzen Anmut des Schwanes wiegt es sich auf dem Spiegel der Bucht. Auf seinem hermelinbelegten Boden ruht ein einziges leichtes Ruder aus Atlasholz; doch kein Ruderer oder Begleiter ist zu sehen. Der Gast wird gebeten, sich vertrauensvoll darauf zu verlassen, daß das Schicksal ihn behüten wird. Der größere Kahn verschwindet, und er bleibt allein in dem Boot zurück, das anscheinend unbeweglich mitten im See liegt. Während er überlegt, welchen Kurs er nehmen soll, spürt er jedoch, daß das Feenboot sich sacht bewegt. Es schwingt sich langsam herum, bis sein Bug zur Sonne weist.

Es bewegt sich mit sanfter, aber zunehmender Schnelligkeit voran, und das leichte Wellenkräuseln umtanzt die elfenbeinernen Bootswände wie mit himmlischen Melodien – und gibt jedenfalls die einzige Erklärung für die schmeichelnde, doch schwermütige Musik, nach deren unsichtbarem Ursprung der bestürzte Reisende vergeblich um sich blickt.

Das Boot rückt stetig voran, und das Felsentor der Durchsicht rückt näher, so daß man deutlicher in seine Tiefen spähen kann. Rechts erhebt sich eine Kette wild und üppig bewaldeter Höhen. Immer aber kann man sehen, daß die köstliche Sauberkeit des Ufers dort, wo es ins Wasser taucht, gewahrt bleibt. Nicht ein Zeichen des an Flußufern sonst üblichen Verfalls ist wahrzunehmen. Nach links ist die Szene sanfter, und das Künstliche ist stärker betont. Hier schwingt sich das Ufer in sehr sanfter Steigung vom Fluß empor und bildet eine breite Rasenfläche, die nur mit Samt zu vergleichen ist und ein so strahlendes Grün aufweist, daß es mit dem reinsten Smaragd wetteifert. Dieses »Plateau« hat eine wechselnde Breite von zehn zu dreihundert Metern und reicht vom Ufer bis zu einer Mauer, die in unzähligen Kurven dahinzieht, im allgemeinen aber dem Flußlauf folgt, bis sie sich nach Westen in der Ferne verliert. Diese Mauer besteht aus einem zusammenhängenden Fels und ist dadurch entstanden, daß man den einst zerklüfteten Hang des südlichen Flußufers senkrecht abschnitt; doch nicht die kleinste Spur dieser Arbeit ist mehr zu sehen. Der gemischte Stein ist altersgrau und ist verschwenderisch mit Efeu, korallenrotem Geisblatt, der wilden Rose und Klematis behangen und umwuchert. Die Gleichmäßigkeit der obern und untern Abschlußlinie der Mauer wird durch Bäume von gigantischer Größe erreicht, die vereinzelt oder in Gruppen auf dem »Plateau« oder im Bereich hinter der Mauer, aber immer dicht neben ihr stehen, so daß zuweilen die Äste (besonders jene der schwarzen Walnuß) herübergreifen und ihre hängenden Spitzen ins Wasser tauchen. Weiter hinten ist das eingeschlossene Besitztum von undurchdringlichem Laubwerk verhüllt.

Diese Dinge bemerkt man, während das Boot der Stelle immer näher kommt, die ich das Tor der Durchsicht genannt habe. Je mehr man sich ihm nähert, desto mehr verschwindet das Zauberhafte daran; nach links öffnet sich ein neuer Abfluß aus der Bucht, und in dieselbe Richtung scheint auch die Mauer sich zu ziehen, die immer noch den Flußlauf begleitet. Weit kann das Auge nicht in diese neue Flucht hinunterspähen, denn das von der Mauer begleitete Wasser biegt wiederum nach links ab, bis beide im Laubdach verschwinden.

Das Boot aber gleitet wie durch Zauberkraft in das gewundene Flußbett, und hier zeigt das der Mauer gegenüberliegende Ufer Ähnlichkeit mit dem vorhin beschriebenen Ufer. Hohe Hügel, die sich gelegentlich zu Bergen erheben und eine üppige, wilde Vegetation tragen, schließen die Szene ein.

Das Boot gleitet sanft, aber mit zunehmender Geschwindigkeit dahin, bis nach vielen kurzen Drehungen der Reisende seinen Weg von einem gigantischen Tor oder vielmehr einer vergoldeten, überreich verzierten Tür gehemmt sieht, die den vollen Strahlen der jetzt schnell sinkenden Sonne ein so glänzender Spiegel ist, daß der ganze umliegende Wald in Flammen zu stehen scheint. Dieses Tor ist in die hohe Mauer eingelassen, die den Fluß hier scheinbar rechtwinklig kreuzt. Nach kurzer Zeit allerdings sieht man, daß der Hauptstrom des Wassers noch immer in sanftem und gedehntem Bogen nach links gleitet, wie zuvor der Mauer folgend, während eine nicht unbeträchtliche Strömung sich von dem Hauptarm abzweigt und leise kräuselnd unter dem Tor den Blicken entschwindet. Das Boot fällt in den kleinen Kanal und nähert sich dem Tor. Seine weitausladenden Flügel dehnen sich langsam und sanft erklingend. Das Boot gleitet hindurch und fliegt eilig einem ungeheuren Amphitheater zu, das vollständig von purpurnen Bergen umschlossen ist, deren Füße ein schimmernder Fluß umspült. Und nun zeigt sich den Blicken urplötzlich dieses ganze Paradies Arnheim. Eine bezaubernde Melodie rauscht auf; ein seltsam süßes Duften umschmeichelt die Sinne, – und traumgleich erstehen vor dem Auge hohe, schlanke Zypressen, laubenartiges Gesträuch, Scharen goldener und scharlachroter Vögel, lilienumsäumte Teiche, Wiesen voller Veilchen, Tulpen, Mohn, Hyazinthen und Tuberosen, lange, gewundene, silberne Wasserläufe und mitten aus alledem phantastisch emporstrebend ein halb gotisches, halb maurisches Bauwerk, das wie durch Wunderkraft frei in der Luft zu schweben scheint, im roten Sonnenglanz mit hundert Erkern, Minaretten und Zinnen erglitzert und vermuten läßt, es sei ein Geisterwerk der Sylphen, der Feen, der Genien und Gnomen.

Landors Landhaus

Während einer Wanderung, die mich letzten Sommer durch einige Flußtäler der Grafschaft Neuyork führte, sah ich mich, als der Tag zur Neige ging, in gewisser Verlegenheit, welchen Weg ich einschlagen sollte. Das Land war auffallend hügelig, und in der letzten halben Stunde hatte mich der Pfad, bei meinem Bemühen, mich in den Tälern zu halten, so verwirrend um und rundum geführt, daß ich nicht mehr ahnte, in welcher Richtung das reizende Dorf B . . . lag, wo ich die Nacht zu bleiben gedachte. Es hatte, genau genommen, den Tag über eigentlich keinen Sonnenschein gegeben, dennoch war es ungewöhnlich warm gewesen. Ein Nebelschleier, wie lauter Altweibersommer, verhängte alle Dinge und vermehrte natürlich meine Unsicherheit. Nicht daß ich die Sache sehr wichtig nahm. Sollte ich nicht vor Sonnenuntergang, selbst nicht vor Einbruch der Dunkelheit auf das Dorf stoßen, so war es doch mehr als wahrscheinlich, daß irgendein kleines Farmhaus oder dergleichen auftauchen würde, wenn auch die Gegend (vielleicht weil sie sich mehr malerisch als fruchtbar erwies) nur spärlich bewohnt war. Jedenfalls wäre ein Biwak im Freien, mit einem Rucksack als Kissen und meinem Jagdhund als Wächter, so recht nach meinem Geschmack gewesen. Ich schlenderte daher wohlgemut weiter und hatte meine Flinte Ponto aufgeladen, als ich schließlich, da ich eben Betrachtungen darüber anstellte, ob die zahlreichen kleinen Lichtungen, die hier- und dorthin führten, überhaupt Pfade vorstellen sollten, auf dem verlockendsten von ihnen auf einen richtigen Fahrweg geriet. Jeder Irrtum war ausgeschlossen. Leichte Räderspuren waren sichtbar, und obgleich das hohe Strauchwerk und das aufgeschossene Unterholz sich oben zusammenschlossen, gab es am Boden nicht das geringste Hemmnis, selbst nicht für ein virginisches Berggefährt, meiner Meinung nach das anspruchsvollste, hochfahrendste Vehikel seiner Art. Abgesehen davon, daß der Weg frei in den Wald führte (wenn die Bezeichnung Wald nicht allzu wuchtig ist für dieses Beieinander lichter Bäume) und daß er deutliche Räderspuren aufwies, glich er auch nicht entfernt irgendeinem der Wege, die ich je gesehen hatte. Die besagten Spuren waren kaum wahrnehmbar auf einer Fläche, die eine lebhafte Ähnlichkeit mit grünem Genueser Samt besaß. Es war Gras, gewiß, aber Gras, wie wir es außer in England selten sehen, so kurz, so dicht, so eben und von so leuchtender Farbe. Nicht das geringste Hindernis fand sich in der Radspur, nicht einmal ein Span oder ein dürrer Zweig. Die Steine, die einst den Weg gehemmt hatten, waren zur Seite des Weges sorgsam niedergelegt, nicht geworfen worden, so daß sie den Rasen mit einer sozusagen nachlässigen Sorgsamkeit malerisch abgrenzten. Büsche wilder Blumen wuchsen in den Zwischenräumen in verschwenderischer Fülle.

Was ich aus alledem machen sollte, wußte ich natürlich nicht. Hierin lag unzweifelhaft Kunst. Das überraschte mich nicht; alle Wege sind im herkömmlichen Sinne Kunstwerke; auch kann ich nicht sagen, daß lediglich die Übertreibung des Künstlerischen so wundersam erschien; alles, was hier geschehen war, mochte hier, wo soviel natürliche »Anlage« vorlag (wie man das in Büchern über Landschaftsgärtnerei findet) mit sehr wenig Arbeit und Ausgaben getan worden sein. Nein, es war nicht die Fülle, sondern der Charakter des Künstlerischen, was mich veranlaßte, mich auf einen der umblühten Steine niederzulassen und wohl eine halbe Stunde oder länger diese feenhafte Allee voll staunender Bewunderung hinauf und hinunter zu blicken. Eines wurde mir, je länger ich schaute, mehr und mehr deutlich: ein Künstler, und zwar ein Künstler mit außerordentlich scharfem Blick für Formen, hatte alle diese Anordnungen im voraus überlegt. Man war mit größter Sorgfalt bedacht gewesen, zwischen dem Hübschen und Anmutigen einerseits und dem »Pittoresken«, im wahren Sinne der italienischen Bezeichnung, andrerseits die rechte Mitte zu halten. Es gab wenig gerade und keine auf die Länge ungebrochenen Linien. Dasselbe Bild in Krümmung oder Farbe bot sich, soweit das Auge reichte, meist zweimal, doch nicht öfter. Überall in der Einförmigkeit war Abwechslung. Es war ein Stück »Komposition«, in der selbst der anspruchsvollste kritische Geschmack kaum eine Verbesserung hätte vorschlagen können.

Als ich diesen Weg betrat, hatte ich mich nach rechts gewandt, und nun erhob ich mich und verfolgte dieselbe Richtung. Der Pfad war so gewunden, daß ich seinen Lauf nie mehr als zwei, drei Schritte weit vor mir sah. Seine Anlage erfuhr nicht die geringste Wandlung.

Plötzlich traf das sanfte Murmeln eines Wassers mein Ohr, und einige Augenblicke später, als der Pfad mich noch überraschender als bisher um die Ecke führte, gewahrte ich, daß am Fuße eines dicht vor mir abfallenden sanften Hanges irgendein Gebäude lag. Ich konnte aber infolge des Dunstschleiers, der das ganze kleine Tal drunten erfüllte, nichts deutlich erkennen. Jetzt erhob sich jedoch ein leichter Wind, denn die Sonne war am Untergehen, und während ich auf dem Hügelkamm stehen blieb, zerteilte sich der Nebel in krause Fetzen und flutete über die Szene.

Wie die Dinge so allmählich zum Vorschein kamen, Stück um Stück, hier ein Baum, da ein Wasserblinken und hier wieder ein Stück Schornstein, war mir nicht anders zumute, als sei das Ganze eines jener geschickten Trugbilder, wie sie zuweilen unter der Bezeichnung »Vexierbilder« dargeboten werden.

Mit der Zeit jedoch, als der Nebel sich völlig verzogen hatte, war auch die Sonne hinter die sanften Hänge hinabgesunken, kam nun aber, als habe sie ein leichtes »chasser« nach Süden gemacht, wieder in volle Sicht, indem sie in purpurnem Glanz durch eine Kluft im Westen des Tales hereinschimmerte. Plötzlich also und wie mit Zauberhand wurde dieses ganze Tal und alles, was darin war, strahlend sichtbar.

Der erste »coup d'œil«, als die Sonne in die angegebene Stellung glitt, machte mir einen ähnlichen Eindruck, wie ihn mir in meiner Knabenzeit das Schlußbild eines gut inszenierten Schauspiels oder Melodramas hervorrief. Nicht einmal die Ungeheuerlichkeit in der Farbengebung fehlte, denn die Sonne drang durch die Kluft in sattem Orangerot und Purpur, während das lebhafte Grün des Grases im Tal durch den Dunstschleier, der noch immer darüber schwebte, als widerstrebe ihm die Trennung von einem so zauberhaft schönen Bild, mehr oder weniger auf alle Dinge zurückgestrahlt wurde.

Das kleine Tal, in das meine Blicke so unter der Nebelschicht hinabtauchten, konnte nicht mehr als vierhundert Meter Länge haben, die Breite wechselte von fünfzig zu hundertundfünfzig oder auch zweihundert Metern. An seinem Nordende war es außerordentlich schmal und verbreiterte sich, aber nicht gerade regelmäßig, nach Süden hin. Die größte Breite erreichte es ungefähr achtzig Meter vor dem südlichen Ende. Die Hänge, die das Tal umgaben, konnten nicht eigentlich Hügel genannt werden, höchstens an ihrer Nordseite. Hier erhob sich eine steile Felswand bis zu einer Höhe von neunzig Fuß und mehr, und wie ich schon sagte, war das Tal hier nicht breiter als fünfzig Meter. Wer sich aber von diesem Felsenriff nach Süden wandte, der fand zur Rechten und Linken Abhänge, die weniger hoch wie auch weniger steil und weniger felsig waren. Mit einem Wort, nach Süden hin wurde alles schräger und sanfter, und doch war das ganze Tal von mehr oder weniger hohen Erhebungen umgürtet, abgesehen von zwei Punkten. Von einem dieser Punkte habe ich schon gesprochen. Er lag gegen Nordwesten, und hier war es, wo die Sonne in der geschilderten Weise in das Amphitheater ihren Weg fand, durch eine sauber geschnittene, natürliche Kluft in der granitenen Umfassung. Dieser Einschnitt mochte an seiner breitesten Stelle zehn Meter betragen – soweit das Auge das zu schätzen vermochte. Er schien wie eine natürliche Chaussee sachte aufwärts zu führen, in die Gründe noch undurchforschter Berge und Wälder. Die andre Öffnung befand sich genau am südlichen Talende. Hier waren die Hügel im allgemeinen kaum mehr als sanfte Wellungen, die von Osten nach Westen in einer Breite von etwa hundertundfünfzig Metern verliefen. In der Mitte dieser Strecke lag eine Senkung, die bis auf die Bodenhöhe des Tales herabging. Wie in allem andern, so bot die Szene auch hinsichtlich der Vegetation ein nach Süden hin niedrigeres und sanfteres Bild. Nach Norden, an dem steilen Felshang, erhoben sich nicht weit vom Gipfel die prächtigen Stämme vom weißen und schwarzen Walnußbaum, von, Kastanienbaum und vereinzelten Eichen, und die besonders von den Walnußbäumen streng wagerecht gebreiteten Äste sprangen weit über den Felsrand vor. Nach Süden fortschreitend, sah man zunächst dieselben Baumarten, nur weniger hochgewachsen und majestätisch; dann begegnete man der schlankeren Ulme, dem Sassafras und der Robinie – ihnen folgte die sanftere Linde, der Judasbaum, Trompetenbaum und Ahorn – und schließlich kamen noch anmutigere und bescheidenere Arten. Die ganze südliche Hügelwelle war nur mit wildem Strauchwerk bedeckt, bis auf ein paar vereinzelte Silberweiden und Silberpappeln. Drunten im Tale selbst (denn man muß beachten, daß die genannte Vegetation nur auf den Felsen oder Hügelwänden wuchs) sah man drei einzeln stehende Bäume. Der eine war eine Ulme von beträchtlicher Größe und herrlicher Gestalt; sie stand als Wächter am südlichen Eingang des Tales. Der zweite war ein Nußbaum, viel größer als die Ulme und alles in allem ein viel edlerer Baum, wenngleich beide ausnehmend schön waren. Er schien den nordwestlichen Zutritt zu bewachen, wie er da aus einer Felsengruppe seine vornehme Gestalt mitten in den offenen Rachen der Schlucht hinausreckte, in einem Winkel von fast fünfundvierzig Grad, weit hinaus in den Sonnenschein des Amphitheaters.

Etwa dreißig Meter östlich von diesem Baum stand jedoch der Stolz des Tales und ohne Frage der prächtigste Baum, den ich je gesehen habe, ausgenommen vielleicht die Zypressen von Itchiatuckanee. Es war ein dreistämmiger Tulpenbaum – ein Liriodendron tulipiferum – eine der wilden Magnolienarten. Die drei Stämme trennten sich vom Mutterstamm in etwa drei Fuß Höhe, strebten nur ganz allmählich auseinander und waren dort, wo der breiteste Stamm Laub ansetzte, nicht mehr als vier Fuß auseinander. Das war in einer Höhe von ungefähr achtzig Fuß. Die ganze Höhe des Baumes betrug einhundertundzwanzig Fuß. Nichts kommt an Schönheit dem leuchtkräftigen Grün der Blätter des Tulpenbaumes gleich. Im gegenwärtigen Fall waren sie volle acht Zoll breit; ihre Pracht aber wurde übertroffen von dem schwellenden Prunk üppiger Blüten. Man stelle sich eine Million dicht zusammengedrängter, strahlendster Tulpen vor! Nur so kann sich der Leser eine Vorstellung von dem Bild machen, das ich ihm vermitteln möchte. Und dann die stolze Anmut der sauberen, zart gekerbten säulenartigen Stämme, deren größter zwanzig Fuß vom Boden einen Durchmesser von vier Fuß hatte. Die unzähligen Blüten erfüllten im Verein mit den Blüten andrer, kaum weniger schöner, allerdings weit weniger majestätischer Bäume das Tal mit Wohlgerüchen, die köstlicher waren als die Wohlgerüche Arabiens.

Der eigentliche Boden des Amphitheaters bestand aus Gras von derselben Beschaffenheit, wie ich es auf dem Weg gefunden hatte, höchstens noch weicher, üppiger und von einem noch wundervolleren, samtartigen Grün. Es war schwer zu fassen, wie all diese Schönheit erzielt werden konnte.

Ich habe von den zwei Öffnungen im Tal gesprochen; aus der ersten gen Nordwesten ergoß sich ein Bächlein, das mit sanftem Murmeln und einigem Schäumen die Schlucht herunterkam, bis es gegen die

Felsengruppe prallte, aus der der einzelstehende Walnußbaum aufschoß. Hier umkreiste es den Baum und wandte sich dann etwas nach Nordwesten, den Tulpenbaum einige zwanzig Fuß südlich lassend; nun veränderte es seinen Lauf nicht eher, als bis es etwa die Mitte zwischen der östlichen und westlichen Grenze des Tales erreicht hatte. An dieser Stelle bog es nach mehreren Krümmungen im rechten Winkel ab und verfolgte eine im allgemeinen südliche Richtung, bis es sich eilig in einem kleinen See von unregelmäßiger, aber ziemlich ovaler Form verlor, der schimmernd nahe am südlichen Talausgang lag. Dieser See hatte vielleicht an seiner breitesten Stelle hundert Meter Durchmesser. Kein Kristall konnte klarer sein als seine Wasser. Sein Grund, den man deutlich sehen konnte, bestand überall aus strahlend weißen Kieseln. Seine Ufer, von besagtem Smaragdgrün, rundeten sich in den klaren Himmel hinunter, und so klar war dieser Himmel, so vollkommen spiegelte er zuzeiten alle Gegenstände von oben, daß es schwer festzustellen war, wo das wirkliche Ufer aufhörte und das widergespiegelte begann. Die Forelle und einige andre Fischarten, von denen es im Weiher wimmelte, erweckten alle den Anschein von fliegenden Fischen. Es war schwer, nicht anzunehmen, daß sie einfach in der Luft hingen. Ein leichtes Birkenboot, das friedlich auf dem Wasser lag, wurde von dem so köstlich polierten Spiegel bis in seine feinsten Rippen mit unerhörter Treue wiedergegeben. Eine kleine Insel im heitern Schmuck vollerblühter Blumen und nur gerade groß genug, um ein malerisches kleines Bauwerk zu tragen, offenbar ein Wasservogelhaus, erhob sich im See, nicht weit von seinem nördlichen Ufer – mit dem sie durch eine unbegreiflich zierlich wirkende und doch ganz primitive Brücke verbunden war. Sie bestand aus einer einzigen, breiten und dicken Planke aus Tulpenholz. Sie war vierzig Fuß lang und überspannte den Raum zwischen Ufer und Ufer in leichtem, doch gut wahrnehmbarem Bogen, der jede Schwankung ausschloß. Aus dem Südende des Sees ergoß sich wieder der Bach, der sich ungefähr dreißig Meter in Windungen ergötzte und dann schließlich durch die schon beschriebene Niederung in der Mitte der südlichen Hänge hindurchfloß und, in eine Tiefe von hundert Fuß hinuntertaumelnd, seinen vielfach gewundenen Weg zum Hudson nahm.

Der See war tief – an manchen Stellen bis zu dreißig Fuß, der Bach aber hatte selten mehr als drei, während seine größte Breite etwa acht betrug. Sein Bett und die Ufer glichen denen des Weihers – wenn etwas daran auszusetzen war, so war es dies, daß die malerische Wirkung vielleicht durch übertriebene Sauberkeit beeinträchtigt wurde.

Die Weite des grünen Feldes wurde gelegentlich durch einen Zierstrauch unterbrochen, wie Hortensie, Schneeball oder duftendes Jasmingesträuch; häufiger noch durch eine Geraniumgruppe, die in allen Varietäten üppig blühte. Diese Geranien standen in Töpfen, die sorgfältig in die Erde gegraben waren, um den Eindruck wildwachsender Pflanzen hervorzurufen. Überdies war der Wiesensamt anmutig von Schafen belebt, die als stattliche Herde das Tal durchstreiften, in Gesellschaft dreier zahmen Rehe und einer beträchtlichen Anzahl strahlendgefiederter Enten. Ein sehr großer Bullenbeißer schien all diesen Tieren, dem einzelnen wie der Gesamtheit, eine wachsame Aufmerksamkeit zu widmen.

An den östlichen und westlichen Felsen – dort, wo die Begrenzung nach den höhergelegenen Teilen des Amphitheaters hin mehr oder weniger steil war – zog sich in verschwenderischer Fülle Efeu hin, so daß man nur hie und da ein Fleckchen nackten Fels hindurchschimmern sah. Der Westabhang war gleicherweise fast vollständig mit selten prächtigen Reben bedeckt, die zum Teil vom Fuße des Felsens aufstrebten, zum Teil am Hange selbst hervorwuchsen.

Die geringe Erhebung, aus der die untere Abgrenzung dieser kleinen Besitzung bestand, wurde von einer sauberen Steinmauer gekrönt, deren Höhe genügte, das Entweichen des Wildes zu verhindern. Nirgends sonst war eine Einfriedigung zu bemerken; denn nirgends sonst war ein künstlicher Abschluß nötig. Wollte zum Beispiel ein versprengtes Schaf versuchen, sich durch die Schlucht aus dem Tal zu entfernen, so würde es sein Vorwärtskommen nach wenigen Schritten durch den steilen Felsenvorsprung gehemmt sehen, über den der Wasserfall herabstürzte, der gleich, als ich mich der Ansiedlung näherte, meine Aufmerksamkeit erregt hatte. Kurz, der einzige Ein- und Ausgang bestand aus einem Tor, das einen Felspfad sperrte, wenige Schritte unterhalb der Stelle, auf der ich stehen blieb, um die Szene zu betrachten.

Ich habe geschildert, wie der Bach in seinem Laufe viele unregelmäßige Windungen machte. Seine beiden Hauptrichtungen liefen, wie ich sagte, zuerst von West nach Ost und dann von Norden nach Süden.

Da, wo der Wasserlauf den Bogen machte und wieder nach rückwärts lief, schloß er eine fast kreisrunde Schlinge, so daß eine Halbinsel entstand, die beinahe eine Insel war. Auf dieser Halbinsel stand ein Wohnhaus – und wenn ich sage, daß dieses Haus, gleich der Höllenterrasse, die Vathek sah, »était d'une architecture inconnue dans les annales de la terre«, so meine ich lediglich, daß das Ganze mich durch seine Eigenart wie auch durch seine Zweckmäßigkeit ungemein verblüffte – mit einem Wort, durch »Poesie« – denn ich könnte kaum mit andern Bezeichnungen als den vorstehend gewählten eine genaue Definition für abstrakte Poesie geben – und ich meine nicht, daß das »outré« in irgendeiner Hinsicht bemerkenswert war.

In der Tat, nichts hätte wohl einfacher – unaufdringlicher wirken können als dieses Landhaus. Sein wundersamer Eindruck lag ausschließlich in seiner künstlerischen, bildhaften Anlage. Während ich hinsah, hätte ich mir vorstellen können, ein hochbedeutender Landschaftsmaler habe es mit seinem Pinsel geschaffen.

Der Aussichtspunkt, von dem aus ich das Tal zum ersten Male sah, war zur Betrachtung des Hauses nicht der beste, aber doch fast der beste Platz. Ich will es daher so beschreiben, wie es sich mir später bot – von dem Steinwall am Südende des Amphitheaters aus gesehen.

Das Hauptgebäude hatte eine Länge von ungefähr vierundzwanzig Fuß und eine Tiefe von sechzehn – sicher nicht mehr. Seine Gesamthöhe vom Boden bis zur Dachspitze konnte nicht mehr als achtzehn Fuß betragen. An der Westseite dieses Bauwerks war ein zweites angefügt, das in allen seinen Teilen etwa ein Drittel kleiner war: – seine Vorderseite stand etwa zwei Meter hinter der des größeren Hauses zurück, und sein Dach verlief natürlich beträchtlich niedriger als das benachbarte. In rechtem Winkel zu diesen Gebäuden und am Ende des Hauptbaues – aber nicht genau in der Mitte – erstreckte sich ein dritter, sehr kleiner Bau – im ganzen ein Drittel kleiner als der westliche Flügel. Die Dächer der beiden größeren Bauten waren sehr steil – glitten in einer langen, konkaven Kurve vom First hernieder und griffen mindestens vier Fuß über die Frontmauern hinaus, so daß sie noch die Bedachung zweier Laubengänge bildeten. Als solche bedurften sie selbstredend keiner Stützen; da sie aber dem Anschein nach Stützen brauchten, so waren nur an den Ecken leichte und völlig glatte Säulen eingeschaltet worden. Das Dach des nördlichen Flügels war nur eine Verlängerung des Hauptdaches. Zwischen dem Hauptgebäude und dem westlichen Flügel erhob sich ein sehr hoher und ziemlich schlanker, viereckiger Schornstein aus harten schottischen Ziegeln, abwechselnd schwarzen und roten – mit einer schmalen Kranzleiste ausladender Ziegel am oberen Ende. Auch über die Giebel sprangen die Dächer sehr weit vor – am Hauptbau etwa vier Fuß nach Osten und zwei nach Westen. Die Eingangstür befand sich nicht genau in der Mitte, sondern etwas mehr östlich, während die beiden Fenster westlich davon lagen. Sie reichten nicht bis zur Erde, waren aber viel länger und schmaler als üblich – sie hatten einflügelige Fensterladen, die wie Türen aussahen – die Glasscheiben hatten Rautenform, aber von ziemlicher Größe. Die Tür selbst bestand in ihrem oberen Teil aus Glas, ebenfalls in Rautenform – durch einen beweglichen Schalter nachts verschließbar. Die Tür für den Westflügel befand sich in der Giebelseite und war sehr einfach – ein einziges Fenster wies hier nach Süden. Am Nordflügel gab es keine Außentür, und er hatte auch nur ein Fenster nach Osten.

Die nackte Wand des östlichen Giebels wurde durch eine Treppe mit Geländer gehoben, die schräg daran emporlief – der Aufstieg begann von Süden. Unter dem Schutz des weit vorspringenden Dachbogens führten diese Stufen zu einer Dachkammer, mehr einem Bodenraum – denn er erhielt sein Licht nur durch ein einziges Fenster nach Norden und schien als Speicher gedacht zu sein.

Die Vorplätze des Hauptgebäudes und westlichen Flügels waren nicht, wie sonst üblich, gepflastert. Aber an den Türen und vor jedem Fenster lagen große, flache, unregelmäßige Granitplatten im herrlichen Grasteppich, die ein angenehmes Gehen bei jeder Witterung ermöglichten.

Prächtige Pfade aus dem gleichen Material – nicht zierlich ausgeführt, sondern von dem samtenen Grün unterbrochen, das in Abständen zwischen den Steinen hervorquoll, führten vom Hause hierhin und dorthin, zu einer kristallenen Quelle in fünf Schritt Entfernung, zu dem Weg oder ein paar Nebengebäuden, die hinter dem Bach nach Norden lagen und durch einige Akazien- und Trompetenbäume völlig verborgen wurden.

Nicht mehr als sechs Schritt vom Haupteingang des Landhauses erhob sich der tote Strunk eines phantastischen Birnbaumes, so ganz von Kopf zu Fuß in üppige Bignoniablüten gehüllt, daß es keine Kleinigkeit war, zu ergründen, woraus diese wunderschöne Sache eigentlich bestand. An verschiedenen Ästen dieses Baumes hingen Käfige aller Art. In einem großen, zylinderförmigen Weidengeflecht vergnügte sich ein Spottvogel, in einem andern ein Pirol, in einem dritten die dreiste Reisammer – während aus drei bis vier zierlicheren Zellen der Gesang von Kanarienvögeln erschallte.

Die Pfeiler der Vorplätze waren von Jasmin und Geisblatt umrankt, und im Winkel, wo Hauptbau und Westflügel sich trafen, erhob sich ein Weinstock von unvergleichlicher Pracht. Alle Hindernisse nehmend, hatte er erst das tieferliegende Dach erklommen, dann das höhere, und am Rande des letzteren wand er sich weiter, nach rechts und nach links Ranken aussendend, bis er schließlich glücklich den Ostgiebel erreichte und sich die Treppe herunterwand.

Das ganze Haus samt seinen Flügeln war mit den altmodischen schottischen Schindeln, die breit und eckig sind, belegt. Es ist eine Eigenart dieses Materials, daß es die Häuser unten breiter als oben erscheinen läßt, gleich den ägyptischen Bauwerken, und hier wurde dieser außerordentlich malerische Eindruck durch zahlreiche Töpfe voll prächtiger Blumen unterstützt, die beinahe den gesamten Bau umringten.

Die Schindeln hatten einen mattgrauen Anstrich, und die glückliche Kontrastwirkung dieser neutralen Tönung zu dem lebhaften Grün der Blätter des Tulpenbaumes, der das Landhaus teilweise überschattete, wird jeder Künstler begreifen.

Von einem Platz am Steinwall aus war der Anblick der Gebäude am vorteilhaftesten, denn der südöstliche Flügel sprang vor, so daß das Auge gleichzeitig die beiden Fronten mit dem malerischen östlichen Giebel umfaßte und noch ein Stückchen vom Nordgiebel dazu, ferner etwa die Hälfte einer leichten Brücke, die sich in nächster Nähe des Hauptgebäudes über den Bach spannte.

Ich blieb nicht sehr lange auf dem Hügelkamm, wenngleich lange genug, um das Bild zu meinen Füßen gründlich in mich aufzunehmen. Es war klar, daß ich vom Weg zum Dorf abgekommen war, und ich hatte daher die gute Berechtigung des Wanderers, das Tor vor mir zu öffnen und jedenfalls meinen Weg zu erfragen; so trat ich ohne viel Umstände näher.

Der Pfad schien hinter dem Tor einem natürlichen Felsensteig zu folgen und schlängelte sich allmählich an den nordöstlichen Klippen hinunter. Er führte mich an den Fuß des nördlichen Abhangs hinab und dann über die Brücke, um den östlichen Giebel herum zum Haupteingang. Dabei stellte ich fest, daß von den Nebengebäuden nichts zu sehen war.

Als ich um die Ecke der Giebelseite kam, lief der Bullenbeißer in Sätzen auf mich zu, stumm, aber mit dem Blick und dem Gebaren eines Tigers. Ich streckte ihm jedoch meine Hand hin, als Freundschaftszeichen, und ich habe noch keinen Hund gekannt, der solch einem Appell an seine Höflichkeit widerstanden hätte. Er schloß nicht nur den Rachen und wedelte mit dem Schwanz, sondern bot mir eindringlich die Pfote, um dann auch Ponto seine Begrüßung zu erweisen.

Da keine Klingel zu entdecken war, pochte ich mit dem Stock an die Tür, die halb offen stand. Sogleich näherte sich eine Gestalt – die eines jungen Weibes von ungefähr achtundzwanzig Jahren – schlank und etwas über Mittelgröße. Als sie mit einem gewissen nicht zu beschreibenden Schritt von bescheidener Entschiedenheit herantrat, sagte ich zu mir selbst: »Hier habe ich nun die Vollendung der natürlichen im Gegensatz zur künstlerischen Anmut gefunden.« Der zweite Eindruck, den sie in mir hervorrief, der aber noch weit lebhafter war als der erste, war Begeisterung. Ein so intensiver Ausdruck von Romantik – so sollte ich es vielleicht nennen – oder von Unweltlichkeit, wie er aus ihren tiefliegenden Augen schimmerte, war mir nie vorher ins innerste Herz gedrungen. Ich weiß nicht, wie das ist, aber dieser besondere Ausdruck im Auge, der gelegentlich auch den Mund kräuselt, ist der mächtigste, wenn nicht der durchaus einzige Zauber, mit dem ein Weib mich fesseln kann. »Romantik« – vorausgesetzt, daß meine Leser begreifen, was ich hier mit dem Wort besagen will – »Romantik« und »Weiblichkeit« sind für mich dieselben Begriffe, und was schließlich der Mann im Weibe wirklich liebt, ist einfach ihre Weiblichkeit. Annies Augen (ich hörte, wie jemand von drinnen rief: »Annie, Liebes!«) waren »geistvoll grau«, ihr Haar war ein lichtes Kastanienbraun; das war alles, was ich beobachten konnte.

Ihrer sehr artigen Einladung folgend, trat ich ein und durchschritt zunächst eine ziemlich weite Diele. Da ich hauptsächlich gekommen war, um zu beobachten, stellte ich fest, daß sich rechts von mir ein solches Fenster befand, wie sie von außen zu sehen gewesen waren, links eine Tür, die in das Hauptgemach führte, während gegenüber eine offene Tür mir Einblick in ein kleines Zimmer gestattete, das, von derselben Größe wie die Diele, als Arbeitszimmer eingerichtet war und ein großes Bogenfenster nach Norden hatte.

Ich trat ins Wohnzimmer und sah mich Mr. Landor gegenüber, denn so war, wie ich später erfuhr, sein Name. Er war höflich, ja kordial von Wesen, aber ich blieb eben jetzt eifriger bedacht, die Einrichtung des Hauses, das mich so ungemein interessierte, zu betrachten, als die persönliche Erscheinung des Besitzers.

Der Nordflügel, den ich nun sah, bestand aus einem Schlafzimmer, dessen Tür in das Wohnzimmer führte. Den Boden bedeckte ein Teppich von prächtigem Gewebe: kleine, grüne, kreisende Figuren auf weißem Grunde. An den Fenstern befanden sich Vorhänge aus schneeweißem Jakonettmusselin; sie waren ziemlich schwer und hingen genau, vielleicht etwas steif, in strengen, gleichmäßigen Falten bis auf den Boden – genau bis auf den Boden. Die Wände waren mit einer sehr zarten französischen Tapete bekleidet, auf deren silbernem Grund ein blaßgrüner Faden in Zickzacklinien hindurchlief. Sie wurde in ihrer ganzen Ausdehnung nur von drei kostbaren Lithographien Juliens »à trois crayons« unterbrochen, die ungerahmt an der Wand befestigt waren. Eine der Zeichnungen war eine Szene voll orientalischer Pracht oder besser Üppigkeit, eine andere ein Karnevalsbild, unvergleichlich geistvoll, die dritte bot den Kopf einer Griechin: ein so göttlich schönes und dabei so herausfordernd unentschiedenes Antlitz hatte ich nie vorher gesehen.

Die gegenständliche Einrichtung bestand aus einem runden Tisch, ein paar Stühlen (darunter ein großer Schaukelstuhl) und einem Sofa oder besser einem »Kanapee«; es war aus glattem, gelblich-weiß lackiertem Ahornholz mit zarten, grünen Streifen, der Sitz war Rohrgeflecht. Die Stühle und der Tisch »paßten« dazu, aber ganz offenbar war die Form eines jeden Gegenstandes von demselben Kopf entworfen, der »die Landschaft« angelegt hatte – man kann sich nichts Anmutigeres denken.

Auf dem Tisch lagen ein paar Bücher, stand eine große, eckige Kristallflasche mit einem eigenartigen Parfüm, eine Astral- (nicht Solar-) Lampe aus glattem Milchglas mit einer italienischen Glocke und eine große Vase strahlend blühender Blumen. Blumen in verschwenderischer Farbenpracht und zarten Düften bildeten tatsächlich den einzigen Schmuck des Zimmers. Der Kamin war fast ausgefüllt von einer Vase mit leuchtenden Geranien. Ein dreieckiges Wandbrett in jeder Zimmerecke trug je eine ähnliche Vase, nur ihr lieblicher Inhalt wechselte. Ein paar kleinere Sträuße zierten den Kaminsims, und späte Veilchen umdrängten die offenen Fenster.

Es liegt nicht in der Absicht dieser Erzählung, mehr zu geben als eine eingehende Schilderung von Mr. Landors Wohnsitz, wie ich ihn fand.

Der Goldkäfer

Holla, holla! Der Bursche tanzt wie toll!
Es hat ihn die Tarantula gebissen.

All in the Wrong

Vor vielen Jahren stand ich in nahen Beziehungen zu einem Herrn William Legrand. Er entstammte einer alten Hugenottenfamilie und war einst wohlhabend gewesen; durch allerlei Unglücksfälle aber war sein Vermögen zusammengeschmolzen, so daß er nur noch das Nötigste hatte. Um Demütigungen auszuweichen, verließ er Neu-Orleans, die Heimat seiner Väter, und ließ sich auf Sullivans Insel nahe bei Charleston in Südkarolina nieder.

Diese Insel ist recht merkwürdig. Sie besteht fast ganz aus Seesand und ist etwa drei Meilen lang. Ihre Breite beträgt nirgends mehr als eine Viertelmeile. Vom Festland ist sie durch einen schmalen Meeresarm getrennt, der sich durch eine Wildnis von Schilf und Schlamm mühsam seinen Weg sucht und ein Lieblingsaufenthalt des Marschhuhns ist. Die Vegetation ist, wie sich denken läßt, spärlich und zwerghaft. Größere Bäume gibt es nicht; doch findet sich am Westende, da, wo Fort Moultrie steht, die stachlige Zwergpalme. Auch einige Holzhäuser stehen hier, Sommerwohnungen von Charlestoner Bürgern, die dem Staub und dem Fieber zu entfliehen trachten. Der ganze übrige Teil der Insel, mit Ausnahme des harten weißen Strandes, ist dicht bewuchert von der wohlriechenden Myrte, die bei englischen Gärtner sehr gesucht ist. Der einzelne Strauch erreicht hier oft eine Höhe von fünfzehn bis zwanzig Fuß und bildet ein undurchdringliches Buschwerk, das die Luft in weitem Umkreis mit Wohlgerüchen tränkt.

Mitten in diesem Myrtendickicht, nicht weit von der einsamen Ostküste der Insel, hatte Legrand sich eine kleine Hütte gezimmert, die er damals bewohnte, als ich ihn rein zufällig kennenlernte. Wir wurden bald zu Freunden, denn der Einsiedler gewann mir Achtung und Interesse ab. Ich fand in ihm einen gebildeten Mann von hervorragenden Geistesgaben, nur war er sehr menschenscheu und abwechselnd krankhaften Anfällen von Begeisterung und von Schwermut unterworfen. Er hatte viele Bücher bei sich, von denen er aber selten Gebrauch machte. Sein Hauptvergnügen war Fischen und Jagen; doch schlenderte er auch gern am Strand entlang, um Muscheln zu suchen, oder durchforschte das Myrtendickicht nach seltenen Insekten. Von letzteren besaß er eine Sammlung, um die selbst ein Swammerdam ihn beneidet hätte. Bei seinen Wanderungen begleitete ihn in der Regel ein alter Neger namens Jupiter, der von der Familie seines Herrn, als diese noch wohlhabend gewesen, die Freiheit erhalten hatte, aber weder durch Drohungen noch Versprechungen zu bestimmen gewesen war, die Fürsorge für seinen jungen »Massa Will« aufzugeben. Es ist nicht unwahrscheinlich, daß die Verwandten Legrands dem Neger diese Halsstarrigkeit eingegeben hatten, weil es ihnen gut schien, den exzentrisch veranlagten jungen Mann behütet und überwacht zu sehen.

Sullivans Insel liegt auf einem Breitengrad, auf dem ein strenger Winter selten ist und man nur ausnahmsweise einmal eines wärmenden Feuers bedarf. Mitte Oktober 18 . . aber hatten wir einen sehr frostigen Tag. Gegen Sonnenuntergang bahnte ich mir meinen Weg durchs immergrüne Buschwerk zur Hütte meines Freundes, den ich seit Wochen nicht besucht hatte. Ich wohnte damals in Charleston, das neun Meilen von der Insel entfernt liegt, und die Reiseverbindungen waren jenerzeit nicht so bequem wie heutzutage. Als ich die Hütte ereicht hatte, klopfte ich wie gewöhnlich an, und als ich keine Antwort bekam, nahm ich den Schlüssel aus dem mir bekannten Versteck, schloß auf und trat ein. Im Kamin brannte ein kräftiges Feuer – eine mir keineswegs unwillkommene Überraschung. Ich warf den Überzieher ab, rückte mir einen Lehnstuhl an die knisternden Scheite und erwartete geduldig die Heimkehr meiner Wirte.

Sie kamen bald nach Dunkelwerden und begrüßten mich herzlich. Jupiter grinste von einem Ohr bis zum andern, während er sich anschickte, uns ein paar Marschhühner zum Abendessen zu bereiten. Legrand hatte einen seiner Begeisterungsanfälle – ich kann es nicht anders nennen. Er hatte eine unbekannt zweischalige Molluske gefunden, die eine neue Gattung bildete, und mehr noch: Er hatte mit Jupiters

Hilfe einen Käfer eingefangen, den er für etwas ganz Neues hielt, worüber er aber noch am andern Morgen meine Meinung hören wollte.

»Und warum nicht schon heute?« fragte ich und wärmte meine Hände über der Flamme; in meinem Innern wünschte ich alle Käfer der Welt zum Teufel.

»Ja, wenn ich doch nur gewußt hätte, daß Sie kommen!« sagte Legrand. »Aber es ist so lange her, seit ich Sie sah, und wer hätte ahnen können, daß Sie gerade heute abend mich besuchen würden? Auf dem Heimweg begegnete mir Leutnant G. von der Festung, törichterweise lieh ich ihm den Käfer; so werden Sie denselben vor morgen früh nicht sehen können. Übernachten Sie hier! Bei Sonnenaufgang lasse ich den Käfer dann durch Jup holen. Sie können sich gar nichts Schöneres denken!«

»Als was – den Sonnenaufgang?«

»Unsinn! Nein – den Käfer. Er ist von leuchtender Goldfarbe – etwa so groß wie eine Walnuß – mit zwei jetschwarzen Punkten an einem Ende des Rückens und einem einzigen größeren am andern Ende. Die Fühlhörner sind . . .«

»Kein bißchen Horn an ihm, Massa Will, sag's Ihnen noch mal«, fiel hier Jupiter ein; »Tier ist ein Goldkäfer, schwer Gold, jedes bißchen ganz Gold, außen und innen, Flügel und alles – nie im Leben ich habe so schweren Käfer in Hand gehalten.«

»Nun, nehmen wir an, du habest recht, Jup«, erwiderte Legrand ernsthafter, als es mir nötig schien, »ist das aber ein Grund, daß du die Hühner anbrennen läßt? Die Farbe« – hier wandte er sich zu mir – »vermag allerdings Jupiters Ansicht zu bestätigen. Noch nie haben Sie etwas Strahlenderes gesehen als die Flügel dieses Tieres – doch darüber können Sie erst morgen urteilen. Einstweilen will ich Ihnen einen Begriff von seiner Gestalt geben.« Mit diesen Worten setzte er sich an einen kleinen Tisch, auf dem sich Tinte und Feder befanden; Papier fehlte. Er suchte in einer Schublade danach, konnte aber keins finden.

»Tut nichts«, sagte er schließlich, »dies hier tut es auch.« Und er zog aus der Westentasche einen Fetzen, den ich für sehr schmutziges Propatriapapier hielt, und entwarf darauf eine flüchtige Federzeichnung.

Währenddessen nahm ich meinen Platz beim Feuer wieder ein, denn mir war noch immer kalt. Als er die Zeichnung fertig hatte, reichte er sie mir, ohne aufzustehen. Kaum hatte ich sie in der Hand, als draußen ein lautes Knurren ertönte, dem ein Kratzen an der Tür folgte; Jupiter öffnete, und ein großer Neufundländer, der Legrand gehörte, stürmte herein, legte die Pfoten auf meine Schultern und überhäufte mich mit Liebkosungen, denn ich hatte ihn bei meinen Besuchen stets gut behandelt. Als er sich beruhigte, blickte ich auf das Papier und war, die Wahrheit zu sagen, nicht wenig verwirrt über das, was mein Freund da hingemalt hatte.

Nachdem ich es minutenlang betrachtet hatte, sagte ich: »Der Käfer ist in der Tat seltsam, das muß ich zugeben; er ist mir gänzlich neu – habe nie dergleichen gesehen – es sei denn ein Schädel, ein Totenkopf, denn damit allein hat er Ähnlichkeit.«

»Ein Totenkopf!« wiederholte Legrand. »Nun ja, mag sein, daß er auf dem Papier etwas davon hat. Die zwei oberen schwarzen Punkte sehen wie Augen aus, wie? Und der längere unten wie ein Mund – und die Form des Ganzen ist oval.«

»Vielleicht liegt es daran«, sagte ich. »Doch, Legrand, ich fürchte, Sie sind kein Zeichenkünstler. Ich muß warten, bis ich den Käfer selber gesehen habe, ehe ich mir eine Vorstellung von ihm machen kann.«

»Sonderbar«, sagte er, ein wenig verletzt, »ich zeichne ganz gut – habe jedenfalls vortreffliche Lehrer gehabt und darf mir wohl auch schmeicheln, nicht gerade ein Dummkopf zu sein.«

»Ja, mein lieber Freund, dann haben Sie wohl einen Scherz beabsichtigt?« sagte ich. »Dies hier ist ein ganz gut gezeichneter Schädel, ja, ich kann wohl sagen, ein meisterhaft gezeichneter Schädel – und Ihr Skarabäus muß der merkwürdigste Käfer von der Welt sein, wenn er ihm gleicht; er könnte geradezu unheimliche Vorahnungen erwecken. Ich nehme an, Sie werden den Käfer Scarabaeus caput hominis oder so ähnlich benennen; es gibt eine ganze Reihe derartiger Namen in der Naturgeschichte. Doch wo sind die Fühlhörner, von denen Sie sprachen?«

»Die Fühlhörner!« sagte Legrand in übertrieben gereiztem Ton; »Sie müssen sie doch sehen, die Fühlhörner. Ich habe sie in natürlicher Größe wiedergegeben, und ich meine, das genügt für ihre Erkennbarkeit.«

»Nun, nun«, erwiderte ich, »mag sein; ich sehe sie aber nicht.« Und ich gab ihm ohne weitere Worte das Papier zurück, um ihn nicht noch mehr zu reizen. Ich war aber über die Wendung der Dinge sehr überrascht. Seine schlechte Laune beunruhigte mich; was konnte ich dafür, daß die Fühlhörner nicht zu sehen waren und daß das Ganze eine verblüffende Ähnlichkeit mit der üblichen Zeichnung eines Totenschädels hatte?

Verdrießlich nahm er das Papier entgegen und hatte offenbar die Absicht, es zu zerknittern und ins Feuer zu werfen, als ein zufälliger Blick auf die Zeichnung ihn plötzlich davon abhielt. Sein Gesicht wurde glühend rot und gleich darauf unheimlich bleich. Minutenlang starrte er unbeweglich auf das Blatt in seinen Händen. Endlich stand er auf, nahm eine brennende Kerze vom Tisch und setzte sich in der hintersten Ecke des Zimmers auf einen Schiffskoffer. Dort prüfte er das Blatt von neuem mit ängstlicher Aufmerksamkeit, indem er es nach allen Seiten drehte und wendete. Er sagte aber nichts, und sein Benehmen verwunderte mich sehr; ich hielt es jedoch für ratsam, seine üble Laune nicht durch irgendeine Bemerkung zu verschlimmern. Er nahm jetzt ein Notizbuch aus seiner Rocktasche, legte das Papier sorgsam hinein und verschloß beides in einem Schreibpult. Sein Benehmen wurde nun ruhiger, aber seine vorherige Begeisterung war ganz verschwunden; doch schien er weniger mürrisch als nachdenklich. Je mehr es Nacht wurde, desto mehr versank er in Träumerei, aus der kein Scherzwort ihn erwecken konnte. Es war meine Absicht gewesen, die Nacht hier in der Hütte zu verbringen, wie ich es früher gelegentlich getan hatte; bei der trüben Stimmung meines Gastgebers schien es mir aber ratsamer, mich zu empfehlen. Er drängte mich nicht zum Bleiben; doch als ich ging, schüttelte er mir die Hand noch herzlicher als sonst. –

Es war etwa einen Monat später, und in der Zwischenzeit hatte ich von Legrand nichts gesehen, als ich in Charleston den Besuch seines Dieners Jupiter erhielt. Der gute alte Neger war in auffallend gedrückter Stimmung, und ich fürchtete, daß meinem Freund irgendein Unglück zugestoßen sei.

»Nun, Jup«, sagte ich, »was gibt's? Wie geht es deinem Herrn?«

»Ja, ehrlich, Massa, ihm nicht so wohlgehn, als sollte sein.«

»Nicht wohl? Das betrübt mich sehr. Worüber klagt er?«

»Da! Das ist's! Ihm klagt nie über nichts – aber ihm sehr krank sein über alles das.«

»Sehr krank? – Warum hast du das nicht gleich gesagt! Muß er zu Bett liegen?«

»Nein, nicht das. Nicht finden ich, was sein. Das sein gerade das Schlimme. Mein Herz sein sehr schwer geworden über armen Massa Will.«

»Ich wollte, ich könnte dich verstehen, Jupiter. Du sagst, dein Herr ist krank. Hat er dir nicht gesagt, was ihm fehlt?«

»Ach, Massa, nicht wert die Sache, daß ihm darüber Kopf verlieren Massa Will sagen, ihm gar nichts fehlen – aber warum dann so herumgehen mit Kopf nach unten und dann halt stehen – und so weiß wie Gans? Und dann Wort halten ganze Zeit . . .«

»Was halten, Jupiter?«

»Wort halten mit Figuren auf Tafel – ganz sehr komische Figuren – nie gesehen haben ich. Ich dir sagen, Massa, ihm sein viel gefährlich. Ich müssen immer viel acht haben über ihm. Einmal Massa mir fort – früh mit Sonne – und fort sein ganzes Tag. Ich mir geschnitten haben großes Stock und wollen schlagen, wann ihm zurückkommen. Aber ich solches Narr – nachher nicht haben gekonnt – ihm so elend aussehen.«

»Wie? – Was? – Nun ja, ich meine, du solltest nicht gar zu streng gegen den armen Jungen sein – nicht schlagen, Jupiter – er kann es nicht gut vertragen. Aber hast du gar keine Ahnung, was die Ursache ist für diese Krankheit – oder vielmehr für dieses veränderte Benehmen? Ist irgend etwas Unangenehmes geschehen, seit ich euch zuletzt sah?«

»Nein, Massa, da sein gewesen nichts Schlimmer seitdem – es waren vorher, ich fürchten – an das Tag, wo du bei uns waren.«

»Wie? Was willst du damit sagen?«

»Nun, Massa, ich meinen das Käfer. Da, nun wissen du!«

»Das – was?«

»Das Käfer – ich wissen ganz gewiß, Massa gebissen sein, wo am Kopf von das Goldkäfer.«

»Und was für einen Grund hast du für deine Annahme, Jupiter?«

»Klauen genug, Massa, und Maul auch. Ich nie haben gesehen so ein verdammtes Käfer – es stoßen und beißen alles, was ihm nahe kommen. Massa Will es packen – aber schnell wieder loslassen – das waren die Zeit, wo es ihm gebissen. Ich selbst nicht haben wollen gucken auf Maul von das Käfer oder sonst – und nicht haben wollen fassen mit meines Finger – aber es packen mit Papier, das da sein gelegen. Ich das Käfer wickeln in Papier und stopfen ihm dann Stückchen in Maul. So wir haben gemacht.«

»Und du meinst also, daß dein Herr wirklich von dem Käfer gebissen worden sei und daß der Biß ihn krank gemacht habe?«

»Ich nicht meinen – ich wissen. Warum über Gold so viel träumen, wann ihm nicht gebissen von das Goldkäfer? Ich schon viel gehört über das von Goldkäfer.«

»Doch woher weißt du, daß er von Gold träumt?«

»Woher ich wissen? Ja, weil ihm sprechen davon im Schlaf – daher ich wissen.«

»Nun, Jup, vielleicht hast du recht; doch welch glücklichem Umstand muß ich die Ehre deines heutigen Besuches zuschreiben?«

»Was sagen Massa?«

»Bringst du mir irgendwelche Botschaft von Herrn Legrand?«

»Nein, Massa, ich bringen das hier.« Und hier überreichte Jupiter mir ein Briefchen, das so lautete:

»Mein lieber . . .!

Warum habe ich Sie so lange nicht gesehen? Ich hoffe doch, daß Sie nicht etwa über irgendeine kleine Schroffheit von mir beleidigt sind. Doch nein, das ist unwahrscheinlich.

Seit ich Sie zuletzt sah, habe ich viel Grund zu Besorgnis. Ich habe Ihnen etwas zu sagen, weiß jedoch kaum, wie ich es sagen soll, noch ob ich es überhaupt sagen soll.

Ich bin seit einigen Tagen nicht ganz wohl, und der gute alte Jup quält mich fast unerträglich mit seiner wohlgemeinten Überwachung. Ist es zu glauben: Er hatte neulich einen großen Stock geschnitten, um mich durchzuprügeln, weil ich ihm ausgerissen war und den Tag solo in den Bergen auf dem Festland verbrachte. Ich glaubte tatsächlich, daß nur mein schlechtes Aussehen mir die Prügel ersparte.

Ich habe seit unserem letzten Beisammensein nichts Neues für meine Sammlung gefunden.

Wenn Sie können, kommen Sie mit Jupiter herüber – machen Sie es irgendwie möglich. Sie müssen kommen! Ich möchte Sie noch heute abend in wichtiger Angelegenheit sprechen. Ich versichere Ihnen, daß sie von größter Wichtigkeit ist.

Stets der Ihre
William Legrand«

Im Ton dieses Briefes lag etwas, das mir große Unruhe machte. Sein ganzer Stil wich stark von Legrands sonstiger Schreibweise ab. Was war es nur, wovon er träumte? Von welch neuer Grille war wohl sein leicht erregbares Hirn erfaßt? Welche Angelegenheit »von größter Wichtigkeit« konnte er zu erledigen haben? Jupiters Bericht über ihn prophezeite mir nichts Gutes. Ich befürchtete, die andauernd unglücklichen Verhältnisse meines Freundes hätten diesen schließlich um den Verstand gebracht. Ich bereitete mich also ohne Zögern vor, den Neger zu begleiten.

Als wir den Strand erreichten, sah ich unten im Boot, das uns zur Insel hinüberführen sollte, eine Sichel und zwei Spaten liegen, alle drei Gegenstände anscheinend ganz neu.

»Was sollen die Sachen, Jup?« fragte ich.

»Es sein Sichel und Spaten, Massa.«

»Sehr richtig; aber was sollen sie da?«

»Sein das Sichel und Spaten, was ich kaufen müssen für Massa – ich haben verteufelt viel Geld dafür geben.«

»Aber im Namen von allem, was geheimnisvoll ist, was will denn dein Massa Will mit Sichel und Spaten?«

»Das sein mehr, als ich wissen – und der Teufel holen mich, wenn es nicht auch mehr sein, als Massa selbst wissen. Aber es sein alles von das Käfer kommen.«

Da ich sah, daß von Jupiter, dessen ganzer Verstand von »das Käfer« eingenommen zu sein schien, keine befriedigende Antwort zu erlangen war, stieg ich in das Boot und hißte das Segel. Ein guter starker Wind brachte uns bald in die kleine Bucht nördlich von Fort Moultrie, und nach einem Marsch von etwa zwei Meilen kamen wir bei der Hütte an. Es war gegen drei Uhr nachmittags. Legrand hatte uns mit Spannung erwartet. Er griff meine Hand mit so heftigem Druck, daß es mich beunruhigte und in meinem vorgefaßten Verdacht bestärkte. Sein Gesicht war geisterhaft bleich, und seine tiefliegenden Augen leuchteten in unnatürlichem Glanz. Nach einigen Erkundigungen über sein Befinden fragte ich, da ich nichts Besseres zu sagen wußte, ob er den Skarabäus inzwischen von Leutnant G. zurückerhalten habe.

»O ja!« erwiderte er heftig errötend, »ich bekam ihn am nächsten Morgen. Nichts könnte mich je veranlassen, mich von diesem Käfer zu trennen. Wissen Sie, daß Jupiter mit dem Käfer ganz recht hatte?«

»Inwiefern?« fragte ich mit einer traurigen Ahnung im Herzen.

»In seiner Meinung, daß der Käfer wirklich ganz von Gold sei.« Er sagte dies mit tiefernster Miene, und ich fühlte mich unsagbar erschüttert.

»Dieser Käfer soll mein Glück machen!« fuhr er mit triumphierendem Lächeln fort. »Er soll mich in mein Erbgut wieder einsetzen.

Ist es da ein Wunder, wenn ich ihn preise? Da Fortuna für gut befunden hat, ihn mir zu schenken, brauche ich ihn nur richtig anzuwenden, um zu dem Gold zu kommen, zu dem er der Wegweiser ist. Jupiter, bring mir den Skarabäus!«

»Was? Das Käfer, Massa? – Ich mögen lieber nicht ihn anrühren. Massa müssen selbst holen.«

Hierauf erhob sich Legrand mit ernster, würdiger Miene und brachte mir das Tier aus seinem Glasbehälter. Es war ein prächtiger Skarabäus und damals den Naturforschern noch unbekannt – also natürlich in wissenschaftlicher Hinsicht von großem Wert. Er hatte zwei runde schwarze Flecken am oberen und einen länglichen am unteren Ende des Rückens. Die Flügel waren außerordentlich hart und glänzend und erschienen durchaus wie poliertes Gold. Das Gewicht des Insekts war sehr bedeutend, und wenn ich alles in Betracht zog, so konnte ich Jupiters Ansicht kaum verurteilen; was ich aber von Legrands Zustimmung dazu denken sollte, konnte ich beileibe nicht sagen.

»Ich schickte nach Ihnen«, sagte er in bedeutungsvollem Ton, nachdem ich den Käfer untersucht hatte, »ich schickte nach Ihnen, damit ich Ihren Rat und Beistand erhielte bei Verfolgung des vom Schicksal und vom Käfer angedeuteten Glücksweges.«

»Mein lieber Legrand«, rief ich, ihn unterbrechend, »Sie sind sicherlich leidend und sollten lieber irgendein Mittel dagegen anwenden. Gehen Sie doch ins Bett, und ich will ein paar Tage bei Ihnen bleiben, bis Sie es überwunden haben. Sie fiebern, und . . .«

»Fühlen Sie meinen Puls!« sagte er.

Ich fühlte ihn und fand, um die Wahrheit zu sagen, auch nicht das leiseste Anzeichen von Fieber.

»Aber Sie könnten krank sein, auch ohne Fieber zu haben. Erlauben Sie mir dies eine Mal, Ihnen Vorschriften zu machen. Vor allem gehen Sie zu Bett; ferner . . .«

»Sie irren sich«, fiel er ein; »ich fühle mich so wohl, als ich es bei der Aufregung, unter der ich leide, nur irgend sein kann. Wenn Sie mich wirklich gesund wünschen, so werden Sie diese Aufregung von mir nehmen.«

»Und wie kann dies geschehen?«

»Sehr einfach. Jupiter und ich unternehmen eine Wanderung in die Hügel auf dem Festland und brauchen bei dieser Fahrt die Hilfe irgendeines Menschen, in den wir Vertrauen setzen dürfen. Da sind Sie der einzige. Ob wir nun Erfolg haben oder nicht – die Aufregung, in der Sie mich sehen, wird geschwunden sein.«

»Es liegt mir daran, Ihnen gefällig zu sein«, erwiderte ich; »doch wollen Sie damit sagen, daß dieser höllische Käfer zu Ihrem Ausflug in die Berge in irgendwelcher Beziehung steht?«

»Allerdings.«

»Dann, Legrand, muß ich Ihnen sagen, daß ich bei einem so unsinnigen Vorhaben keine Rolle übernehmen kann.«

»Tut mir leid – sehr leid –, denn dann müssen wir es allein versuchen.«

Allein versuchen! Der Mann ist verrückt, dachte ich. – »Doch halt! Wie lange gedenken Sie fortzubleiben?«

»Voraussichtlich die ganze Nacht. Wir werden sogleich aufbrechen und jedenfalls bei Sonnenaufgang zurück sein.«

»Und wollen Sie mir auf Ehre versprechen, daß Sie heimkehren und meinem Rat wie dem Ihres Arztes folgen wollen, sobald diese Grille vorüber und die Käfergeschichte – großer Gott! – zu Ihrer Befriedigung erledigt ist?«

»Ja, ich verspreche es! – Und nun lassen Sie uns gehen, denn wir haben keine Zeit zu verlieren.«

Mit schwerem Herzen begleitete ich meinen Freund. Wir brachen gegen vier Uhr auf – Legrand, Jupiter, der Hund und ich. Der Neger schleppte Sichel und Spaten; er hatte darauf bestanden, alles zu tragen, mehr aus Besorgnis, jegliches Werkzeug aus dem Bereiche seines Herrn fernzuhalten, als aus übertriebenem Pflichteifer oder Liebenswürdigkeit. Er war äußerst mürrisch, und »das verfluchte Käfer!« waren die einzigen Worte, die ihm auf der Wanderung entschlüpften. Ich selbst war mit ein paar Blendlaternen bepackt, während Legrand sich mit dem Skarabäus begnügte, der an einem Bindfaden baumelte, den er mit der Miene eines Zauberers im Gehen hin und her schwenkte. Als ich diesen letzten klaren Beweis von der Geistesverwirrung meines Freundes gewahrte, konnte ich kaum die Tränen zurückhalten. Ich hielt es jedoch für das beste – wenigstens vorläufig, bis ich energischere Maßregeln mit Aussicht auf Erfolg anwenden konnte –, seinen Wahn zu dulden. Inzwischen versuchte ich, freilich ganz vergeblich, ihn über den Zweck der Expedition auszuhorchen. Nachdem er mich dahin gebracht hatte, ihn zu begleiten, schien er nicht gewillt, sich über unwichtige Dinge zu unterhalten, und ließ sich auf alle meine Fragen zu keiner anderen Antwort herbei als: »Abwarten!«

Wir kreuzten die Bucht mit Hilfe eines Bootes, erklommen die Höhe am Ufer des Festlandes und schritten in nordwestlicher Richtung fort, durch eine wüste und einsame Gegend, wo keine Menschenseele zu erspähen war. Legrand ging mit großer Sicherheit voran und blieb nur hie und da einen Augenblick stehen, um gewisse Wegzeichen, die er bei früherer Gelegenheit selbst gemacht zu haben schien, zu befragen.

In dieser Weise zogen wir etwa zwei Stunden dahin, und die Sonne ging gerade unter, als wir in eine Gegend gelangten, die noch unendlich viel trauriger war als die bisher durchwanderte. Es war eine Art Hochebene nahe dem Gipfel eines fast unersteigbaren Berges, der von unten bis oben dicht bewaldet war und hie und da riesige Felsblöcke trug, die lose auf dem Boden zu liegen und am Hinabrollen ins Tal lediglich durch die Bäume verhindert zu sein schienen, an deren Stämmen sie lehnten. Tiefe, nach allen Richtungen sich hinziehende Schluchten gaben der Landschaft einen noch düsteren, ernsten Charakter.

Die natürliche Plattform, zu der wir emporgeklommen, war dicht mit Brombeergestrüpp überwuchert, durch das wir uns ohne die Hilfe der Sichel nicht hätten hindurchdrängen können. Auf Anordnung seines Herrn machte Jupiter sich daran, uns einen Weg zu einem ungeheuren Tulpenbaum zu bahnen, der in Gesellschaft von acht bis zehn Eichen auf der Höhe der Ebene stand. Der Tulpenbaum überragte sie alle, überbot auch an Mächtigkeit und Laubfülle, an Ausspannung der Äste und Majestät der Erscheinung alle anderen Bäume, die ich je gesehen. Als wir diesen Baum erreichten, wandte sich Legrand an Jupiter mit der Frage, ob er wohl den Baum erklimmen könne. Der Alte schien durch diese Frage nicht wenig verblüfft und gab zunächst keine Antwort. Schließlich trat er an den riesigen Stamm heran, ging langsam um ihn herum und betrachtete ihn mit prüfenden Blicken. Als er damit fertig war, sagte er nur: »Ja, Massa. Jup erklettern jedes Baum, was gesehen im Leben.«

»Dann also hinauf mit dir – so schnell als möglich; es wird bald nicht mehr hell genug sein, um das zu sehen, um was es sich hier handelt.«

»Wie weit ich müssen hinaufgehen?« fragte Jupiter.

»Klettere nur zuerst den Stamm hinauf, und dann werde ich dir sagen, welchen Weg du nehmen mußt – und hier – halt! – nimm den Käfer mit dir.«

»Das Käfer, Massa Will? – Das Goldkäfer?« schrie der Neger, entsetzt zurückweichend. »Warum das tote Käfer müssen hinauf auf das Baum? – Verdammt, wenn ich das tun!«

»Wenn du dich fürchtest, Jup – so ein großer starker Neger, wie du bist –, einen harmlosen kleinen Käfer in der Hand zu halten, so kannst du ihn hier am Strick tragen. Aber wenn du ihn nicht auf irgendeine Weise hinaufbringst, zwingst du mich, dir mit der Schaufel hier den Schädel einzuschlagen.«

»Was Massa denn haben?« sagte Jup, der sich augenscheinlich schämte und nachgiebiger wurde. »Immer wollen Streit machen mit altes Nigger. Alles gewesen nur Spaß. Ich das Käfer fürchten? Was mich kümmern das Käfer!«

Mit diesen Worten ergriff er behutsam das äußerste Ende der Schnur und begann den Baum zu erklettern, wobei er das Tier so weit von seinem Körper abhielt, wie dies nur möglich war.

Der Tulpenbaum, Liriodendron tulipiferum, der prächtigste Waldbaum Amerikas, hat, solange er jung ist, einen eigentümlich glatten Stamm, der sich oft zu bedeutender Höhe erhebt, bevor er Seitenäste ansetzt; in reiferen Jahren aber wird die Rinde rissig und uneben, während viele kurze Äste sich vom Stamm abzweigen. So war in diesem Falle der Aufstieg nicht so schwierig, wie es den Anschein hatte. Indem Jupiter sich mit Armen und Knien so fest wie möglich an die kolossale Säule anpreßte und mit den Händen und nackten Zehen kleine Vorsprünge geschickt benutzte, wand er sich, nachdem er ein- oder zweimal beinahe abgestürzt wäre, schließlich bis in die erste große Gabelung hinauf und meinte nun, er habe seine Aufgabe großartig erfüllt. Die Gefahr der Sache war jetzt tatsächlich beinahe vorüber, obgleich der Kletterer sich sechzig bis siebzig Fuß über dem Erdboden befand.

»Welchen Weg müssen ich weitergehen, Massa Will?« fragte er.

»Bleibe auf dem stärksten Ast – dem auf dieser Seite hier«, sagte Legrand.

Der Neger gehorchte ihm sofort und anscheinend mühelos, bis keine Spur seiner stämmigen Gestalt mehr durch das dichte Laubwerk hindurch zu sehen war. Plötzlich erschallte von droben ein Halloruf.

»Wieviel weiter ich noch müssen gehn?«

»Wie weit bist du oben?« fragte Legrand.

»Sehr viel weit«, antwortete der Neger. »Ich sehen den Himmel von über das Baum.«

»Kümmere dich nicht um den Himmel, sondern beachte, was ich sage. Blicke am Stamm entlang hinab und zähle die Hauptäste auf dieser Seite; wie viele hast du unter dir?«

»Eins – zwei – drei – vier – fünf – ich haben fünf große Aste unter mir auf dieses Seite.«

»Dann geh noch einen Ast höher.«

Nach einigen Minuten erscholl die Stimme wiederum und zeigte an, daß der siebente Ast erreicht sei.

»Jetzt, Jup«, rief Legrand, ersichtlich sehr aufgeregt, »wünsche ich, daß du auf deinem Ast so weit als irgend möglich hinauskriechst. Wenn du irgend etwas Sonderbares siehst, so laß es mich wissen.«

Hiermit war auch der letzte Zweifel, den ich vielleicht noch an meines Freundes Verrücktheit gehabt haben mochte, endgültig abgetan. Während ich darüber nachsann, was da am besten zu tun sei, ertönte Jupiters Stimme von neuem.

»Ich haben Angst, auf dieses Ast sehr viel weit vorzugehen – sein fast ganz ein totes Ast.«

»Sagtest du, es sei ein toter Ast, Jupiter?« rief Legrand mit bebender Stimme.

»Ja, Massa – sein tot wie ein Türnagel – ganz tot für ganzes Leben.«

»Was, in des Himmels Namen, soll ich tun?« fragte Legrand in höchster Verzweiflung.

»Tun?« sagte ich, erfreut über diese Gelegenheit zum Eingreifen. »Ja, heimgehen und sich ins Bett legen. Kommen Sie jetzt! Seien Sie gut! Es wird spät, und überdies denken Sie an Ihr Versprechen!«

»Jupiter«, rief er, ohne mich im geringsten zu beachten, »hörst du mich?«

»Ja, ich hören Massa Will ganz deutlich.«

»Dann prüfe also das Holz sorgfältig mit deinem Messer und sieh, ob du es für sehr morsch hältst.«

»Holz morsch, ganz bestimmt«, erwiderte der Neger nach kurzer Pause, »aber nicht so sehr morsch, als eigentlich sein mußten. Ich können ein wenig allein auf das Ast hinausrutschen. Das sein möglich.«

»Allein? – Was meinst du damit?«

»Ho, ich meinen das Käfer. Sein sehr schweres Käfer. Wann ich lassen ihm grade hinunterfallen, dann werden das Ast mit Gewicht von bloß so ein Nigger nicht brechen.«

»Du verfluchter Schurke!« schrie Legrand erleichtert. »Was soll das heißen, daß du solche Dummheiten redest! Wenn du den Käfer fallen läßt, breche ich dir das Genick. Paß auf, Jupiter; hörst du mich?«

»Ja, Massa. Nicht nötig haben, so viel auf armes Nigger zu schimpfen.«

»Gut, also höre! – Wenn du dich auf dem Ast so weit, als du es für möglich hältst, hinauswagen willst, ohne den Käfer fallen zu lassen, so will ich dir, sowie du wieder herunterkommst, einen Silberdollar zum Geschenk machen.«

»Ich wollen es tun, Massa – ja, ganz gewiß!« antwortete der Neger schnell. – »Ich sein fast am Ende jetzt.«

»Am Ende?!« schrie Legrand heraus. »Willst du sagen, du seiest am Ende des Astes?«

»Bald ganz am Ende, Massa – o, o, o – oha! – Gott sein mir gnädig! – Was sein das hier auf das Baum?«

»Nun«, rief Legrand hocherfreut, »was ist es?«

»Ho – nichts als ein Schädel – einer haben sein Kopf gelassen auf Baum, und die Krähen haben abmachen jedes bißchen Fleisch.«

»Ein Schädel, sagst du! – Gut, prächtig! Wie ist er am Ast befestigt? Womit wird er oben gehalten?«

»Ich müssen nachsehen, Massa. – Ho, sein ganz seltsames Anfestigung – auf mein Wort! Da sein großes dickes Nagel durch Schädel, das ihm festmachen auf das Baum!«

»Also, Jupiter, paß auf. Tu genau, was ich dir sage. – Hörst du?«

»Ja, Massa.«

»Aufgepaßt! Suche das linke Auge von dem Schädel.«

»Ho – sein gut das – kein Auge nicht da sein überhaupt nicht.«

»Deine verwünschte Dummheit! – Kannst du deine rechte Hand von der linken unterscheiden?«

»Ja, ich wissen das – wissen gut alles darüber – sein mein linkes Hand, mit das ich hacken Holz.«

»Stimmt! Du bist linkshändig. Und dein linkes Auge ist auf derselben Seite wie deine linke Hand. Ich hoffe, du kannst nun das linke Auge des Schädels finden – oder vielmehr die Stelle, wo es gewesen ist. Hast du's gefunden?«

Lange Pause.

Endlich fragte der Neger: »Sein linkes Auge von das Schädel auf selbes Seiten wie linkes Hand von das Schädel? Weil Schädel nichts ein bißchen haben von Hand. Aber tun nichts – ich haben jetzt finden linkes Auge! Was sollen ich tun damit?«

»Laß den Käfer hindurchfallen, so weit als der Strick reicht. Aber sei vorsichtig und laß den Strick nicht aus der Hand.«

»Alles das fertig, Massa Will. Sehr viel leichtes Ding, das Käfer stecken durch das Loch. Massa müssen ihm sehn von unten.«

Während dieser Unterhaltung konnte man von Jupiters Gestalt nicht das geringste sehen; aber der Käfer, den er herunterhängen ließ, wurde jetzt mit dem Ende der Schnur sichtbar und glitzerte in den letzten Strahlen der untergehenden Sonne, die unseren hohen Standort noch trafen, wie eine glatte Goldkugel. Der Skarabäus hing frei zwischen dem Astwerk und würde, wenn man ihn fallen gelassen hätte, vor unseren Füßen niedergefallen sein.

Legrand nahm sogleich die Sichel zur Hand und mähte genau unter dem Insekt einen Kreis von drei bis vier Ellen Durchmesser sauber ab. Dann befahl er Jupiter, den Strick fallen zu lassen und herunterzukommen. Genau an der Stelle, wo der Käfer hingefallen war, trieb er einen Pflock in die Erde und zog ein Bandmaß aus der Tasche. Er befestigte das eine Ende desselben an der Stelle des Baumstammes, die dem Pflock zunächst lag, rollte das Band auf, bis es an den Pflock reichte, und zog es in der durch die beiden Punkte an Baum und Pflock gegebenen Richtung noch fünfzig Fuß weiter, wobei Jupiter das Brombeergestrüpp mit der Sichel beiseite räumte. An dem so erhaltenen Punkt wurde ein zweiter Pflock eingetrieben und von diesem Mittelpunkt aus ein Kreis von etwa vier Fuß Durchmesser beschrieben. Indem Legrand nun einen Spaten ergriff und mir wie Jupiter einen reichte, ersuchte er uns, so schnell als möglich zu graben.

Ich muß gestehen, daß ich an solcher Betätigung niemals Gefallen gefunden hatte und sie auch jetzt von Herzen gern zurückgewiesen hätte; denn die Nacht kam heran, und ich fühlte mich durch die bisherigen Strapazen schon sehr ermüdet. Aber ich sah keine Möglichkeit zum Ausweichen und fürchtete, durch meine Weigerung meines armen Freundes Seelenruhe zu stören. Wahrhaftig, hätte ich auf Jupiters Hilfe rechnen können, so würde ich mit dem Versuch nicht gezögert haben, den Irrsinnigen gewaltsam heimzuschleppen! Doch kannte ich den alten Neger zu gut, als daß ich hätte hoffen können, er werde mich unter irgendwelchen Umständen bei einem Angriff auf seinen Herrn unterstützen. Ich zweifelte nicht, daß dieser von dem im Süden häufig grassierenden Aberglauben an vergrabene Schätze angesteckt und in seinem Wahn durch den Fund des Skarabäus, vielleicht auch durch Jupiters hartnäckige Behauptung, der Käfer sei von echtem Gold, bestärkt worden sei. Ein zum Irrsinn veranlagter Geist mußte durch solche Gedanken leicht verwirrt werden können – besonders wenn sie mit lang gehegten Lieblingsideen in Einklang standen –, und dann rief ich mir auch des armen Jungen Worte ins Gedächtnis zurück: der Käfer sei ihm der Wegweiser zu einem neuen Vermögen. Das Ganze ärgerte und beunruhigte mich sehr; zuletzt beschloß ich aber, aus der Not eine Tugend zu machen – gutwillig zu graben und dadurch möglichst schnell den Träumer durch Augenschein von der Haltlosigkeit seiner Anschauungen zu überzeugen.

Die Laternen wurden angezündet, und wir alle begannen mit einem Eifer zu graben, der einer vernünftigeren Sache würdig gewesen wäre. Wie der Lichtschein so auf uns und unsere Werkzeuge fiel, konnte ich mich des Gedankens nicht erwehren, welch romantisches Bild wir boten und wie unheimlich und verdächtig unsere Arbeit einem zufälligen Beobachter erscheinen müßte.

Ununterbrochen arbeiteten wir zwei Stunden lang. Es wurde wenig gesprochen, und nur das Gebell des Hundes, der unser Tun mit lebhafter Anteilnahme verfolgte, störte uns etwas. Das Vieh wurde schließlich so laut, daß wir fürchteten, es könne Vagabunden, die sich etwa in der Nähe befänden, auf uns aufmerksam machen. Richtiger gesagt, war das nur Legrands Besorgnis – ich selbst würde mich über jede Unterbrechung gefreut haben, die es mir ermöglicht hätte, den Abenteurer heimzubringen. Der Hund wurde endlich durch Jupiter, der mit zorniger Entschlossenheit aus der Grube herausstieg, auf sinnreiche Weise zum Schweigen gebracht: Der Neger band ihm mit seinen Hosenträgern das Maul zu. Darauf nahm er kichernd seine Arbeit wieder auf.

Nach Verlauf der zwei Stunden hatten wir eine Tiefe von fünf Fuß erreicht, und noch immer konnte man nichts von einem Schatz entdecken. Eine allgemeine Ruhepause trat ein, und ich begann zu hoffen, die Posse sei zu Ende. Trotz seiner sichtlichen Enttäuschung aber machte sich Legrand, nachdem er sich den Schweiß von der Stirn gewischt hatte, von neuem ans Werk. Wir hatten schon den ganzen Kreis von vier Fuß Durchmesser ausgegraben, und jetzt erweiterten wir den Umkreis ein wenig und gruben noch zwei Fuß tiefer. Noch immer war nichts zu finden.

Der Goldsucher, mit dem ich tiefes Mitleid hatte, kletterte nun mit dem Ausdruck bitterster Enttäuschung aus der Grube heraus und begann langsam und widerwillig seinen Rock wieder anzuziehen, den er zu Beginn der Arbeit abgeworfen hatte. Noch immer sagte ich kein Wort. Auf ein Zeichen seines Herrn raffte Jupiter das Handwerkszeug zusammen. Nachdem dies geschehen und dem Hund die Maulbinde wieder abgenommen worden war, wandten wir uns in tiefstem Schweigen zum Gehen. Wir hatten kaum zwölf Schritte gemacht, als Legrand sich mit einem lauten Fluch auf Jupiter stürzte und ihn beim Kragen packte. Der erstaunte Neger riß Mund und Augen auf, ließ die Spaten fallen und sank in die Knie. »Du Schurke!« zischte Legrand durch die Zähne. »Du höllischer schwarzer Schuft! – Sprich, sag' ich dir! – Antworte mir auf der Stelle und ohne Ausweichen – wo – welches ist dein linkes Auge?« »Oh – mein Hals, Massa Will! – Sein das hier nicht mein linkes Auge ganz gewiß?« heulte der entsetzte Jupiter, indem er die Hand auf sein rechtes Sehorgan legte und sie dort mit verzweifelter Hartnäckigkeit fest anpreßte wie in wahnsinniger Angst, sein Herr könne es ihm ausreißen wollen.

»Ich dachte es mir! – Ich wußte es! – Hurra!« jubelte Legrand, den Neger loslassend, und führte einen wahren Freudentanz auf – sehr zum Erstaunen seines Dieners, der sich von den Knien erhoben hatte und abwechselnd von seinem Herrn zu mir und von mir zu seinem Herrn blickte.

»Kommt, wir müssen zurück!« sagte letzterer; »das Spiel ist noch nicht verloren.« Und er schritt wieder zum Tulpenbaum voran.

»Jupiter«, sagte er, als wir am Fuß des Stammes angekommen waren, »komm her! War der Schädel mit dem Gesicht nach außen oder nach dem Stamm zu auf den Ast genagelt?«

»Das Gesicht waren außen, Massa – daß Krähen gut können kommen an Augen ohne alles Mühe.«

»Schön also. War es dies Auge oder das, durch das du den Käfer niederließest?« – und Legrand tippte Jupiter auf jedes Auge.

»Waren dies Auge, Massa – linkes Auge –, ganz wie Massa haben sagen«, und der Neger zeigte auf sein rechtes Auge.

»Das genügt. Wir müssen es noch einmal versuchen.«

Hier nahm mein Freund, in dessen Wahnsinn ich nun gewisse Anzeichen von Methode zu sehen glaubte, den Pflock, der die Stelle markierte, wo der Käfer niedergefallen war, und steckte ihn etwa drei Zoll weiter nach Westen in den Boden. Nun zog er das Bandmaß von der Stelle des Stammes, die dem Pflock zunächst lag, über diesen hinaus und wie vorher in gerader Linie fünfzig Fuß weiter. So wurde ein Punkt gefunden, der einige Ellen von dem entfernt war, bei dem wir mit dem Graben begonnen hatten.

Rund um diese neue Stelle wurde nun ein Kreis gezogen, der etwas größer war als der vorige, und wieder begannen wir mit dem Spaten zu arbeiten. Ich war furchtbar müde; aber mein Widerwillen gegen die mir auferlegte Mühe war jetzt geschwunden, obschon ich den Wechsel in meiner Anschauung nicht begriff. Mich überkam ein unerklärlicher Eifer – ja geradezu eine Begeisterung. Vielleicht war in dem seltsamen Betragen Legrands so etwas wie Bedachtsamkeit und Umsicht, das auf mich Eindruck machte. Ich grub eifrig weiter und ertappte mich hie und da dabei, wie ich geradezu mit Erwartung nach dem erträumten Schatz ausspähte, der meinen unglücklichen Gefährten um den Verstand gebracht hatte.

Als wir etwa anderthalb Stunden gearbeitet hatten und jene merkwürdige Spannung mich wieder besonders stark beherrschte, wurden wir von neuem durch ein wildes Geheul unseres Hundes gestört.

Seine Unruhe war beim erstenmal wohl nichts als Spielerei oder Laune gewesen, jetzt aber nahm sie einen ernsten und drohenden Ton an. Als Jupiter wiederum versuchte, ihm das Maul zuzubinden, leistete er rasenden Widerstand, sprang in die Grube und warf mit seinen Klauen wütend die Erde auf. In wenigen Sekunden hatte er einen Haufen menschlicher Knochen bloßgelegt, die zwei vollständige Skelette bildeten; dazwischen lagen mehrere Metallknöpfe und Reste vermoderten Wollstoffes. Ein oder zwei Spatenstiche förderten die Klinge eines spanischen Messers zutage, und beim Weitergraben kamen drei bis vier verstreute Gold- und Silbermünzen ans Licht.

Beim Anblick dieser Münzen wurde Jupiter von ganz unbändiger Freude erfaßt, die Mienen seines Herrn aber drückten geradezu Enttäuschung aus. Er eiferte uns jedoch an, die Arbeit fortzusetzen, und die Aufforderung war kaum ergangen, als ich stolperte und vornüber hinfiel: ich war mit der Schuhspitze in einem Eisenring hängengeblieben, der halb versteckt im weichen Boden lag.

Wir schafften jetzt im Ernst, und nie habe ich zehn Minuten größerer Aufregung durchlebt. In dieser Zeit hatten wir glücklich eine längliche Holzkiste bloßgelegt, deren tadelloser Zustand und auffallende Festigkeit den Schluß zuließen, daß sie einem künstlichen Versteinerungsprozeß – vermutlich mit Quecksilberchlorid – unterworfen worden war.

Diese Kiste war drei und einen halben Fuß lang, drei Fuß breit und zwei und einen halben Fuß tief. Sie war durch schmiedeeiserne genietete Bänder, die das Ganze wie mit Gitterwerk umfaßten, fest verwahrt. Auf jeder Seite der Kiste befanden sich ziemlich oben drei Eisenringe – im ganzen sechs –, an denen sie von sechs Personen bequem und sicher getragen werden konnte. Unsere äußersten gemeinsamen Anstrengungen erzielten nur eine geringe Verschiebung des Koffers aus seiner Lage. Wir sahen sogleich die Unmöglichkeit, ein so großes Gewicht herauszuheben. Glücklicherweise bestand der einzige Verschluß des Deckels in zwei Schiebebolzen. Diese zogen wir bebend in atemloser Erwartung auf. In einem Augenblick lag ein Schatz von unberechenbarem Wert schimmernd vor uns. Als die Strahlen der Laternen in die Grube fielen, flammte von einem Durcheinander von Gold und Juwelen ein gleißendes Funkeln auf, das uns fast blendete.

Ich will nicht versuchen zu beschreiben, mit welchen Gefühlen ich hinunterstarrte; Staunen war natürlich vorherrschend. Legrand schien vor Aufregung erschöpft und sagte nur wenig. Jupiters Antlitz wurde minutenlang so tödlich bleich, wie die Natur der Dinge dies einem Negergesicht erlaubt. Er schien betäubt – vom Blitz getroffen. Plötzlich sank er in der Grube in die Knie, wühlte die nackten Arme bis zu den Ellenbogen ins Gold und ließ sie da ruhen, als genieße er die Wonnen eines Bades. Endlich, nach einem tiefen Seufzer, rief er wie im Selbstgespräch aus:

»Und das alles sein kommen von das Goldkäfer! O das hübsches Goldkäfer! Das armes kleines Goldkäfer, was ich haben schimpfen so sehr viel bös! . . . Mussen du dich nicht schämen, Nigger? . . . Sagen mir das!«

Es wurde schließlich nötig, daß ich Herrn wie Diener mahnte, den Schatz schleunigst wegzuschaffen. Es wurde spät, und wir mußten uns beeilen, um alles vor Tagesanbruch bergen zu können. Wie das geschehen sollte, war allerdings schwer zu sagen, und viel Zeit wurde durch Beratungen verschwendet – so wirr waren alle unsere Gedanken. Endlich erleichterten wir die Kiste um zwei Drittel ihres Inhaltes, wonach es uns mit einiger Mühe gelang, sie aus dem Loch zu heben. Die herausgenommenen Gegenstände wurden unter das Brombeergesträuch gelegt, und der Hund, dem Jupiter einschärfte, keinesfalls von der Stelle zu weichen noch vor unserer Rückkehr einen Laut von sich zu geben, mußte als Wächter zurückbleiben. Dann eilten wir mit unserer Kiste heim und langten glücklich, doch nach ungeheurer Anstrengung, morgens ein Uhr in der Hütte an. Ermattet, wie wir waren, konnten wir unmöglich sogleich weiterarbeiten. Wir ruhten bis zwei und hielten unser Nachtmahl. Dann brachen wir wieder nach dem Festland auf, mit drei großen Säcken versehen, die sich glücklicherweise im Haus vorgefunden hatten. Kurz vor vier trafen wir bei der Grube ein, verteilten den Rest der Beute möglichst gleichmäßig unter uns drei und machten uns, ohne die Löcher wieder zuzuschütten, von neuem auf den Heimweg. Wir erreichten die Hütte, gerade als die ersten schwachen Strahlen der Morgensonne im Osten die Baumspitzen röteten, und legten zum zweiten Male unsere goldene Bürde nieder.

Wir waren jetzt völlig erschöpft, doch viel zu aufgeregt, um wirklich Ruhe zu finden. Nach drei bis vier Stunden unruhigen Schlafes erhoben wir uns wie auf Verabredung, um unseren Schatz zu untersuchen.

Die Kiste war bis zum Rand gefüllt gewesen, und wir verbrachten den ganzen Tag und den größten Teil der folgenden Nacht mit der Sichtung ihres Inhalts, der offenbar ohne Ordnung zusammengehäuft worden war. Nachdem wir alles sorgfältig sortiert, sahen wir uns im Besitz eines Reichtums, der unsere ersten Vermutungen bei weitem übertraf. An barem Geld gab es mehr als hundertfünfzigtausend Dollar – wenn wir die Münzen, so gut es ging, nach dem jetzigen Wert berechneten. Nicht ein Silberstückchen war zu finden; es waren ausschließlich alte ausländische Goldmünzen – französisches, spanisches und deutsches Geld nebst ein paar englischen Guineen und einigen Spielmarken, wie wir solche nie vorher gesehen hatten. Da gab es mehrere sehr große und schwere Goldstücke, die so abgenutzt waren, daß wir ihre Inschriften nicht mehr entziffern konnten. Amerikanisches Geld war gar nicht vorhanden.

Den Wert der Juwelen abzuschätzen, war schwieriger für uns. Da gab es Diamanten – einige davon außerordentlich groß und schön – hundertundzehn im ganzen, und nicht einer gehörte zu den kleinen; achtzehn Rubinen von erstaunlichem Feuer; dreihundertundzehn Smaragden, alle wunderschön; einundzwanzig Saphire und einen Opal. Diese Steine waren sämtlich aus ihren Fassungen gebrochen und lose in die Kiste geworfen worden. Die Fassungen selbst, die wir aus dem anderen Gold heraussuchten, schienen mit dem Hammer zusammengeschlagen zu sein, als sollte dadurch eine Identifikation unmöglich gemacht werden. Außerdem gab es eine Menge reingoldener Schmucksachen; an zweihundert massive Ringe und Ohrringe; prächtige Ketten, an dreißig, wenn ich mich recht erinnere; dreiundachtzig sehr große und schwere Kruzifixe; fünf goldene Weihrauchbecken von größtem Wert; eine umfangreiche goldene Punschbowle mit Weinlaubornamenten und bacchantischen Figuren; zwei wunderbar fein ziselierte Schwertgriffe und viele andere kleine Dinge, deren ich mich im einzelnen nicht mehr entsinnen kann. Das Gewicht dieser Wertsachen betrug mehr als dreihundertundfünfzig Pfund, und in diese Berechnung habe ich hundertsiebenundneunzig prächtige goldene Uhren nicht mit eingeschlossen, worunter sich drei befanden, deren jede fünfhundert Dollar wert war. Viele von ihnen waren sehr alt und, da das Werk mehr oder weniger vom Rost gelitten hatte, als Zeitmesser nicht mehr brauchbar – doch alle waren mit Juwelen besetzt und hatten sehr wertvolle Gehäuse. Wir schätzten in jener Nacht den gesamten Inhalt der Kiste auf anderthalb Millionen Dollar, und bei der späteren Veräußerung des Geschmeides und der Juwelen (einige wenige Dinge hatten wir für unseren Gebrauch zurückbehalten) fand es sich, daß wir den Schatz noch viel zu gering bewertet hatten.

Als wir endlich unsere Prüfung beendet hatten und die erste große Aufregung vorüber war, ließ sich Legrand, der sah, daß ich vor Ungeduld nach einer Erklärung des wunderbaren Rätsels brannte, zu einer umständlichen Schilderung aller damit verknüpften Einzelheiten herbei.

»Sie werden sich«, sagte er, »der Nacht erinnern, da ich Ihnen die flüchtige Skizze reichte, die ich von dem Skarabäus gemacht hatte. Sie werden sich ferner entsinnen, daß ich sehr ärgerlich über Sie wurde, als Sie behaupteten, daß meine Zeichnung eine auffallende Ähnlichkeit mit einem Totenschädel habe. Als Sie dies zum erstenmal sagten, glaubte ich, Sie scherzten; nachher aber rief ich mir die charakteristischen Flecke auf dem Rücken des Insekts ins Gedächtnis zurück und gestand mir selbst, daß Ihre Bemerkung nicht so ganz unbegründet sei. Dennoch ärgerte mich die Verspottung meiner Zeichenkunst, denn ich gelte als leidlich guter Zeichner. Als Sie mir daher das Pergamentstückchen reichten, wollte ich es zerknittern und ärgerlich ins Feuer werfen.«

»Das Papierstückchen meinen Sie?« sagte ich.

»Nein. Es hatte viel Ähnlichkeit mit Papier, und zuerst hielt ich es auch für Papier; doch als ich darauf zu zeichnen begann, merkte ich sogleich, daß es ein Fetzen feinsten Pergamentes war. Sie werden sich erinnern: es war ganz schmutzig. Nun, als ich es gerade zu zerknittern begann, fiel mein Blick auf die Skizze, und denken Sie sich mein Erstaunen, als ich tatsächlich genau an der Stelle, wo ich den Käfer hingezeichnet zu haben glaubte, das Abbild eines Totenkopfes gewahrte. Einen Augenblick war ich zum Nachdenken viel zu verblüfft. Ich wußte, daß meine Zeichnung im einzelnen sehr abweichend von diesem Bild gewesen war – obgleich man eine gewisse Ähnlichkeit der Umrißlinie zugeben mußte. Ich nahm sofort ein Licht, setzte mich in den fernsten Winkel des Zimmers und machte mich daran, das Pergament genauer zu prüfen. Als ich das Blatt herumdrehte, sah ich auf der Rückseite meine eigene Skizze, genauso, wie ich sie gemacht hatte. Mein erster Gedanke nun war lediglich der des Erstaunens über die wirklich sonderbare Übereinstimmung der Umrisse – über das merkwürdige Zusammentreffen, das in der Tatsache lag, daß sich genau unter meiner Zeichnung des Skarabäus auf der anderen Seite des Pergaments, ohne daß ich es wußte, das Bild eines Schädels befunden habe und daß dieser Schädel nicht nur im Umriß, sondern auch im Umfang so ganz meinem Käferbild ähnlich gewesen sein sollte. Ich sage, die Wunderlichkeit dieses Zusammentreffens verblüffte mich eine Zeitlang vollständig. Das ist fast immer die Wirkung solcher Zufälle. Der Geist müht sich, Beziehungen aufzudecken – eine Kette von Ursachen und Wirkungen – und leidet, da dies ihm unmöglich ist, unter zeitweiser Lähmung. Als ich mich aber von dieser Betäubung erholte, dämmerte allmählich in mir eine Überzeugung auf, die mich noch weit mehr überraschte als jenes zufällige Zusammentreffen. Ich begann mich klar und bestimmt zu erinnern, daß keine Zeichnung auf dem Pergament gewesen war, als ich darauf meine Skizze des Skarabäus machte. Fester und fester wurde diese Überzeugung in mir, da ich mit Sicherheit wußte, daß ich auf der Suche nach der reinsten Stelle zuerst die eine und dann die andere Seite geprüft hatte. Wäre der Schädel damals dagewesen, so hätte er meinen Augen unmöglich entgehen können. Hier war also wirklich ein Geheimnis, das ich mir nicht erklären konnte; aber schon damals glühte in den entlegensten, geheimsten Kammern meines Intellekts eine schwache Ahnung von jener Wahrheit auf, welche das Abenteuer der letzten Nacht so glänzend erwiesen hat. Sofort stand ich auf, verwahrte sorgfältig das Pergament und verschob jedes weitere Nachsinnen, bis ich allein sein würde.

Als Sie gegangen waren und Jupiter fest schlief, ging ich von neuem und mit mehr Methode an die Untersuchung der Sache. Zunächst überlegte ich, wie ich in den Besitz des Pergamentes gekommen war. Der Ort, wo wir den Skarabäus gefunden hatten, lag auf der Küste des

Festlandes, ungefähr eine Meile östlich von der Insel, und war nur wenig über den Wasserstand der Flutzeit erhöht. Als ich das Tier ergriff, kniff es mich so heftig in den Finger, daß ich es wieder fallen ließ. Der vorsichtige Jupiter aber, auf den das Insekt zugekrochen kam, sah sich nach einem Blatt oder dergleichen um, womit er es anfassen könnte. Da fiel sein Blick – und auch der meinige – auf das Pergamentstückchen, das ich damals für Papier hielt. Es lag fast ganz im Sand begraben, und nur ein Eckchen schaute hervor. Nicht weit von der Stelle, wo wir es fanden, erblickte ich die Überreste eines Langbootes. Das Wrack mußte schon lange da gelegen haben, denn die Hölzer waren kaum noch als Schiffsmaterial erkennbar.

Jupiter hob also das Pergamentstück auf, wickelte den Käfer hinein und gab es mir. Bald darauf machten wir uns wieder auf den Heimweg und begegneten Leutnant G. Ich zeigte ihm das Insekt, und er bat mich um die Erlaubnis, es nach dem Fort mitnehmen zu dürfen. Da ich einwilligte, ließ er es in die Westentasche gleiten – ohne das Pergament, das ich, solange er den Käfer betrachtet hatte, in der Hand gehalten. Vielleicht fürchtete er, ich könne noch anderer Sinnesart werden, und hielt es für das beste, den Schatz gleich in Sicherheit zu bringen. Sie wissen ja, wie begeistert er naturgeschichtliche Studien treibt. Gleich darauf mußte ich wohl, ohne es selbst zu wissen, das Pergament in die Tasche gesteckt haben.

Sie wissen wohl noch, daß ich an jenem Abend an den Tisch trat und mich dort nach einem Stückchen Papier umsah, um darauf den Käfer zu skizzieren; es lag aber keins da. Ich suchte im Fach, fand jedoch auch hier keins. Ich griff in meine Taschen, in der Hoffnung, irgendeinen alten Brief zu finden, als meine Hand das Pergament fühlte. Ich erzähle Ihnen deshalb so genau die Einzelheiten, wie es in meinen Besitz gekommen ist, weil gerade diese Einzelheiten besonderen Eindruck auf mich gemacht hatten.

Sicher werden Sie mich für sehr phantastisch halten – aber schon hatte ich gewisse Beziehungen gefunden. Ich hatte zwei Glieder einer langen Kette zusammengefügt: da lag das Wrack eines Bootes und nicht weit davon ein Pergament – nicht ein Papier – mit einem darauf abgebildeten Schädel. Sie werden natürlich fragen: wo sind denn die Beziehungen? Ich erwidere: der Schädel oder Totenkopf ist das wohlbekannte Wappenbild des Piraten. Die Flagge mit dem Totenkopf wird bei jedem Kampf gehißt.

Ich habe gesagt, daß der Fetzen Pergament und nicht Papier war. Pergament ist dauerhaft – fast unzerstörbar. Dinge von geringer Bedeutung werden selten dem Pergament anvertraut, da es zum einfachen Schreiben oder Zeichnen längst nicht so bequem ist wie Papier. Diese Erwägung brachte mich dahin, dem Wappenbild des Piraten auf einem Pergamentblatt eine besondere Bedeutung unterzulegen. Ich versäumte auch nicht, die Form des Pergamentes zu prüfen. Obschon eine seiner Ecken irgendwie zerstört worden war, konnte man sehen, daß das ursprüngliche Format länglich gewesen war. Es war tatsächlich gerade so ein Blatt, wie man es für ein Memorandum gewählt haben mochte – für ein Dokument, das lange erhalten bleiben und sorgsam aufbewahrt werden sollte.«

»Aber«, warf ich ein, »Sie sagen doch auch, der Schädel sei nicht auf dem Pergament gewesen, als Sie die Zeichnung des Käfers machten. Wie können Sie denn da irgendwelche Beziehungen zwischen dem Boot und dem Totenkopf aufstellen – da der letztere, wie sie selbst zugeben, zu einer Zeit gezeichnet sein muß (Gott allein mag wissen, wie und von wem), als Ihre Skizze des Skarabäus schon fertig war?«

»Ja, hierauf beruhte gerade das ganze Geheimnis; obgleich ich, einmal bei diesem Punkt angelangt, alles Folgende verhältnismäßig leicht enträtselte. Meine Schlüsse waren so folgerichtig, daß sie nur zu einem einzigen Resultat führen konnten. Ich schloß zum Beispiel so: Als ich den Käfer zeichnete, war kein Totenkopf auf dem Pergament sichtbar; als ich die Zeichnung fertig hatte, gab ich sie Ihnen und hielt Sie fest im Auge, bis Sie sie zurückgaben. Sie zeichneten also nicht den Schädel, und sonst war niemand da, der es hätte tun können. Es war also nicht durch Menschenhand geschehen – und dennoch war es geschehen!

Als ich in meinen Überlegungen so weit gekommen war, versuchte ich mit aller Kraft meines Erinnerungsvermögens mich in den in Frage stehenden Abend zurückzuversetzen – und das gelang mir auch. Der Tag war kalt gewesen (o seltener und glücklicher Zufall!), und ein Feuer brannte im Kamin. Ich war von der Anstrengung des Tages ermüdet und saß am Tisch; Sie aber hatten sich einen Stuhl zum

Feuer gerückt. Gerade als ich Ihnen das Pergament gereicht hatte und Sie es betrachten wollten, kam Wolf, der Neufundländer, herein und sprang an Ihnen empor. Mit der linken Hand streichelten Sie ihn und wehrten ihn ab, während Ihre Rechte, die das Pergament hielt, lässig auf den Knien und nahe bei der Glut lag. Einen Augenblick dachte ich, die Flamme habe das Blatt ergriffen, und wollte Sie warnen, doch ehe ich reden konnte, hatten Sie das Blatt wieder höher gehoben und sahen es an.

Wenn ich alle diese Einzelheiten in Betracht zog, zweifelte ich keinen Moment, daß Hitze die Kunst gewesen war, die den Totenkopf, den ich da auf dem Pergament sah, ans Licht gebracht hatte. Sie wissen ja wohl, daß es chemische Präparate gibt und seit uralten Zeiten gegeben hat, mit deren Hilfe es möglich ist, auf Papier oder Pergament zu schreiben, so daß die Schriftzeichen nur durch Einwirkung von Feuerhitze sichtbar werden. Manchmal wird Saflor verwendet, das in Königswasser aufgelöst und mit dem vierfachen Gewicht Wasser verdünnt eine grüne Tinte ergibt; eine rote erhält man, wenn man Kobalt in Salpetergeist auflöst. Diese Tinten verschwinden, nachdem sie abgekühlt sind, auf längere oder kürzere Zeit, werden aber bei Einwirkung von Hitze wieder sichtbar.

Ich untersuchte nun den Totenkopf mit der größten Sorgfalt. Seine äußeren Linien, die Linien, die dem Rand des Blattes am nächsten kamen, waren weit deutlicher zu sehen als die anderen. Es war klar, daß die Erhitzung unvollkommen oder ungleichmäßig vorgenommen worden war. Ich zündete sogleich ein Feuer an und setzte das ganze Pergament gleichmäßig der Hitze aus. Zunächst war die einzige Wirkung ein stärkeres Hervortreten der blassen Schädelzeichnung; als ich aber das Experiment fortsetzte, erschien an der dem Totenkopf diagonal entgegengesetzten Ecke des Blattes das Bild eines Tieres, das ich zuerst für eine Geiß hielt. Bei näherem Zusehen aber fand ich, daß es ein Zicklein vorstellte.«

»Haha«, lachte ich, »eigentlich habe ich keinen Grund, Sie auszulachen – anderthalb Millionen sind etwas zu Ernstes, um darüber zu lachen –, aber Sie wollen doch da nicht etwa Ihrer Kette ein drittes Glied anfügen – Sie wollen doch nicht eine besondere Beziehung zwischen Ihrem Piraten und einer Ziege herausfinden? Denn Piraten scheinen mir mit Ziegen durchaus nichts zu tun zu haben – diese gehören vielmehr in den Bereich der Landwirtschaft.«

»Aber ich sagte Ihnen doch, das Bild sei nicht das einer Ziege gewesen.«

»Schön – also ein Zicklein – das ist doch so ziemlich dasselbe.«

»So ziemlich, aber nicht ganz«, sagte Legrand. »Sie haben vielleicht von einem gewissen Kapitän Kidd[1] gehört. Sofort hielt ich das Tierbild für eine Art scherzhaftes Familienwappen und hieroglyphisches Namenszeichen, weil sein Platz auf dem Pergament das vermuten ließ. Der Totenkopf in der diagonal gegenüberliegenden Ecke schien gleicherweise so etwas wie ein Stempel oder Siegel zu sein. Da aber sonst durchaus nichts auf dem Blatt erscheinen wollte, wurde ich in meiner Annahme doch sehr erschüttert; mir fehlte der Resonanzboden zu meinem erdachten Instrument – der Text zu meinem Kontext.«

»Ich verstehe; Sie erwarteten, zwischen dem Stempelbild und dem Namensbild einen Brief zu finden.«

»Etwas dergleichen. Tatsache ist, daß ich eine unerklärliche Vorahnung irgendeines gewaltigen Glücksfalls hatte. Ich weiß kaum, warum. Vielleicht war es mehr ein Wunsch als ein wirklicher Glaube; aber wissen Sie auch, daß Jupiters alberne Äußerung, der Käfer sei ganz aus Gold, von merkwürdigem Einfluß auf meine Einbildungskraft war? Und dann die Reihe von Zufällen und Zusammenhängen – das war alles so sehr merkwürdig. Wissen Sie noch, welch reiner Zufall es war, daß diese Ereignisse sich gerade an dem einzigen Tag im Jahr abspielten, an dem es kalt genug gewesen war, daß man ein Feuer anzünden mußte und daß ohne dies Feuer oder ohne das Dazwischenkommen des Hundes gerade in dem richtigen Augenblick ich niemals den Totenkopf erblickt und also auch niemals Besitzer des Schatzes geworden wäre?«

»Weiter, nur weiter! Ich bin gar zu neugierig.«

»Schön also. Gewiß haben auch Sie die abenteuerlichen Geschichten gehört – die tausend dunklen Andeutungen darüber, daß Kidd

---

1 *Kid (englisch) heißt Zicklein*

und seine Genossen irgendwo an der atlantischen Küste einen Goldschatz vergraben haben sollen. Dies Gerede muß doch in einer Tatsache begründet sein; und daß es sich gar so lange erhalten konnte, schien mir Beweis dafür, daß der vergrabene Schatz noch immer nicht gehoben sei. Hätte Kidd seinen Raub nur eine Zeitlang verborgen und später wieder an sich genommen, so wären diese Schatzmärchen wohl kaum in ihrer immer unveränderten Gestalt bis auf uns gelangt. Es wird Ihnen auffallen, daß die Geschichten alle von Goldsuchern, nicht von Goldfindern handeln. Hätte der Pirat sein Geld wiedergefunden, so wäre die Sache damit erledigt gewesen. Es schien mir, als habe irgendein Zufall – sagen wir mal der Verlust eines Schriftstückes, das genaue Angaben über den Ort des Verstecks enthielt – ihm die Möglichkeit einer Wiederauffindung genommen und als sei dieser Umstand seinen Spießgesellen bekanntgeworden; sonst hätten diese wohl niemals von einem vergrabenen Schatz gehört und durch ihre vergeblichen Versuche einer Wiederauffindung und ihre diesbezüglichen Gespräche Veranlassung zu den Gerüchten gegeben. Haben Sie je davon gehört, daß an der Küste ein Schatz ausgegraben worden sei?«

»Nein, nie.«

»Daß aber Kidds geraubte Schätze enorm gewesen sein müssen, ist wohl bekannt. Ich hielt es also für gewiß, daß sie noch in der Erde ruhten; und es wird Sie wohl nicht weiter wundern, wenn ich Ihnen sage, daß ich die bestimmte Hoffnung hegte, das auf so seltsame Weise in meinen Besitz gelangte Pergament enthalte den verlorenen Bericht über den Ort, wo der Schatz verborgen liege.«

»Doch was taten Sie nun?«

»Ich fachte das Feuer stärker an und hielt das Pergamentstück wieder dagegen; aber es kam nichts zum Vorschein. Da kam mir der Gedanke, die Schmutzkruste, mit der das Blatt wie überzogen war, könne mit dem Fehlschlagen meiner Erwartungen in Zusammenhang stehen; ich übergoß also das Pergament behutsam mit warmem Wasser, legte es dann, den Totenkopf nach unten, in eine zinnerne Pfanne und stellte diese auf ein glühendes Kohlenbecken. Als die Pfanne nach einigen Minuten heiß war, nahm ich das Blatt heraus und fand es zu meiner unaussprechlichen Freude hie und da mit reihenweise angeordneten Zeichen bedeckt. Wieder legte ich es in die Pfanne und ließ es noch eine Minute darin. Als ich es diesmal herausnahm, war das Ganze so, wie Sie es jetzt hier sehen.«

Legrand, der inzwischen das Pergamentblatt erhitzt hatte, reichte es mir. Zwischen dem Totenkopf und der Ziege waren in roter Tinte und ungefüger Schrift folgende Zeichen zu sehen:

```
53††+305))6*;4826)4†.)4†);806*;48
+8II60))85;1†(;:†*8+83(88)5*+;46(;8
8*96*?;8)*†(;485);5*+2:*†(;4956*2(5
*-4)8II8*;4069285);)6+8)4††;1(†9;4
8081;8:8†1;48+85;4)485+528806*81(
†9;48;(88;4(†?34;48)4†;161;:188;†?;
```

»Nun«, sagte ich, ihm das Blatt wieder hinreichend, »ich bin um kein Haar klüger als zuvor. Und wenn meiner nach Lösung dieses Rätsels alle Juwelenschätze Golkondas warteten – ich bin gewiß, sie nicht gewinnen zu können.«

»Und doch«, sagte Legrand, »ist die Lösung durchaus nicht so schwierig, wie Sie bei flüchtigem Betrachten annehmen könnten. Die Zeichen bilden, wie jeder leicht erraten wird, eine Geheimschrift – ich meine, sie enthalten einen Sinn. Aber nach alledem, was von Kidd bekannt ist, konnte ich ihm nicht die Fähigkeit zuschreiben, eine wirklich schwer enträtselbare Geheimschrift zu erfinden. Ich nahm also ohne weiteres an, daß sie recht einfach sein müsse – doch immerhin derart, daß sie dem ungebildeten Seemann ganz unverständlich erscheinen müsse, solange der Schlüssel dazu fehlte.«

»Und Sie fanden ihn wirklich?«

»Unschwer; ich habe zehntausendmal dunklere Geheimschriften enträtselt. Die Umstände und auch eine Art Neigung gaben mir ein gewisses Interesse für derlei Rätsel, und mit Recht mag es bezweifelt werden, ob menschlicher Scharfsinn ein Rätsel ersinnen könne, das menschlicher Scharfsinn nicht durch Ausdauer zu lösen vermöchte. Ja, tatsächlich, nachdem es mir gelungen war, zusammenhängende und lesbare Schriftzeichen aufzudecken, maß ich der bloßen Schwierigkeit ihrer Entzifferung kaum noch Bedeutung bei.

Im vorliegenden Fall – wie übrigens bei jeder Geheimschrift – galt die erste Frage der Sprache, in der die Schrift abgefaßt war; denn das Prinzip der Entzifferung, wenigstens soweit es die einfacheren Geheimschriften anlangt, steht mit gewissen Eigentümlichkeiten des entsprechenden Idioms im engsten Zusammenhang. Um nun die betreffende Sprache ausfindig zu machen, bleibt dem, der die Lösung versucht, nichts anderes übrig, als der Reihe nach mit jedem ihm bekannten Idiom den Versuch zu wagen. Bei der vorliegenden Schrift nun war ich durch das Namenszeichen aller Zweifel enthoben. Das Wortspiel ›Kidd‹ ist in keiner anderen Sprache als der englischen möglich. Ohne dieses Hilfsmittel aber hätte ich meine Versuche mit Spanisch oder Französisch eingeleitet, das heißt mit den Sprachen, die ein Pirat der spanischen Gewässer wohl am ehesten zu schreiben versteht. Wie die Dinge hier jedoch lagen, hielt ich die Schrift für englisch.

Wie Sie sehen, weisen die Zeichen keine Wortzwischenräume auf; wären solche vorhanden gewesen, so hätte ich verhältnismäßig leichte Arbeit gehabt. Dann hätte ich nämlich mit Analysieren und Vergleichen der kürzesten Wörter begonnen, und hätte ich ein Wort von nur einem Buchstaben gefunden, was ziemlich wahrscheinlich war (ein a oder I z. B.), so wäre ich der Lösung gewiß gewesen. Da aber keine Zwischenräume vorhanden waren, war mein erster Schritt, die vorherrschenden wie die am seltensten vorkommenden Buchstaben festzustellen. Nachdem ich alle gezählt, ergab sich folgende Tabelle:

Die Chiffre	**8**	**ist**	**33mal vertreten**
	;		**26mal vertreten**
	4		**19mal vertreten**
	† und)		**16mal vertreten**
	*****		**13mal vertreten**
	5		**12mal vertreten**
	6		**11mal vertreten**

Die Chiffre	(	ist	10mal vertreten
	+ und 1		8mal vertreten
	0		6mal vertreten
	9 und 2		5mal vertreten
	: und 3		4mal vertreten
	?		3mal vertreten
	II		2mal vertreten
	– und .		1mal vertreten

Nun ist im Englischen das e der am häufigsten vorkommende Buchstabe. Die weitere Reihenfolge ist so: aoidhnrstuycfglmwbkpqxz . E ist in so auffallender Weise vorherrschend, daß es kaum einen Satz gibt, in dem es nicht der häufigste Buchstabe ist.

So haben wir nun also gleich zu Anfang die Grundlage für etwas, das mehr als bloßes Erraten ist. Wie solche Tabelle angewendet wird, ist leicht ersichtlich – für die vorliegende Schrift aber werden wir ihrer Hilfe nur teilweise bedürfen. Da unser vorherrschendes Zeichen 8 ist, so wollen wir damit beginnen, es als das e des Alphabetes anzusehen. Um die Richtigkeit dieser Annahme nachzuprüfen, wollen wir sehen, ob 8 häufig paarweise steht – denn e findet im Englischen oft paarweise Anwendung, z. B. in Worten wie ›meet‹, ›fleet‹, ›speed‹, ›seen‹, ›been‹, ›agree‹ usw. Hier in unserm Fall erscheint es nicht weniger als fünfmal paarweise, obwohl die Aufzeichnung nur kurz ist.

Nehmen wir also an, 8 sei e. Nun ist von allen Wörtern der englischen Sprache der Artikel the das häufigste; wir wollen darum nachsehen, ob wir nicht mehrmals drei in gleicher Reihenfolge stehende Zeichen finden, deren letztes 8 ist. Finden wir mehrere so angeordnete drei Buchstaben, so ist mit ziemlicher Sicherheit anzunehmen, daß sie das Wort the vorstellen. Bei Nachprüfung finden wir nicht weniger als sieben solcher Zeichenstellungen, nämlich siebenmal die zusammenhängenden Zeichen ;48. Wir können daher folgern, daß ; für t, 4 für h und 8 für e steht – was für das letzte Zeichen schon voll erwiesen ist. So haben wir also schon einen großen Schritt gewonnen.

Durch Feststellung eines einzigen Wortes aber haben wir einen sehr wichtigen Punkt festgelegt, nämlich einige Anfänge und Endungen anderer Worte. Sehen wir uns z. B. die Stelle an, wo die Kombination ;48 zum vorletzten Male vorkommt – fast am Ende der Aufzeichnung. Wir wissen, daß das unmittelbar daran anschließende ; den Anfang eines Wortes bildet, und von den auf das the folgenden sechs Schriftzeichen sind uns nicht weniger als fünf bekannt. Schreiben wir uns also die Buchstaben, die sie vorstellen sollen, auf, indem wir für den uns noch unbekannten einen kleinen Zwischenraum frei lassen.

t eeth

Hier können wir sofort feststellen, daß wir das the vorläufig unberücksichtigt lassen müssen, da es unmöglich einen Teil von dem mit t anfangenden Wort bilden kann. Dies ergibt sich leicht, wenn wir auf der Suche nach dem einzusetzenden Buchstaben das ganze Alphabet durchgehen. Wir sind also auf das

t ee

beschränkt, und wenn wir nun nochmals das Alphabet durchgehen, kommen wir auf das Wort tree als einzig mögliche Lesart. Wir gewinnen so einen neuen Buchstaben, dargestellt durch das Zeichen (, und die nebeneinander stehenden Worte the tree.

Wenn wir nun ein kurzes Stückchen weiterblicken, so sehen wir wieder die Kombination ;48. Setzen wir an unsere gefundenen zwei Worte die darauf folgenden Zeichen an und bilden mit dem nächsten the den Schluß.

the tree ;4(†?34 the

Nach Einsetzung der uns bereits bekannten Buchstaben erhalten wir

the tree thr †?3h the

Lassen wir nun an Stelle der unbekannten Zeichen entsprechenden Raum oder setzen wir Punkte ein, so lesen wir

the tree thr . . . h the

wodurch wir sofort auf das Wort through geraten. Diese Entdeckung verschafft uns wieder drei neue Buchstaben, nämlich o, u und g, dargestellt durch † ? und 3.

Wenn wir jetzt die Geheimschrift nach Zusammenstellung bekannter Zeichen genau durchsehen, finden wir nicht weit vom Anfang diese Anordnung

83(88 = egree

was offenbar der Schluß des Wortes degree sein soll und uns wiederum einen Buchstaben gibt, nämlich d, dargestellt durch +.

Vier Buchstaben hinter dem Wort degree sehen wir die Kombination

;46(;88*

Indem wir die bekannten Zeichen übersetzen und die unbekannten wie vorher durch Punkte markieren, lesen wir dies:

th.rtee.

eine Zusammenstellung, die sofort auf das Wort thirteen führt und uns wiederum zwei neue Zeichen erklärt: 6 = i und * = n.

Wenden wir uns nun dem Anfang der Geheimschrift zu, so finden wir die Kombination

53††+

Wie vorher übersetzend erhalten wir .

. good

was uns den ersten Buchstaben als a erkennen läßt und die ersten beiden Worte als

A good

Nun ist es Zeit, daß wir unsern Schlüssel, soweit wir ihn entdeckt haben, zu einer Tabelle formulieren, um Irrtümer zu vermeiden. Sie wird so aussehen:

5	=	**a**
+	=	**d**
8	=	**e**
3	=	**g**

4	=	**h**
6	=	**i**
*	=	**n**
†	=	**o**
(	=	**r**
;	=	**t**

Wir haben also nicht weniger als zehn der wichtigsten Buchstaben festgestellt, und es ist wohl unnötig, die einzelnen Abschnitte der Auflösung weiterhin zu entwickeln. Ich habe genug gesagt, um Sie zu überzeugen, daß Geheimschriften solcher Art leicht enträtselbar sind, und Ihnen einen Einblick in das anzuwendende Verfahren zu geben. Behalten Sie aber immer im Auge, daß die uns vorliegende Geheimschrift zu den allereinfachsten ihrer Art gehört. Es bleibt nun nur noch übrig, Ihnen die vollständige Übersetzung der Pergamentnotiz zu geben. Hier ist sie:

> A good glass in the bishop's hostel in the devil's seat forty-one degrees and thirteen minutes northeast and by north main branch seventh limb east side shoot from the left eye of the death's-head a bee line from the tree through the shot fifty feet out.«[2]

»Aber«, sagte ich, »das Rätsel scheint noch geradeso unentwirrbar wie vorher. Wie ist es möglich, aus all diesem Kauderwelsch von devil's seats, death's-heads und bishop's hotels einen Sinn herauszutüfteln?«

»Ich gestehe«, erwiderte Legrand, »daß die Sache noch immer bedenklich aussieht, wenn man sie nur oberflächlich betrachtet. Mein erstes Bemühen war, das Ganze in die vom Schreiber gemeinten Einzelsätze zu zerlegen.«

---

2 Deutsch: Ein gutes Glas in des Bischofs Haus in des Teufels Sitz einundvierzig Grad und dreizehn Minuten nordöstlich und gen Nord Hauptast siebenter Arm Ostseite schieße durch linkes Auge des Totenkopfes eine Meßschnur von dem Baum durch den Schuß fünfzig Fuß hinaus.

»Sie meinen, es zu interpunktieren?«

»Ungefähr, ja.«

»Wie aber konnten Sie das bewerkstelligen?«

»Ich sagte mir, daß der Schreiber mit der Fortlassung jeglicher Interpunktion einen besonders schlauen Trick beabsichtigte, um die Entzifferung der Geheimschrift zu erschweren. Nun wird aber ein nicht allzu durchtriebener Kopf sich sicherlich durch Übertreibung der Sache verraten; wenn er beim Niederschreiben einen Gedanken erledigt hat, dies also durch eine Lücke oder einen Punkt angezeigt werden müßte, so wird er sicherlich gerade hier seine Zeichen mehr als nötig aneinanderrücken. Wenn Sie das Manuskript prüfen, so werden Sie mit Leichtigkeit fünf solcher ungewöhnlich zusammengedrängten Stellen wahrnehmen. Diesem Wink folgend, trennte ich die Sache so:

> A good glass in the bishop's hostel in the devil's seat – forty-one degrees and thirteen minutes – northeast and by north – main branch seventh limb east side – shoot from the left eye of the death's-head – a bee line from the tree through the shot fifty feet out.

»Selbst diese Trennung«, sagte ich, »läßt mich im dunkeln.«

»Auch mich ließ es zunächst im dunkeln«, erwiderte Legrand; »mehrere Tage lang bemühte ich mich in der Gegend von Sullivans Island vergeblich um Auskunft über irgendein Gebäude, das den Namen Bishop's Hotel führe; den veralteten Ausdruck hostel hatte ich natürlich fallenlassen. Da ich durchaus keine Auskunft erhalten konnte, wollte ich gerade den Umkreis meines Forschungsgebietes erweitern und überhaupt systematischer vorgehen, als es mir eines Morgens ganz plötzlich in den Sinn kam, daß dies Bishops Hostel mit einer alten Familie namens Bessop zusammenhängen könne, die in langvergangener Zeit etwa vier Meilen nordwärts von der Insel einen Herrensitz gehabt hatte. Ich begab mich also in die Pflanzungen hinüber und setzte dort meine Nachfrage unter den ältesten Negern fort. Endlich erzählte eine bejahrte Frau, daß sie von so einem Ort wie Bessop's Castle reden gehört habe und daß sie auch glaube, mich hinführen zu können; es sei aber weder ein Schloß noch eine Schenke, sondern ein hoher Fels.

Ich bot ihr eine gute Belohnung an, und nach einigem Zögern willigte sie ein, mich zu der Stelle hinzuführen. Wir fanden sie ohne viel Schwierigkeit, und ich entließ das Weib und machte mich daran, den Platz zu untersuchen. Das ›Schloß‹ bestand aus einer unregelmäßigen Anhäufung von Klippen und Felsen – deren einer sowohl durch seine besondere Höhe als auch durch seine freie Lage und seltsame Form bemerkenswert war. Ich kletterte auf seinen Gipfel und war nun recht im Zweifel, was fernerhin zu tun sei.

Während ich so nachsann, fielen meine Blicke auf einen schmalen Vorsprung an der Ostseite des Felsens, etwa ein Meter unter der höchsten Spitze, auf der ich stand. Dieser Vorsprung hatte eine Ausladung von etwa achtzehn Zoll, und seine Breite betrug nur einen Fuß, während eine Vertiefung in dem ihn überragenden Felsstück dem Ganzen eine gewisse Ähnlichkeit mit den tieflehnigen Sesseln lieh, wie sie bei unsern Altvordern gebräuchlich waren. Ich zweifelte nicht, den im Manuskript erwähnten ›Teufelssitz‹ gefunden zu haben, und vermeinte nun auch das ganze Geheimnis in Händen zu halten.

Das ›gut Glas‹ konnte sich, wie ich wußte, nur auf ein Teleskop beziehen; denn das Wort ›Glas‹ wird von Seeleuten kaum je in anderem Sinn angewendet. Ich sah also gleich, daß hier ein Teleskop vonnöten war sowie zu seiner Anwendung ein fester Standort, der nicht die geringste Abweichung zuließe. Ich wußte nun ferner, daß die Bezeichnungen ›einundvierzig Grad und dreizehn Minuten‹ und ›nordöstlich und gen Norden‹ Richtungsangaben zur Einstellung des Glases bedeuteten. Mächtig aufgeregt durch diese Entdeckungen eilte ich heim, holte ein Teleskop und kehrte auf den Felsen zurück.

Ich ließ mich auf den Vorsprung hinabgleiten und fand, daß man nur an einer einzigen Stelle sich sitzend auf ihn niederlassen konnte. Diese Tatsache bestätigte meine vorgefaßte Meinung. Ich suchte nun das Glas einzustellen. Natürlich konnten die Worte ›einundvierzig Grad und dreizehn Minuten‹ sich nur auf die Höhenlage über dem sichtbaren Horizont beziehen, da die Stelle am Horizont schon durch die Worte ›nordöstlich und gen Nord‹ fest bezeichnet war. Diese letztere Richtung gewann ich ohne jede Schwierigkeit mit Hilfe meines Taschenkompasses. Ich suchte nun, so gut ich konnte, das Glas in einen Winkel von einundvierzig Grad zu bringen und bewegte es ganz langsam auf und nieder, bis meine Aufmerksamkeit durch eine kreisrunde Lücke im Laubwerk eines großen Baumes, der alle andern in der Ferne überragte, gefesselt wurde. Im Mittelpunkt dieser Lücke sah ich einen weißen Fleck, konnte aber zuerst nicht erkennen, was es war. Ich stellte das Teleskop noch schärfer ein, blickte wieder hindurch und kam nun dahinter, daß es ein Menschenschädel sei.

Bei dieser Entdeckung hatte ich die feste Zuversicht, das Rätsel als gelöst betrachten zu dürfen; denn die Angaben ›Hauptast, siebenter Arm, Ostseite‹ konnten sich nur auf den Standort des Schädels auf dem Baum beziehen, während ›schieße durch linkes Auge des Totenkopfs‹ auch nur eine einzige Beziehung haben konnte, nämlich auf den vergrabenen Schatz selbst. Ich sah, daß die Vorschrift besagte, durch das linke Auge sei eine Kugel hindurchzuwerfen und von der zunächst liegenden Stelle des Stammes durch den ›Schuß‹ (oder die Stelle, wo die Kugel niedergefallen) und noch fünfzig Fuß darüber hinaus eine schnurgerade Linie zu ziehen, was einen ganz bestimmten Punkt ergeben mußte. Und dort, unter diesem Punkt – ich hielt das wenigstens für möglich –, mußte ein Gut von Wert verborgen liegen.«

»Alles dies«, sagte ich, »ist durchaus klar und, obschon geistreich ausgeklügelt, doch einfach und verständlich. Doch als Sie des ›Bischofs Haus‹ verließen – was dann?«

»Nun, nachdem ich mir die Lage des Baumes gut gemerkt hatte, ging ich nach Haus. Sowie ich aber ›des Teufels Sitz‹ verlassen hatte, war die kreisrunde Lücke verschwunden, und wie ich mich auch drehte und wendete, ich konnte sie nicht wieder entdecken. Was mir der Hauptwitz an der ganzen Sache schien, war die Tatsache (denn wiederholtes Experimentieren überzeugte mich, daß es Tatsache war), daß die betreffende kreisrunde Öffnung von keinem anderen Punkt sichtbar ist als von dem schmalen Vorsprung auf dem Felsengipfel. Bei diesem Ausflug nach ›des Bischofs Haus‹ war ich von Jupiter begleitet gewesen, der zweifellos schon seit Wochen mein tiefsinniges Wesen bemerkt hatte und große Sorge trug, mich nicht allein zu lassen. Am anderen Tag aber stand ich ganz früh auf, und es gelang mir, ihm auszureißen; ich begab mich in das Hügelgelände, um den Baum zu suchen. Nach vieler Mühe fand ich ihn. Als ich in jener Nacht heimkam, wollte mein Diener mich durchprügeln. Mit dem Rest des Abenteuers sind Sie ja ebenso bekannt wie ich.«

»Ich vermute«, sagte ich, »Sie verfehlten die Stelle bei unserer ersten Nachgrabung durch Jupiters Dummheit, der den Käfer durch das rechte anstatt durch das linke Auge des Schädels fallen ließ.«

»Ganz recht. Dieser Mißgriff ergab eine Differenz von etwa zweieinhalb Zoll im ›Schuß‹, das heißt in der Stellung des Pflocks zum Baum; und hätte sich der Schatz unter dem ›Schuß‹ befunden, so wäre der Irrtum ohne Bedeutung gewesen. Aber der ›Schuß‹ nebst dem nächsten Punkt des Baumes waren lediglich zwei Punkte zur Aufstellung einer Richtungslinie; so gering der Irrtum anfänglich auch gewesen, so sehr vergrößerte er sich bei Fortführung der Linie und warf uns, als wir fünfzig Fuß erreicht hatten, ganz aus der Spur. Hätte ich nicht die tiefinnerliche Überzeugung gehabt, daß hier herum tatsächlich ein Schatz vergraben sei, so wäre alle unsere Arbeit umsonst gewesen.«

»Aber Ihr großartiges Auftreten und Ihr merkwürdiges Getue mit dem Käfer, das Hinundherschwingen – wie sonderbar war dies alles! Ich war überzeugt, Sie seien verrückt. Und warum bestanden Sie darauf, statt einer Flintenkugel den Käfer durch den Schädel fallen zu lassen?«

»Ja – offen gestanden ärgerte mich Ihr ewiger Argwohn in betreff meiner Gesundheit, und ich beschloß daher, Sie auf meine Weise durch ein bißchen Mystifikation zu bestrafen. Aus diesem Grund schwenkte ich den Käfer, und aus diesem Grund ließ ich gerade ihn vom Baum werfen. Eine Bemerkung Ihrerseits über sein großes Gewicht brachte mich auf diesen Gedanken.«

»Ja, ich verstehe. Und nun ist mir noch eins unklar. Was sollen wir von den Gerippen halten, die wir in der Grube fanden?«

»Das ist eine Frage, die ich ebensowenig beantworten kann wie Sie selbst. Es gibt jedoch nur eine einzige einleuchtende Erklärung – ist es auch noch so gräßlich, der entsetzlichen Vermutung, die ich aufstellen will, Glauben zu schenken. Es ist klar, daß Kidd – wenn eben, was ich nicht bezweifle, er es war, der den Schatz vergrub –, ich sage, es ist klar, daß er Helfer bei der Arbeit gehabt haben muß. Nach Beendigung der Arbeit mag er es aber für ratsam gehalten haben, alle Mitwisser des Geheimnisses beiseite zu schaffen. Vielleicht genügten wenige Beilhiebe, während seine Mithelfer in der Grube tätig waren – vielleicht war auch ein Dutzend nötig –, wer kann es sagen?«

Metzengerstein

Pestis eram vivus – moriens tua mors ero.

Martin Luther

Schrecken und Verhängnis stampfen dahin durch alle Jahrhunderte. Warum also die Zeit angeben, in der sich das ereignete, was ich euch jetzt berichten will? Mag die Angabe genügen, daß es damals war, als man im Innern Ungarns fest, wenn auch nur im geheimen, der Lehre von der Seelenwanderung anhing. Von der Lehre selbst, das heißt davon, ob sie möglich oder unmöglich sei, will ich nicht reden. Ich behaupte indes, daß unsere Ungläubigkeit zum großen Teile demselben Quell entspringt, von dem La Bruyère unser Unglück herleitet: il vient de ne pouvoir être seuls.[3]

Doch im Aberglauben der Ungarn gab es Dinge, die nahe an Abgeschmacktheit grenzten. Sie, die Ungarn, wichen in ihren Anschauungen weit ab von denen ihrer östlichen Vorbilder. So sagten zum Beispiel jene: »die Seele« – ich zitiere hier die Worte eines gewissenhaften und gelehrten Parisers – »ne demeure qu'une seule fois dans un corps sensible. Ainsi – un cheval, un chien, un homme même, n'est que la ressemblance illusoire de ces êtres.«

Die Familien Berlifitzing und Metzengerstein lagen seit Jahrhunderten in Zwist. Nie noch sah man zwei so erlauchte Häuser in so erbitterter und tödlicher Feindschaft. Sie mochte in den Worten einer uralten Prophezeiung begründet sein, die also lautete: Ein stolzer Name soll in Schrecken untergehen, wenn, wie der Reiter über sein Roß, die Sterblichkeit von Metzengerstein triumphieren wird über die Unsterblichkeit von Berlifitzing.

---

3 *Mercier tritt in »L'an deux mille quatre cent quarante« ernstlich für die Lehre von der Seelenwanderung ein, und J. d'Israeli sagt: »Kein System ist so klar und widerstrebt so wenig dem Verstand.« Auch von Colonel Echan Allen, dem »Sohn der Grünen Berge«, heißt es, daß er ein ernster Anhänger der Lehre von der Seelenwanderung gewesen sei.*

Gewiß, die Worte an sich hatten wenig oder gar keinen Sinn. Doch unbedeutendere Ursachen haben – und dies vor nicht allzulanger Zeit – geradeso schwerwiegende Folgen gehabt. Übrigens hatten die beiden benachbarten Familien lange Zeit darin gewetteifert, ihren Einfluß auf die Regierungsgeschäfte geltend zu machen. Ferner sind Nachbarn selten Freunde, und die Bewohner des Schlosses Berlifitzing konnten von ihren hohen Säulengängen bis in die Fenster der Burg Metzengerstein sehen. Und überdies hatte sich die mehr als lehnsherrliche Pracht der Metzengerstein in einer Art und Weise geäußert, daß sie den leicht erregbaren Stolz der weniger ahnenreichen und weniger begüterten Berlifitzings verletzen mußte. Was Wunder also, daß jene Prophezeiung, so dumm sie auch klingen mochte, eine Feindschaft zwischen den zwei Familien zuwege brachte, die ohnedies durch erbliche Belastung zu Streit und Eifersucht veranlagt waren. Die Prophezeiung schien, wenn sie irgend etwas besagte, so jedenfalls einen endgültigen Triumph des bereits jetzt mächtigeren Hauses anzukünden und wurde darum mit um so bittererem Haß von der schwächeren und weniger einflußreichen Partei im Gedächtnis behalten.

Wilhelm Graf Berlifitzing war, obgleich von hoher Abkunft, zur Zeit dieser Erzählung ein kraftloser und kindischer Greis. Er hatte weiter nichts Bemerkenswertes an sich als eine übertriebene und hartnäckige Abneigung gegen die Familie seines Nebenbuhlers und eine so leidenschaftliche Liebe für Pferde und Jagd, daß weder seine körperliche Schwäche noch sein hohes Alter oder sein Schwachsinn ihn davon abhalten konnten, täglich an den Gefahren des Jagdvergnügens teilzunehmen.

Friedrich Baron Metzengerstein dagegen war noch nicht einmal mündig. Sein Vater, der Minister gewesen, starb in jungen Jahren. Seine Mutter, Baronin Marie, war ihm bald ins Grab gefolgt. Friedrich war damals achtzehn Jahre alt. In einer Stadt sind achtzehn Jahre keine lange Zeitspanne; in einer Wildnis aber, in der köstlichen Einsamkeit dieses alten Stammsitzes, hat jeder Pendelschwung weit tiefere Bedeutung.

Zufolge besonderer Bestimmungen des Hausgesetzes trat der Baron bei Ableben seines Vaters sogleich die Herrschaft über die ausgedehnten Besitzungen an. Selten wohl hatte ein ungarischer Edelmann solch herrliche Güter besessen. Zahllose Schlösser waren sein. Das bedeutendste an Pracht und Ausdehnung war Schloß Metzengerstein. Die Grenzlinie seines Gebietes war niemals sicher festgestellt, aber allein der große Park hatte einen Umfang von fünfzig Meilen.

Als der so jugendliche Herr, dessen Charakter allgemein bekannt war, in den unbeschränkten Besitz des riesigen Vermögens kam, war man sich über sein künftiges Auftreten so ziemlich im klaren. Und wirklich, drei Tage lang stellten die Taten des jungen Erben selbst die des Herodes in den Schatten und übertrafen sogar bei weitem die Erwartungen seiner begeisterten Bewunderer. Schandbare Schwelgereien, gemeine Treulosigkeit, unerhörte Scheußlichkeiten gaben seinen zitternden Vasallen bald zu verstehen, daß weder kriechende Unterwürfigkeit ihrerseits noch Gewissensbisse seinerseits jemals irgendwelche Sicherheit gewähren würden vor den erbarmungslosen Fängen dieses kleinen Caligula. In der Nacht des vierten Tages gerieten die Stallungen des Schlosses Berlifitzing in Brand, und die einmütige Ansicht der Nachbarschaft war, daß das Verbrechen der Brandstiftung auf die grauenvolle Liste der Untaten und Greuel des Barons zu setzen sei.

Während des Aufruhrs, den dies Ereignis mit sich brachte, saß der junge Edelmann anscheinend in tiefen Gedanken in einem großen, einsamen und hochgelegenen Gemach des Stammschlosses Metzengerstein. Die kostbaren, obgleich verblaßten Wandteppiche, die ringsum düster herabhingen, zeigten die schattenhaften und herrischen Gestalten von wohl tausend erlauchten Ahnen. Hier saßen hermelingeschmückte Priester und geistliche Würdenträger vertraulich neben Autokraten und Fürsten und legten gegen die Ansprüche eines weltlichen Königs ihr Veto ein oder hielten mit dem Machtspruch päpstlicher Obergewalt das rebellische Zepter des Erzfeindes in Bann. Dort tummelten die dunklen, hohen Gestalten der Ritter von Metzengerstein ihre kraftvollen Kriegsrosse auf den Leichen der besiegten Feinde und machten mit ihren entschlossenen Mienen selbst stählerne Nerven erschauern. Und hier wieder fluteten die wollüstigen und schwanengleichen Gestalten der Damen aus längst vergangenen Zeiten in irren, unwirklichen Tänzen zu den Tönen einer unwirklichen Melodie.

Während der Baron auf den anwachsenden Tumult in den Ställen der Berlifitzing lauschte oder vielleicht über irgendeine neue, noch dreistere Tat nachsann, hasteten seine Blicke unwillkürlich auf der Gestalt eines riesenhaften Pferdes von ganz seltsamer Farbe, das auf der Wandverkleidung als das Roß eines sarazenischen Vorfahren der gegnerischen Familie dargestellt war. Das Pferd selbst stand regungslos im Vordergrund des Bildes, sein gefällter Reiter aber verendete im Hintergrunde unter dem Dolchstich eines Metzengerstein.

Ein teuflisches Lächeln umspielte Friedrichs Lippen, als er sich dessen bewußt wurde, welche Richtung sein Blick unbeabsichtigt genommen hatte. Er wandte die Augen nicht ab, trotzdem eine unerklärliche, erstickende Angst sich wie ein Leichentuch auf seine Sinne legte. Nur mit Mühe konnte er dies traumhafte und sonderbare Empfinden mit der Gewißheit, wach zu sein, vereinigen. Je länger er spähte, desto bannender wurde der Zauber – desto unmöglicher schien es ihm, jemals den Blick von jenem seltsamen Bilde wieder abwenden zu können. Als aber der Aufruhr draußen plötzlich noch wilder tobte, richtete er mit gewaltsamer Anstrengung seine Aufmerksamkeit auf den roten Lichtschein, der aus den flammenden Ställen auf die Fenster des Gemaches fiel.

Doch einen Augenblick nur tat er das – ganz unwillkürlich schweiften seine Augen wieder zur Wand. Mit Staunen und schauderndem Entsetzen nahm er wahr, daß der Kopf des riesigen Hengstes inzwischen seine Stellung geändert hatte. Vorher waren Hals und Kopf des Tieres wie mitfühlend zu dem am Boden liegenden Herrn herabgebeugt, jetzt hatten sie sich in voller Länge gegen den Baron ausgestreckt. Die Augen, die vorher unsichtbar blieben, hatten einen eindringlichen Menschenblick und glühten in merkwürdig rotem Feuer, und die aufgewölbten Lippen des offenbar wütenden Tieres legten ekelhafte Totenzähne bloß.

Betäubt vor Schrecken wankte der junge Edelmann zur Tür. Als er sie aufwarf, strömte eine Flut roten Lichtes weit ins Zimmer und zeichnete seinen klar umgrenzten Schatten gegen den schwankenden Wandteppich. Und er schauderte, als er, der zögernd auf der Schwelle stand, bemerkte, daß dieser Schatten genau die Gestalt des erbarmungslosen und triumphierenden Mörders des Sarazenen-Berlifitzing deckte.

Um seiner selbst wieder Herr zu werden, eilte der Baron ins Freie. Am Haupttor des Schlosses traf er auf drei Stallburschen. Mit großer Mühe und Lebensgefahr versuchten sie die wilden Sprünge eines riesigen, feuerfarbenen Rosses zu bändigen.

»Wessen Pferd? Wie kommt ihr zu ihm?« fragte der Jüngling in heiserer Angst, denn er hatte sofort bemerkt, daß der geheimnisvolle Hengst auf dem Wandteppich das vollkommene Seitenstück zu dem rasenden Tier hier war.

»Es ist Ihr eigen, Herr«, erwiderte einer der Burschen. »Wenigstens hat sich kein anderer als Eigentümer gemeldet. Wir fingen es ein, als es dampfend und schäumend vor Wut aus den brennenden Ställen des Schlosses Berlifitzing daherfloh. Wir nahmen an, daß es zu des alten Grafen Gestüt ausländischer Rosse gehörte, und führten es als einen Durchgänger zurück. Aber die Stallknechte dort erheben keinen Anspruch auf das Pferd, und das ist doch seltsam, denn es zeigt sichtbare Spuren, daß es mit knapper Not den Flammen entronnen ist.«

»Auch trägt es deutlich die Buchstaben W. v. B. auf der Stirn eingebrannt«, ergänzte ein zweiter Bursche. »Ich dachte natürlich, es wären die Zeichen von Wilhelm von Berlifitzing – aber alle im Schlosse leugnen durchaus, das Pferd zu kennen.«

»Höchst seltsam!« sagte der junge Baron nachdenklich – und offenbar ohne selbst zu wissen, was er sagte. »Es ist, wie Ihr sagt, ein merkwürdiges, ein wundersames Tier! Allerdings auch, wie Ihr ebenfalls richtig bemerkt, von argwöhnischem und unfügsamem Wesen. – Gut also, sei es mein!« setzte er nach einer Pause hinzu. »Ein Reiter wie Friedrich von Metzengerstein kann vielleicht selbst noch den Teufel aus dem Stalle der Berlifitzing bändigen.«

»Sie sind in einem Irrtum, Herr; das Pferd stammt, wie wir wohl bereits sagten, nicht aus den Ställen des Grafen. Wäre das der Fall, so hätten wir unsere Pflicht besser gekannt, als es vor eine so hohe Persönlichkeit Ihrer Familie zu bringen.«

»Allerdings wahr«, bemerkte der Baron trocken. In diesem Augenblick kam eilig und mit roten Wangen ein junger Kammerdiener aus dem Schloß herbeigelaufen. Er berichtete dem Herrn im Flüsterton, daß in einem der oberen Zimmer – er bezeichnete es näher – ein kleines Stück Wandverkleidung plötzlich verschwand. Er erzählte allerlei Einzelheiten, aber so leise, daß die Neugier der Stallburschen nicht auf ihre Rechnung kam.

Der junge Friedrich schien während dieses Berichtes sehr erregt. Bald jedoch fand er seine Ruhe wieder, und mit einer Miene voll böser Entschlossenheit gab er den kurzen Befehl, daß das fragliche Zimmer sogleich zu verschließen und der Schlüssel ihm selbst zu übergeben sei.

»Haben Sie von dem unglückseligen Tod des alten Berlifitzing gehört?« fragte einer der Untergebenen den Baron, als der Diener sich wieder entfernt hatte und das riesige Roß, das der Edelmann soeben in Besitz genommen, mit verdoppelter Wut die lange Allee hinunterstürmte, die das Schloß mit den Stallungen der Metzengerstein verband.

»Nein!« wandte der Baron sich hastig an den Sprecher. »Tot, sagst du?«

»Wahrhaftig ja, Herr! Und einem Edlen Ihres Namens wird diese Nachricht, wie ich mir denke, nicht unwillkommen sein.«

Ein flüchtiges Lächeln flog über das Antlitz des andern. »Wie starb er?«

»Bei seinem eiligen Bemühen, seine Lieblingspferde zu retten, kam er selber elend in den Flammen um.«

»Wahr–haf–tig?« sagte der Baron langsam, als übermanne ihn allmählich die Überzeugung von der Wahrheit eines aufregenden Gedankens.

»Wahrhaftig!« beteuerte der Knecht.

»Entsetzlich!« sagte der Jüngling ruhig und kehrte ins Schloß zurück. –

Von dieser Stunde an war das Betragen des jungen Baron Friedrich von Metzengerstein ein gänzlich anderes. Wirklich, sein Benehmen täuschte alle Erwartungen und machte die Wünsche zunichte, die so manche berechnende Mutter im stillen gehegt hatte. Mehr noch als bisher wich er in Manieren und Gewohnheiten von den Sitten der benachbarten Aristokratie ab. Er wurde nie mehr außerhalb der Grenzen seiner eigenen Besitzungen gesehen und war auf der weiten geselligen Welt ohne jeden Gefährten – es sei denn, daß das unnatürliche, wilde feuerfarbene Pferd, das er jetzt täglich ritt, irgendein geheimnisvolles Recht auf diese Bezeichnung gehabt hätte.

Die Nachbarschaft aber schickte noch immer ihre Einladungen: »Will der Baron unser Fest mit seiner Gegenwart beehren?« »Will der Baron uns auf einer Eberjagd Gesellschaft leisten?« – »Metzengerstein jagt nicht«, »Metzengerstein kommt nicht«, waren seine lakonischen Antworten.

Solche wiederholten Beleidigungen mochte der hochmütige Adel sich nicht lange gefallen lassen. Die Einladungen wurden weniger herzlich, weniger häufig, und schließlich hörten sie ganz auf. Die Witwe des unglücklichen Grafen Berlifitzing sprach sogar die Hoffnung aus, es möge einmal dahin kommen, daß der Baron genötigt sei, zu Hause zu bleiben, wenn er nicht wünsche, zu Hause zu bleiben, da er die Gesellschaft von seinesgleichen verachte; und auszureiten, wenn er nicht wünsche, auszureiten, da er die Gesellschaft eines Pferdes vorziehe. Das war natürlich ein recht alberner Ausspruch und bewies nur, wie höchst unsinnig unsere Rede gerade dann wird, wenn wir ihr ganz besondere Bedeutung geben möchten.

Die Sanftmütigen jedoch suchten das veränderte Benehmen des jungen Edelmannes aus der so natürlichen Trauer des Sohnes um den frühen Verlust der Eltern abzuleiten; sie hatten anscheinend ganz sein ungezügeltes und ruchloses Betragen in den ersten Tagen nach jenem Verluste vergessen. Es gab noch andere, welche die Schuld dem hochmütigen Selbstbewußtsein des jungen Mannes zuschrieben. Und wieder andere, zu denen auch der Hausarzt gehörte, sprachen von krankhafter Schwermut und erblicher Belastung, während bei der Mehrzahl noch dunklere und zweideutigere Mutmaßungen in Umlauf waren.

Ja, des Barons verrückte Zuneigung zu seinem jüngst eingestellten Hengst – eine Zuneigung, die aus jedem neuen Beweis von des Tieres Wildheit und teuflischem Gebaren neue Kräfte zu schöpfen schien – wurde in den Augen aller vernünftig denkenden Leute zu einer Äußerung widerlicher Unnatur. Ob glühende Mittagszeit – ob tote Nachtstunde – ob krank oder gesund – ob Sturm oder Sonne – immer schien der junge Metzengerstein festgeschmiedet in den Sattel jenes ungeheuren Rosses, dessen unzähmbare Wildheit so gut zu seinem eigenen Wesen stimmte.

Überdies gab es Umstände, die in Verbindung mit jüngst vergangenen Ereignissen der Manie des Reiters und den Fähigkeiten des Rosses eine unheimliche und verhängnisvolle Bedeutung gaben. Man hatte die Weite eines einzigen Sprunges genau nachgemessen und gefunden, daß er die verwegensten Schätzungen gewaltig übertraf. Auch hatte der Baron keinen besonderen Namen für das Tier, während doch sonst jedes seiner Pferde seine eigene Benennung hatte. Ferner hatte man dem Hengst seinen Stall abseits von den anderen zugewiesen; und was die Pflege und Bedienung des Pferdes anlangte, so besorgte dies der Eigentümer selbst, denn kein anderer hätte es gewagt, auch nur den Stall zu betreten. Außerdem sagte man, daß keiner der drei Knechte, die das Roß nach seiner Flucht aus der Feuersbrunst von Berlifitzing mit Hilfe von Schlinge und Zaumzeug eingefangen hatten, mit Bestimmtheit versichern konnte, daß er während des gefährlichen Kampfes oder irgendwann nachher den Körper des Tieres tatsächlich unter der Hand gefühlt habe. Beweise von besonderer Klugheit bei einem edlen und rassigen Roß könnten wohl kaum eine übertriebene Aufregung hervorrufen, aber hier gab es Dinge, die sich mit Macht selbst den Ungläubigsten und Gleichgültigsten aufdrängten; und es kam vor, daß die atemlos staunende Volksmenge vor des Pferdes unheimlich bedeutungsvollem Stampfen entsetzt zurückwich, es geschah, daß der junge Metzengerstein sich erbleichend abwandte von dem scharfen, eindringlichen Blick seines verständigen, menschlichen Auges.

Unter dem Gefolge des Barons befand sich jedoch nicht einer, der daran gezweifelt hätte, daß die seltsame Zuneigung, die der junge Edelmann für sein feuriges Pferd an den Tag legte, aufrichtig und innig sei; nicht einer, außer einem mißgestalten, armseligen kleinen Pagen, dessen Krüppelhaftigkeit jedem im Wege und dessen Ansichten jedem gleichgültig waren. Er hatte die Unverfrorenheit, zu behaupten (es verlohnt sich kaum, seine Meinung wiederzugeben), daß sein Herr nie ohne einen unerklärlichen, allerdings kaum wahrnehmbaren Schauder in den Sattel steige und daß bei seiner Rückkehr von dem gewohnten langen Ritt jeder Zug seines Gesichtes in triumphierender Bosheit verzerrt sei.

In einer stürmischen Nacht erwachte Metzengerstein aus schwerem Schlaf, stürzte wie ein Wahnsinniger aus seinem Zimmer, bestieg in Hast sein Pferd und sprengte davon in den dunklen Forst. Man schenkte einem so gewohnten Vorkommnis weiter keine Aufmerksamkeit; bald aber wartete man voll tiefer Besorgnis auf die Rückkehr des Herrn – als nämlich nach einigen Stunden seiner Abwesenheit die mächtigen und prächtigen Mauern der Burg Metzengerstein unter der Gewalt eines wogenden, qualmenden Feuermeeres bis in ihre Grundfesten krachten und wankten.

Da die Flammen, als man sie gewahr wurde, bereits so schrecklich um sich gegriffen hatten, daß alle Versuche, einen Teil des Schlosses zu retten, fruchtlos geblieben wären, so stand die erstaunte Nachbarschaft stumm, um nicht zu sagen gefühllos dabei. Dann aber erregte etwas Neues und Schreckliches die Aufmerksamkeit der Gaffer und bewies, wie viel aufregender für eine Volksmenge der Anblick eines kämpfenden Menschen ist als die entfesselte Wut seelenloser Materie.

Die lange Allee uralter Eichen, die vom Forst zur Hauptpforte des Schlosses führte, sprengte ein Roß daher, dessen tosende Wildheit den Dämon des Unwetters noch überraste. Auf seinem Rücken trug es einen Reiter in zerfetzten Kleidern, der fraglos die Herrschaft über sein Tier verloren hatte. Die Todesangst auf seinem Antlitz und das krampfhafte Zucken des Körpers sprachen von stattgehabten unmenschlichen Kämpfen; aber kein Laut, außer einem einzigen Schrei, entfloh seinen blutigen Lippen, die in Entsetzen durch und durch gebissen waren. Ein Augenblick – und das Klappern der Hufe erklang scharf und schrill durch das Brausen der Flammen und das Heulen des Windes; ein zweiter – und mit einem einzigen Satz über Tor und Graben hinweg galoppierte der Hengst die wankende Treppe des Schlosses hinauf und verschwand mit seinem Reiter inmitten des Wirbelsturms der sausenden Flammen.

Die Wut des Sturmes legte sich sofort, und eine tote Ruhe folgte. Eine stille weiße Flamme umhüllte den Bau wie ein Leichentuch, und weit hinauf in die ruhige Luft ergoß sich ein Glanz übernatürlichen Lichtes, während eine Wolke von Rauch sich über den Trümmern aufbaute in der klar erkennbaren Gestalt eines ungeheuren – Pferdes.

Der Teufel im Glockenstuhl

Was hat die Uhr geschlagen?

Alte Redensart

Der schönste Ort von der Welt ist – oder vielmehr war –, wie jedermann weiß, der holländische Burgflecken Vondervotteimittis. Da er aber etwas abseits von der Heerstraße liegt, so haben vielleicht nur wenige meiner Leser ihm je einen Besuch abgestattet. Um dieser letzteren willen ist es also wohl gerechtfertigt, wenn ich das Städtchen ein wenig beschreibe; und dies ist um so nötiger, als ich in der Hoffnung, die allgemeine Teilnahme dorthin zu lenken, hier einen Bericht der unheilvollen Ereignisse geben will, die sich unlängst dort zutrugen. Wer mich kennt, wird nicht daran zweifeln, daß ich mich dieser freiwillig übernommenen Pflicht nach bestem Wissen und Gewissen erledigen werde – mit all der kühlen Unparteilichkeit und Sachlichkeit, wie sie dem zukommt, der auf den Titel eines Geschichtsschreibers Anspruch erhebt.

Durch das Studium von Münzen, Handschriften und Inschriften bin ich in der Lage, feststellen zu können, daß der Ort Vondervotteimittis seit seiner Gründung stets so ausgesehen hat wie heutzutage noch. Den Zeitpunkt jener Gründung aber kann ich leider nur mit eben der unklaren Klarheit angeben, wie sie zuweilen von Mathematikern bei gewissen algebraischen Formeln angewendet wird. Ich kann also sagen, in Anbetracht des hohen Alters dieses Ortes dürfte das Datum seiner Gründung ohne Zweifel so weit zurückliegen, wie es zu berechnen uns überhaupt möglich ist.

Was nun die Frage nach der Herkunft des Namens Vondervotteimittis anlangt, so bekenne ich, daß auch dies sich von mir nicht mit Sicherheit feststellen ließ. Unter einer Unzahl verschiedener Meinungen über diesen heiklen Punkt – spitzfindigen und gelehrten oder auch dem Gegenteil von beiden – konnte ich nichts wirklich Überzeugendes herausfinden. Vielleicht wäre der Ansicht von Grogswigg – die fast mit jener von Kroutaplentey übereinstimmt – unter Vorbehalt beizustimmen. Sie lautet: »Vondervotteimittis – Vonder, lies Donder – Votteimittis, quasi und Bleitziz – Bleitziz, veraltet für Blitzen.« Tatsächlich findet diese Ableitung einigermaßen ihre Unterstützung durch gewisse elektrische Entladungen auf der Spitze des Rathausturmes. Ich muß jedoch in einer so wichtigen Frage die Verantwortung ablehnen und verweise den Leser auf die »Oratiunculae de Rebus Praeteritis« von Dundergutz; siehe auch Blunderbuzzard »De Derivationibus«, pag. 27–5010, Folio, gotische Ausgabe, rot und schwarze Schrift, Schlagwort, keine Zahlen – das auch Randbemerkungen von der Hand von Stuffundpuff mit Kommentaren von Grundundguzzel enthält.

Ungeachtet der Unklarheit, in der wir bezüglich des Zeitpunktes seiner Gründung und der Ableitung seines Namens sind, so kann, wie ich schon vorher sagte, kein Zweifel sein, daß Vondervotteimittis immer so ausgesehen hat wie heutigen Tages. Der älteste Mann im Ort weiß von keiner – auch nicht der geringsten – Veränderung des Ortes, und in der Tat: schon der Gedanke an eine solche Möglichkeit ist eine Entweihung. Der Burgflecken liegt in einem kreisrunden Tal von etwa einer Viertelmeile Umfang, das von sanften Hügeln umgeben ist, die zu überschreiten die Bevölkerung nie gewagt hat. Sie begründet das damit, daß nach ihrer Meinung auf der andern Seite überhaupt gar nichts mehr sei.

Das Tal selbst ist ganz eben und durchweg mit Kacheln gepflastert; an seinem Rande hin zieht sich eine Reihe von sechzig kleinen Häusern. Diese, die mit dem Rücken an die Hügellehnen, blicken alle nach dem Mittelpunkt der Ebene, der von jeder Haustür genau sechzig Meter entfernt ist. Jedes Haus hat einen kleinen Garten vor sich, mit einem kreisrunden Fußweg, einer Sonnenuhr und vierundzwanzig Kohlköpfen. Die Bauten selbst sind einander so völlig gleich, daß man keinen vom andern unterscheiden kann. Infolge ihres hohen Alters haben sie einen etwas seltsamen Baustil, der aber darum nicht weniger malerisch ist. Sie sind aus kleinen, roten, schwarzumrandeten Ziegeln aufgebaut, so daß die Mauern wie ein Schachbrett aussehen. Die Häuser tragen ihre Giebel nach vorn, und über der

Dachtraufe und dem Haupttor sind Kranzleisten – fast so mächtig wie das ganze übrige Haus. Die Fenster sind schmal und tief mit winzig kleinen Scheiben und viel Holzverschalung. Auf dem Dach sind eine Unmenge Ziegel mit langem, gebogenem Henkel. Alles Fachwerk ist sehr dunkel und hat viel Schnitzereien aufzuweisen; das Muster aber ist fast immer das gleiche. Seit Menschengedenken nämlich haben die Sehniger von Vondervotteimittis nie mehr als zwei Bilder schnitzen können: eine Uhr und einen Kohlkopf. Diese beiden aber können sie prächtig wiedergeben und bringen sie überall an, wo der Raum es erlaubt.

Die Wohnungen gleichen einander innen wie außen, und die Einrichtung ist überall die gleiche. Der Bodenbelag besteht aus viereckigen Kacheln, Tische und Stühle sind aus schwärzlichem Holz mit dünnen, krummen Beinen und zierlichen Füßen. Die Kaminsimse sind breit und hoch und weisen nicht nur gemeißelte Uhren und Kohlköpfe auf, sondern eine richtige Standuhr, die oben auf der Mitte des Simses steht und gewaltig tickt, und ferner einen Blumentopf mit einem Kohlkopf auf jeder Ecke des Simses. Zwischen jedem Kohlkopf und der Uhr wiederum befindet sich ein kleiner Chinese mit einem großen und dicken Bauch, der aber aus einem riesigen runden Loch besteht, aus dem das Zifferblatt einer Uhr hervorschaut.

Die Feuerstellen sind breit und tief und werden von boshaft blickenden Stein-Hunden getragen. Sie hüten stets ein loderndes Feuer und darüber einen riesigen Kessel voll Sauerkraut und Schweinefleisch, das die brave Hausfrau eifrig bewacht. Es ist eine kleine, dicke, alte Dame mit blauen Augen und rotem Gesicht; sie trägt eine Haube, so groß wie ein Zuckerhut, die mit roten und gelben Schleifen geziert ist. Ihr Kleid ist aus orangefarbener Halbwolle, hinten sehr voll und in der Taille sehr kurz gearbeitet – und auch in anderer Hinsicht sehr kurz, da es kaum bis zur Mitte des Beines reicht. Das Bein ist ziemlich dick, auch die Fesseln sind dick, aber sie trägt ein Paar schöne grüne Strümpfe darüber. Ihre Schuhe – aus rosarotem Leder – sind mit breiten, gelben Bändern geschlossen, die eine Rosette in Form eines Kohlkopfes bilden. In ihrer Linken hält sie eine kleine, schwere holländische Taschenuhr; in ihrer Rechten schwingt sie einen Löffel für das Sauerkraut und Schweinefleisch. An ihrer Seite sitzt eine fette, gefleckte Katze, an deren Schwanzende »die Jungens« aus »Spaß« eine goldschimmernde Spielzeuguhr angebunden haben.

Die Jungens selber sind alle drei im Garten und hüten das Schwein. Sie sind jeder zwei Fuß hoch. Sie tragen dreieckige Stülphüte, purpurrote Westen, die bis auf die Schenkel reichen, hirschlederne Kniehosen, rotwollene Strümpfe, schwere Schuhe mit großen Silberschnallen und lange Überröcke mit mächtigen Perlmutterknöpfen. Jeder hat ferner eine Pfeife im Mund und eine kleine, dicke Uhr in der rechten Hand. Er tut einen Zug und einen Blick und einen Blick und einen Zug. Das Schwein ist dick und faul und abwechselnd damit beschäftigt, die von den Kohlköpfen abgefallenen Blätter zu fressen und mit dem Hinterfuß nach der goldschimmernden Uhr zu stoßen, welche die Bengels auch ihm an den Schwanz gebunden haben, damit es ebenso hübsch aussehe wie die Katze.

Dicht an der Haustür, in einem hochlehnigen, lederbezogenen Armstuhl mit krummen Beinen und zierlichen Füßen, gleich denen der Tische, sitzt der alte Hausherr selber. Er ist ein sehr aufgeblasener alter Herr mit großen runden Augen und einem Doppelkinn. Sein Anzug gleicht dem der Knaben, und ich brauche nichts weiter darüber zu sagen. Der ganze Unterschied ist, daß seine Pfeife etwas größer ist als ihre und er mehr Rauch ausstoßen kann. Gleich ihnen hat er eine Uhr, aber er trägt sie in der Tasche. Die Wahrheit zu gestehen: er hat auf Wichtigeres als auf seine Taschenuhr zu achten, und was das ist, will ich gleich berichten. Er sitzt mit übergeschlagenen Beinen, macht ein ernstes Gesicht und hat wenigstens das eine seiner Augen unentwegt auf einen gewissen bemerkenswerten Gegenstand im Mittelpunkt des Tals gerichtet.

Dieser Gegenstand befindet sich im Turm des Rathauses. Die Stadträte sind alle sehr kleine, rundliche, ölige, kluge Männer mit großen Glotzaugen und Doppelkinn und tragen viel längere Überröcke und viel größere Schuhschnallen als die gewöhnlichen Einwohner von Vondervotteimittis. Seit meinem Aufenthalt in dem Burgflecken hatten sie einige geheime Sitzungen, in denen sie folgende drei bedeutsamen Resolutionen angenommen haben:

»daß es falsch ist, den guten alten Lauf der Dinge zu ändern«,

»daß es außerhalb von Vondervotteimittis nichts Angenehmes gibt« und

»daß wir bei unsern Uhren und unsern Kohlköpfen sitzen bleiben wollen.«

Über dem Sitzungssaal des Rathauses ist der Turm, und in dem Turm ist der Glockenstuhl, in dem sich seit unvordenklichen Zeiten der Stolz und das Wunder des Ortes befindet: die große Turmuhr des Burgfleckens Vondervotteimittis. Und das ist gerade der Gegenstand, auf den die Augen der alten Herren gerichtet sind, die in den lederbezogenen Armstühlen sitzen.

Die große Turmuhr hat sieben Zifferblätter – eins auf jeder der sieben Seiten des Turms – so daß es von jedem Stadtteil gesehen werden kann. Diese Zifferblätter sind groß und weiß, und ihre Zeiger schwer und schwarz. Da ist ein Turmwächter, dessen einziges Amt es ist, die Uhr zu bedienen; dieses Amt aber ist die angenehmste aller Sinekuren – denn bisher war an der Turmuhr von Vondervotteimittis noch nie etwas in Unordnung gewesen. Bis vor kurzem hätte fast schon diese Vermutung für ketzerisch gegolten. Seit den entlegensten Zeiten, deren die Archive Erwähnung tun, hat die große Glocke die Stunden ordnungsmäßig geschlagen. Und dasselbe war der Fall mit allen den andern großen und kleinen Uhren im Städtchen. Nie wieder gab es einen so pünktlichen Ort. Wenn der große Klöppel es für angebracht hielt, »zwölf Uhr!« zu sagen, so gingen alle seine gehorsamen Nachfolger gleichzeitig ans Werk und gaben den Ruf wie ein richtiges Echo zurück. Kurz: die guten Bürger liebten ihr Sauerkraut, auf ihre Uhren aber waren sie stolz.

Alle Leute, die ein Amt haben, werden mehr oder weniger respektiert, und da der Turmwächter von Vondervotteimittis die beste aller Sinekuren hat, ist er der bestangesehene Mann von der Welt. Er ist der Hauptwürdenträger des Burgfleckens, und sogar die Schweine blicken mit einer Art Ehrfurcht zu ihm auf. Sein Rockschoß ist viel länger – seine Pfeife, seine Schuhschnallen, seine Augen und sein Magen sind viel größer als jene der andern alten Herren im Ort; und was sein Kinn anlangt, so ist es nicht nur doppelt, sondern dreifach.

So habe ich also die glückliche Zeit von Vondervotteimittis gemalt – ach, daß ein so schönes Bild auch seine Kehrseite haben muß!

Es war lange die Rede unter den weisesten Bürgern gewesen, daß »von jenseits der Höhen nichts Gutes kommen kann«; und es schien wirklich, als hätten die Worte prophetischen Geist in sich. Es war vorgestern, und es fehlten noch fünf Minuten bis zwölf, als auf dem östlichen Höhengipfel ein merkwürdiger Gegenstand auftauchte. Solch ein Ereignis erregte natürlich allgemeine Aufmerksamkeit, und jeder kleine alte Herr im lederbezogenen Armstuhl wandte eins seiner Augen mißbilligend auf die Erscheinung, während er das andere immer noch auf die Turmuhr gerichtet hatte.

Als nur noch drei Minuten an zwölf fehlten, erkannte man den fraglichen seltsamen Gegenstand als einen winzigen, fremdländisch aussehenden jungen Mann. Er kam den Hügel in großer Hast herunter, so daß jedermann ihn bald gut sehen konnte. Er war tatsächlich das winzigste Persönchen, das je in Vondervotteimittis gesehen worden war. Sein Antlitz war tabakbraun, und er hatte eine lange, krumme Nase, kleinrunde Augen, einen großen Mund und ein prächtiges Gebiß, welches er gern zu zeigen schien, denn er grinste von einem Ohr zum andern. Vor lauter Schnurr- und Backenbart konnte man von seinem Gesicht nichts weiter sehen. Sein Kopf war unbedeckt, und sein Haar sorgfältig in Papilloten aufgewickelt. Sein Anzug bestand aus einem enganliegenden schwalbenschwänzigen schwarzen Rock (aus dessen einer Tasche ein sehr langer, weißer Taschentuchzipfel heraushing), schwarzen Kaschmir-Kniehosen, schwarzen Strümpfen und klobigen Schuhen mit riesigen Schleifen aus schwarzem Atlasband. Unter dem einen Arm trug er einen mächtigen Hut und unter dem andern eine Geige, fast fünfmal so groß wie er selbst. In seiner linken Hand hielt er eine goldene Schnupftabaksdose, aus der er, der mit phantastischem Hoppschritt den Hügel herunterstolperte, unablässig mit höchst selbstzufriedener Miene schnupfte. Guter Gott! war das ein Anblick für die ehrenwerten Bürger von Vondervotteimittis!

Offen gesagt, der Kerl hatte ungeachtet seines freundlichen Grinsens ein verwegenes und bösartiges Gesicht; und wie er da geradewegs mitten ins Dorf hereinkurbettierte, erregte die seltsam klobige Form seiner Schuhe beinahe Verdacht; und manch einer der Bürger, der ihn damals sah, hätte wohl eine Kleinigkeit dafür gegeben, einen Blick unter das weiße Taschentuch tun zu dürfen, das da so aufdringlich aus der Tasche seines Schwalbenschwanzes herausbaumelte. Was aber hauptsächlich geradezu Entrüstung hervorrief, war, daß der schurkische Windbeutel hier einen Wirbel und da einen Fandango drehte, aber nicht die leiseste Ahnung von dem zu haben schien, was man »Takt halten« nennt.

Die guten Leutchen der Stadt hatten jedoch kaum Zeit, ihre Augen wirklich aufzusperren, als – es fehlte gerade noch eine halbe Minute bis Mittag – der Kerl mitten unter sie sprang. Er machte ein »chassez« hier und ein »balancez« da, eine »pirouette« hier und einen »pas de zéphyr« da und schwang sich dann mit einem Satz hinauf in den Glockenstuhl des Rathauses, wo der erstaunte Turmwächter ängstlich und entrüstet schmauchte. Doch der kleine Kerl packte ihn sofort an der Nase, zwickte sie und zerrte an ihr, stülpte dem Mann den großen Hut auf den Kopf und trieb ihn ihm bis auf den Mund hinunter. Dann hob er die riesige Fiedel und schlug ihn damit so lange und gründlich, daß die hohle Fiedel und der fette Turmwächter gemeinsam einen Lärm hervorbrachten, daß ihr darauf geschworen hättet, ein Regiment von Paukenschlägern bringe droben auf dem Glockenstuhl des Rathauses von Vondervotteimittis dem Teufel einen Zapfenstreich.

Es ist nicht festzustellen, zu welch verzweifeltem Racheakt dieser ruchlose Angriff die Bürger getrieben hätte, wenn nicht nur noch eine halbe Sekunde bis Mittag gefehlt hätte. Die Glocke mußte gleich schlagen, und es war von höchster Wichtigkeit, daß jedermann nach seiner Uhr sah. Tatsache ist, daß der Bursche droben im Turm an der Uhr etwas Ungehöriges vornahm. Da sie aber jetzt zu schlagen begann, hatte niemand Zeit, auf seine Manipulationen zu achten, denn alle mußten die Glockenschläge mitzählen.

»Eins!« sagte die Glocke.

»Eens!« echote ein jeder kleine alte Herr im lederbezogenen Armstuhl in Vondervotteimittis. »Eens!« sagte auch seine Uhr; »eens!« sagte die Uhr seiner Frau, und »eens!« sagten die Uhren der Jungens und die kleinen goldschimmernden Spielzeuguhren an den Schwänzen der Katzen und Schweine.

»Zwei!« fuhr die große Glocke fort, und »zwee!« repetierten alle Repetieruhren.

»Drei! Vier! Fünf! Sechs! Sieben! Acht! Neun! Zehn!« sagte die Glocke.

»Dree! Vür! Fümpf! Zächs! Säwen! Ocht! Nain! Zien!« antworteten die andern.

»Elf!« sagte die große.

»Jelf!« stimmten die kleinen Dinger bei.

»Zwölf!« sagte die Glocke.

»Zwielf!« erwiderten sie ganz zufriedengestellt und ließen die Stimme sinken.

Und »zwielf is et!« sagten die kleinen alten Herren und steckten ihre Uhren ein. Aber die große Glocke war noch nicht mit ihnen fertig.

»Dreizehn!« sagte sie.

»Der Teufel!« schnappten die kleinen alten Herren, wurden bleich, nahmen die Pfeife aus dem Mund und das rechte Bein vom linken Knie.

»Der Teufel!« grollten sie, »dreezien! Dreezien!! – Mein Gott, et is dreezien Uhr!!«

Was soll ich versuchen, die furchtbare Szene, die nun folgte, zu beschreiben? Ganz Vondervotteimittis verfiel sogleich in Jammer und Aufruhr.

»Wat is mit mein Bauch?« heulten alle die Buben – »Ech hob seit 'ner Stund Hunger!«

»Wat is mit mein Kraut?« schrien alle die Frauen, »et is seit 'ner Stund all gar!«

»Wat is mit mein Piep?« fluchten alle die kleinen alten Herren, »Doner ond Blitzen! Sie is seit 'ner Stund all aus!« – Und in Wut stopften sie sie neu, sanken in ihren Armstuhl zurück und pafften so wild und hastig, daß das ganze Tal im Nu mit undurchdringlichem Rauch erfüllt war.

Inzwischen hatten die Kohlköpfe alle ganz rote Köpfe bekommen, und es schien, als sei alles, was die Gestalt einer Uhr hatte, vom leibhaftigen Teufel besessen. Die in die Möbelstücke eingeschnitzten Uhren drehten sich wie behext, während jene auf den Kaminsimsen sich vor Wut kaum fassen konnten und so unausgesetzt dreizehn schlugen und mit ihren Pendeln so toll herumwirbelten, daß es grauenhaft mitanzusehen war. Doch schlimmer als das: weder Katze noch Schwein wollten sich länger die Vorführung der an ihren Schwänzen angebundenen Uhren gefallen lassen und wehrten sich in toller Flucht mit Kragen, Stoßen und Quieken und Kreischen und Miauen und Grunzen und den Leuten-ins-Gesicht-springen und ihnen Unter-die-Röcke-laufen und überhaupt mit dem gräßlichsten Lärm und der schauerlichsten Verwirrung, die ein vernünftiger Mensch sich nur denken kann. Und um die Dinge noch verzweifelter zu machen, gebärdete sich der schurkische Galgenstrick droben im Turm ganz toll. Hier und da konnte man durch den Rauch hindurch einen Blick auf ihn werfen: da saß er im Glockenstuhl auf dem Turmwächter, der der Länge lang auf dem Rücken lag. Zwischen den Zähnen hielt der Kerl den Glockenstrang, den er durch Schwenken seines Kopfes hin und her zerrte und damit solchen Höllenlärm vollführte, daß mir noch in der Erinnerung die Ohren klingen. Auf seinem Schoß lag die große Fiedel, auf der er mit beiden Händen ohne Sinn und Verstand herumarbeitete, der Tropf, und die erbärmlichsten Gassenhauer geigte.

Da die Dinge so übel standen, verließ ich voll Abscheu den Ort und bitte nun alle Freunde von Pünktlichkeit und Sauerkraut um ihre Unterstützung. Laßt uns gemeinsam zu dem Burgflecken ziehen und die alte Ordnung der Dinge in Vondervotteimittis wiederherstellen, indem wir den kleinen Kerl vom Turm herunterjagen.

Die längliche Kiste

Vor einigen Jahren war es, als ich einen Platz auf dem beliebten Paketboot »Unabhängigkeit«, Kapitän Hardy, von Charleston, Süd-Karolina, nach Neuyork belegte. Wir sollten, falls das Wetter es zuließ, am fünfzehnten Juni absegeln; am vierzehnten ging ich an Bord, um in meiner Kabine allerlei vorzubereiten.

Ich sah, daß wir sehr viele Passagiere haben würden, vor allem viele Damen. Die Passagierliste wies mehrere Bekannte von mir auf, und unter anderen Namen entdeckte ich mit Freuden den des Herrn Cornelius Wyatt, eines jungen Künstlers, für den ich warme Freundschaft empfand. Er war auf der Universitätsstadt C. mein Studiengenosse gewesen, und wir waren damals sehr viel zusammen. Wie die meisten begabten Menschen war er ein wenig Menschenfeind, empfindsam und begeisterungsfähig. Mit diesen Eigenschaften verband er das wärmste und treueste Herz, das je in einer Menschenbrust geschlagen hat.

Ich bemerkte, daß drei Kabinen mit seinem Namen belegt waren; und als ich nochmals die Passagierliste durchging, fand ich, daß er für sich, seine Frau und seine zwei Schwestern Plätze belegt hatte. Die Kabinen waren ausreichend geräumig, und eine jede hatte zwei Schlafkojen, eine über der anderen. Diese Kojen waren freilich so eng, daß sie nur für eine Person ausreichten; dennoch konnte ich nicht begreifen, warum für diese vier Personen drei Kabinen nötig waren. Ich befand mich zu jener Zeit gerade in solch einer grüblerischen Stimmung, in der man sich über Kleinigkeiten Gedanken macht, und beschämt gestehe ich ein, daß ich mich mit einer Menge alberner und unangebrachter Vermutungen betreffs der überzähligen Kabine abgab. Selbstredend ging mich die Sache gar nichts an, doch mit um so größerer Hartnäckigkeit versuchte ich, das Rätsel zu lösen. Schließlich fand ich eine Antwort dafür, von der ich nicht begriff, daß sie mir nicht schon früher gekommen war.

»Es ist natürlich ein Dienstbote,« sagte ich, »wie dumm von mir, daß mir so etwas Naheliegendes nicht früher eingefallen ist!« Und dann blickte ich wieder in die Liste – doch hier sah ich deutlich, daß die Familie keinen Dienstboten mitzunehmen gedachte, obgleich man zuerst offenbar diese Absicht gehabt hatte – denn die Worte: »und Zofe« waren hingeschrieben und wieder durchgestrichen worden. »Aha, Extragepäck!« sprach ich bei mir – »irgend etwas, das er nicht in den Gepäckraum geben möchte – etwas, das er im Auge behalten möchte . . . Ha, ich hab's – ein Bild oder dergleichen – und das ist es wohl auch, worüber er mit Nicolino, dem italienischen Juden, verhandelt hat!« Diese Idee befriedigte mich, und so gab ich also für diesmal meine Neugier auf.

Die beiden Schwestern Wyatts kannte ich recht gut, es waren sehr liebenswürdige und gescheite junge Mädchen. Seine Frau hatte er erst kürzlich geheiratet, und ich hatte sie bisher noch nicht gesehen. Er hatte mir aber oft in seiner üblichen begeisterten Art von ihr erzählt. Er nannte sie hervorragend schön, klug und gebildet. Ich war daher, wie man verstehen kann, sehr begierig, ihre Bekanntschaft zu machen.

Am Tage, da ich das Schiff besuchte (am vierzehnten also), sollten auch Wyatt und Familie zur Besichtigung kommen – so hatte der Kapitän mir gesagt –, und ich brachte eine Stunde mehr als beabsichtigt an Bord zu, in der Hoffnung, der jungen Frau vorgestellt zu werden; doch da kam eine Botschaft, Frau Wyatt fühle sich ein wenig unpäßlich und ziehe es vor, erst morgen, zur Stunde der Abfahrt, an Bord zu kommen.

Am andern Tag begab ich mich von meinem Hotel zum Hafen, als Kapitän Hardy mir begegnete und sagte, er vermute, daß die »Unabhängigkeit« Umstände halber (eine dumme, aber gebräuchliche Phrase) erst in ein oder zwei Tagen absegeln werde, und daß er mir Nachricht zukommen lassen wolle, sobald alles in Ordnung sei.

Das schien mir seltsam, denn wir hatten einen steifen Südwind. Da aber die »Umstände« nicht verraten wurden, trotzdem ich mit großer Ausdauer ihnen auf den Grund zu kommen suchte, so konnte ich nichts weiter tun, als wieder nach Hause gehen und meine Ungeduld bezähmen.

Eine Woche lang wartete ich vergeblich auf des Kapitäns versprochene Nachricht. Schließlich kam sie aber, und ich ging sogleich an Bord. Das Schiff wimmelte von Passagieren, und alles war geschäftig bei den letzten Vorbereitungen. Die Familie Wyatt traf etwa zehn Minuten nach mir ein. Da waren die beiden Schwestern, die junge Frau und der Künstler – der letztere in einer seiner menschenfeindlichen Stimmungen. An diese war ich jedoch zu sehr gewöhnt, als daß ich ihnen besondere Aufmerksamkeit geschenkt hätte. Er stellte mich nicht einmal seiner Frau vor, so daß diese Höflichkeitsform notgedrungen seiner Schwester Marianne zufiel – einem sehr lieben und klugen Mädchen, das uns mit wenigen Worten miteinander bekannt machte.

Frau Wyatt war dicht verschleiert; und als sie nun den Schleier hob, um meinen Gruß zu erwidern, erfaßte mich, ich muß es bekennen, große Bestürzung. Diese wäre wohl noch größer gewesen, hätten mich nicht lange Erfahrungen gelehrt, den enthusiastischen Beschreibungen meines Freundes, des Malers, in Hinsicht auf Frauenschönheit keine allzu große Bedeutung beizumessen. Ich wußte gut, daß, wenn es sich um Schönheit handelte, er mit vollen Segeln ins Land der reinen Ideale schiffte.

Um die Wahrheit zu sagen: mir schien Frau Wyatt ein sehr gewöhnliches Äußere zu haben; wenn sie auch nicht häßlich war, so war sie doch, nach meiner Ansicht, nicht weit davon. Sie kleidete sich indessen äußerst geschmackvoll – auch zweifelte ich nicht, daß sie meines Freundes Herz wahrscheinlich mehr durch hervorragende Gaben des Geistes und der Seele gewonnen hatte. Sie sprach nur ganz wenige Worte und begab sich sogleich mit Herrn Wyatt in ihre Kabine.

Die Neugier packte mich wieder. Sie hatten keinen Dienstboten bei sich – das war Tatsache. Ich forschte also nach dem Extragepäck. Nach einiger Zeit hielt ein Karren am Kai, beladen mit einer länglichen Kiste aus Tannenholz – und das war alles, worauf wir noch gewartet hatten. Gleich nachdem sie verladen war, stachen wir in See, hatten in kurzer Zeit den Hafen hinter uns und segelten ins offene Meer hinaus.

Die fragliche Kiste war, wie ich schon sagte, länglich. Sie war etwa sechs Fuß lang und zweiundeinhalb Fuß breit; ich betrachtete sie aufmerksam und so genau wie möglich. Diese Form war entschieden sonderbar, und kaum hatte ich sie bemerkt, als ich mir zu meinem Scharfsinn gratulierte.

Man wird sich erinnern, daß ich zu der Schlußfolgerung gekommen war, das Extragepäck meines Freundes, des Künstlers, würde aus Bildern oder zum wenigsten aus einem Bilde bestehen; denn ich wußte, daß er wochenlang mit Nicolino in Verhandlungen gestanden hatte. Hier war nun eine Kiste, die ihrer Form nach einfach nichts anderes enthalten konnte als eine Kopie von Leonardos »Abendmahl«. Und eine Kopie gerade dieses »Abendmahls«, von Rubini dem Jüngeren aus Florenz, war, wie ich wußte, eine Zeitlang in Nicolinos Besitz gewesen. Diese Sache schien mir also zur Genüge aufgeklärt. Ich frohlockte über meine Scharfsinnigkeit. Es war das erstemal, daß Wyatt in künstlerischen Dingen ein Geheimnis vor mir hatte; aber hier hatte er offenbar vor, mir einen glücklichen Kauf zu verschweigen und vor meinen Augen ein erstklassiges Gemälde nach Neuyork einzuschmuggeln, in der Erwartung, daß ich von der Sache nichts erfahren würde. Ich beschloß, ihn jetzt und später gehörig damit aufzuziehen.

Etwas jedoch beunruhigte mich nicht wenig. Die Kiste kam nicht in die Extrakabine, sie wurde in Wyatts eigener Kajüte niedergestellt, und dort blieb sie und nahm fast den ganzen Fußboden ein – gewiß eine große Unbequemlichkeit für den Künstler und seine Frau – und dies wohl um so mehr, als der Lack oder die Farbe der Aufschrift auf der Kiste einen strengen, unangenehmen und für meine Begriffe geradezu ekelerregenden Geruch ausströmte. Auf dem Deckel standen die Worte: »Frau Adelaide Curtis, Albany, Neuyork. Gepäck von Cornelius Wyatt. Hier öffnen. Vorsicht!«

Nun wußte ich, daß Frau Adelaide Curtis in Albany des Künstlers Schwiegermutter war; doch ich hielt die ganze Aufschrift für eine Mystifikation, durch die besonders ich irregeführt werden sollte. Ich sagte mir natürlich, daß die Kiste und ihr Inhalt nie weiter als bis ins Arbeitszimmer meines Freundes, des Misanthropen, in der Chamberstreet, Neuyork, gelangen würden.

Die ersten drei oder vier Tage hatten wir schönes Wetter, aber keinen Wind; wir hatten uns gleich beim Verlassen der Küste dem Norden zugewandt. Die Passagiere waren in heiterer Laune und geneigt, Bekanntschaften anzuknüpfen. Ich muß jedoch Wyatt und seine Schwestern ausnehmen, die sich zurückhaltend und den Mitreisenden gegenüber fast unhöflich benahmen. Wyatts Betragen beachtete ich weniger. Er war noch griesgrämiger als sonst – aber bei ihm war ich auf Übertriebenheiten gefaßt. Für die Schwestern jedoch fand ich keine Entschuldigung. Sie zogen sich fast während der ganzen Dauer der Fahrt in ihre Kabinen zurück und weigerten sich, obgleich ich ihnen wiederholt zusetzte, mit irgendwem an Bord in Beziehung zu treten.

Frau Wyatt selbst war weit liebenswürdiger, das heißt, sie war geschwätzig; und Geschwätzigkeit ist auf See keine schlechte Empfehlung. Sie wurde mit den meisten Damen ganz außerordentlich intim und bezeigte zu meiner tiefsten Verwunderung nicht wenig Lust, mit den Männern zu kokettieren. Sie amüsierte uns alle sehr. Ich sage, amüsierte – und weiß kaum, mich anders auszudrücken. In Wahrheit sah ich bald, daß man weit öfter über Frau Wyatt als mit ihr lachte. Die Männer sprachen wenig über sie; die Frauen aber nannten sie bald ein gutherziges, doch recht unbedeutendes und unerzogenes Ding – und sehr gewöhnlich. Es war ein Wunder, wie Wyatt eine solche Verbindung hatte eingehen können. Der zunächstliegende Gedanke wäre gewesen, daß es eine Geldheirat sei – aber ich wußte, diese Annahme war irrig; denn Wyatt hatte mir gesagt, daß sie ihm nicht einen Dollar mitgebracht, noch irgendwoher etwas zu erwarten hatte. Er habe, sagte er, aus Liebe und nur aus Liebe geheiratet; und seine Braut sei mehr als seiner Liebe würdig. Wenn ich an diese Äußerungen meines Freundes dachte, so schien mir die Lösung des Rätsels immer verhängnisvoller. Konnte es möglich sein, daß er daran war, den Verstand zu verlieren? Was sonst sollte ich annehmen? Er, der so empfindsam, so geistvoll, so wählerisch war, er, der einen so ausgesprochenen Abscheu vor allem Falschen, Unechten hatte und eine so starke Vorliebe für alles Schöne! Gewiß, sie war sehr eingenommen von ihm – besonders in seiner Abwesenheit – wo sie sich oft lächerlich machte durch die neugierige Frage, was ihr »geliebter Gatte, Herr Wyatt« gesagt habe. Das Wort »Gatte« schien ihr stets – um mit ihren eigenen beliebten Worten zu reden – »auf der Zunge zu liegen«. Indessen hatten alle an Bord bemerkt, daß er ihr auswich, so viel er konnte, und die meiste Zeit allein in seiner Kabine verbrachte; ja, man kann sagen, daß er fast ganz dort lebte, indem er seiner Frau alle Freiheit ließ, sich nach Wohlgefallen im großen Salon mit den anderen zu unterhalten. Meine Schlußfolgerung aus dem, was ich sah und hörte, war die: der Künstler hatte aus irgendeiner Laune des Schicksals oder vielleicht in einem Anfall von Begeisterung und toller

Leidenschaft die Dummheit begangen, sich mit einer weit unter ihm stehenden Person zu verbinden, und die natürliche Folge, Abscheu und Ekel, war nun eingetreten. Ich bemitleidete ihn aus tiefstem Herzen – konnte ihm aber aus jenem Grunde doch nicht ganz seine Verschlossenheit in Sachen des »Heiligen Abendmahls« verzeihen. Hierfür beschloß ich Rache zu nehmen.

Eines Tages, als er auf Deck kam, nahm ich ihn beim Arm und schritt mit ihm auf und ab. Er schien – wie ich das unter den vorliegenden Umständen auch nicht anders erwartete – in unverändert düsterer Stimmung. Er sprach nur wenig und mißgelaunt und mit sichtlicher Anstrengung. Ich versuchte zu scherzen, und er machte einen schwachen Versuch zu einem Lächeln. Armer Kerl! Wenn ich an seine Frau dachte, verwunderte es mich geradezu, daß er es überhaupt bis zu dem Versuch eines Lächelns brachte. Schließlich wagte ich einen Vorstoß. Ich beschloß, eine Reihe versteckter Andeutungen oder Vermutungen hinsichtlich der länglichen Kiste fallen zu lassen – gerade ausreichend für ihn, wahrzunehmen, daß ich nicht so völlig die Zielscheibe seiner kleinen, liebenswürdigen Mystifikation geworden war. Zunächst beabsichtigte ich, aus dem Hinterhalt vorzugehen. Ich sagte etwas über die »sonderbare Form jener Kiste«; und während ich das sagte, lächelte ich verständnisvoll, zwinkerte mit den Augen und stieß ihn sanft mit dem Zeigefinger in die Rippen.

Die Art und Weise, in der Wyatt diesen harmlosen Spaß aufnahm, überzeugte mich sofort, daß er irrsinnig war. Zuerst starrte er mich an, als sei es ihm unmöglich, den Sinn meiner Bemerkung zu erfassen; schließlich aber war er doch allmählich in sein Hirn eingedrungen, und je mehr und mehr das geschah, desto weiter traten seine Augen aus den Höhlen. Dann wurde er sehr rot, dann entsetzlich bleich, dann, als amüsiere mein Ausspruch ihn höchlich, begann er laut und gewaltsam zu lachen – das tat er mit immer größerer Heftigkeit zehn Minuten lang oder mehr. Endlich fiel er der Länge nach schwerfällig aufs Deck nieder. Als ich hinzueilte, um ihn aufzuheben, schien es, als sei er tot.

Ich rief Hilfe herbei, und mit großer Mühe brachten wir ihn wieder zu sich. Als er erwachte, redete er zunächst irre. Schließlich ließen wir ihn zur Ader und brachten ihn zu Bett. Am andern Morgen hatte er sich wieder ganz erholt – soweit es seine leibliche Gesundheit betraf. Von seinem geistigen Zustand sage ich selbstredend nichts. Auf Anraten des Kapitäns, der meine Anschauung über sein Leiden völlig teilte, mir aber riet, keinem Menschen an Bord etwas davon zu sagen, mied ich für den Rest der Überfahrt seine Gesellschaft.

Kurz nach diesem Anfall Wyatts ereignete sich allerlei, was die Neugier, die mich erfüllte, noch steigerte. Unter anderem dies: ich war sehr nervös gewesen, hatte zu viel starken, grünen Tee getrunken und hatte daher eine schlechte Nacht. – Richtiger gesagt, waren es zwei Nächte, in denen ich fast gar nicht schlief. Nun führte die Tür meiner Kabine in die Hauptkajüte oder den Speisesaal, wie alle einschläfrigen Kabinen an Bord. Wyatts drei Räume befanden sich in der Nebenkajüte, die von dem Hauptraum durch eine leichte Gleittür getrennt war; diese Tür war aber nie verschlossen, selbst des Nachts nicht. Da wir fast immer guten, ja sogar kräftigen Wind hatten, so neigte sich das Schiff sehr erheblich leewärts; und immer, wenn das Steuerbord leewärts lag, glitt die Türe zwischen den zwei Kajüten auf und blieb offen stehn, da niemand sich die Mühe nahm, aufzustehen und sie zu schließen. Wenn nun meine eigene Kabinentür ebenso wie die erwähnte Gleittür offen stand (und meine eigene Tür war wegen der großen Hitze immer offen), so konnte ich von meinem Lager aus ganz deutlich die Nebenkajüte überblicken und auch jenen Teil, wo sich die Kabinen Wyatts befanden. Da sah ich nun in zwei nicht aufeinanderfolgenden Nächten, wie gegen elf Uhr Frau Wyatt vorsichtig aus der Kabine Herrn Wyatts herauskam und die Extrakabine betrat, wo sie bis Tagesanbruch verblieb. Um diese Zeit wurde sie von ihrem Gatten gerufen und kehrte zu ihm zurück. Daß sie tatsächlich getrennt lebten, war mir nun klar. Sie hatten getrennte Zimmer – zweifellos, weil sie eine dauerndere Trennung beabsichtigten; hier also, dachte ich, liegt das Geheimnis der Extrakabine. Da war noch ein weiterer Umstand, der mich sehr interessierte. In den zwei genannten Nächten und kurz nachdem Frau Wyatt in der Extrakabine verschwunden war, wurde meine Aufmerksamkeit von eigentümlichen, behutsamen, wie absichtlich gedämpften Geräuschen aus dem Zimmer ihres Gatten gefesselt. Nachdem ich eine Zeitlang aufmerksam gelauscht hatte, gelang es mir schließlich, ihre Bedeutung festzustellen. Es waren Geräusche, die der Maler durch Öffnen der länglichen

Kiste mit Hilfe von Meißel und Hammer verursachte; die Schläge des letzteren suchte er offenbar dadurch zu dämpfen, daß er das Eisen mit weichem Stoff umhüllt hatte.

Ich glaubte sogar den Augenblick feststellen zu können, in dem er den Deckel völlig abgelöst hatte – auch konnte ich deutlich hören, wie er ihn abhob und auf das untere Bett der Kajüte hinlegte. Letzteres z. B. erriet ich aus dem leichten Anstoßen des Deckels gegen die Holzleisten des Bettes bei den Versuchen, ihn recht leise niederzulegen; auf dem Fußboden war kein Raum dafür. Danach trat Totenstille ein, und bis zum Morgengrauen war nicht das Geringste mehr zu hören – es sei denn ein leises Seufzen und Murmeln, das aber beinahe unhörbar war, falls es nicht überhaupt nur in meiner Einbildung bestand. Ich sage, es schien ein Seufzen oder Schluchzen zu sein, aber natürlich war das ausgeschlossen. Ich glaube eher, daß es ein Klingen in meinen eigenen Ohren war. Herr Wyatt ließ sicherlich nur einem seiner Steckenpferde die Zügel schießen – in irgendeinem Anfall von Kunstbegeisterung. Er hatte seine längliche Kiste geöffnet, um seine Augen auf dem Kunstschatz da drinnen ruhen zu lassen. Und so etwas konnte ihn doch nicht zum Schluchzen bringen! Ich wiederhole daher, daß es lediglich eine Vorspiegelung meiner eigenen Phantasie gewesen sein muß, die Kapitän Hardys grüner Tee allzusehr angeregt hatte. In jeder der beiden erwähnten Nächte hörte ich beim Morgengrauen deutlich, wie Herr Wyatt den Deckel der länglichen Kiste wieder schloß und die Nägel mit Hilfe des umwickelten Hammers wieder in ihre Löcher schlug. Nachdem er dies getan, kam er völlig angekleidet aus seiner Kabine heraus und rief Frau Wyatt aus der ihrigen.

Unsere Seefahrt hatte schon sieben Tage gedauert, und wir ließen nun Kap Hatteras hinter uns, als ein ungemein heftiger Südweststurm einsetzte. Wir waren allerdings darauf vorbereitet gewesen, da das Wetter schon seit einiger Zeit bedrohlich ausgesehen hatte. Oben und unten wurde alles gut festgemacht; und da der Wind ständig zunahm, lagen wir schließlich unter Giek- und Vorbramsegel, beide doppelt gerefft.

In dieser Verfassung schwammen wir, leidlich sicher, achtundvierzig Stunden dahin, und das Schiff bewährte sich in vieler Hinsicht vorzüglich; das eindringende Wasser war nicht von Bedeutung. Nach dieser Zeit aber wurde der Sturm zum Orkan, und unser Hintersegel ging in Fetzen, wodurch wir so tief ins Wasser gerieten, daß wir kurz hintereinander ein paar gewaltige Sturzseen schluckten. Bei dieser Gelegenheit verloren wir drei Mann über Bord, mitsamt der Kambüse, und fast die ganze Backbord-Schanzkleidung. Kaum waren wir wieder bei Sinnen, als das Vormarssegel in Fetzen ging; wir hißten nun ein Notsegel, und ein paar Stunden ging alles gut, da das Schiff den Wellen jetzt viel ruhiger als vorher begegnen konnte.

Der Sturmwind blieb jedoch derselbe, und keine Verminderung war wahrzunehmen. Die Takelage war nicht mehr in Ordnung, sondern völlig verwirrt; und am dritten Tage des Sturmes ging gegen fünf Uhr nachmittags bei einem plötzlichen Stoß unser Besan-Mast über Bord. Mehr als eine Stunde mühten wir uns vergeblich, ihn loszubekommen, denn das Schiff schlingerte gewaltig, und ehe wir unsern Zweck erreicht hatten, kam der Zimmermann herbei und verkündete, daß der Schiffsraum vier Fuß unter Wasser stehe. Zum Überfluß waren die Pumpen verstopft und fast unbrauchbar.

Alles war nun Entsetzen und Verwirrung – doch machte man einen Versuch, das Schiff zu erleichtern, indem man alle erreichbare Ladung über Bord warf und die zwei noch übrig gebliebenen Mastbäume absägte. Das gelang uns endlich; an den Pumpen aber konnten wir immer noch nicht arbeiten, und inzwischen nahm das Leck schnell zu.

Bei Sonnenuntergang hatte der Sturm an Heftigkeit nachgelassen, und da auch das Meer sich etwas beruhigte, so gewann die Hoffnung Raum, daß wir uns in den Booten retten könnten. Um acht Uhr zerstreuten sich die Wolken, und wir hatten glücklicherweise Vollmond – ein Umstand, der unsere gesunkenen Lebensgeister wundervoll auffrischte.

Nach unglaublicher Arbeit gelang es uns schließlich, das große Boot ohne wesentlichen Unfall an der Schiffswand herunterzulassen, und die ganze Schiffsmannschaft und der größte Teil der Passagiere drängte sich darin zusammen. Dieses Boot entfernte sich sofort und erreichte schließlich nach vielen Leiden seiner Insassen am dritten Tage nach dem Unfall Ocracoke Inlet.

Vierzehn Passagiere und der Kapitän waren noch an Bord; sie wollten ihr Glück in der kleinen Jolle vom Heck versuchen. Wir brachten sie ohne Schwierigkeiten ins Wasser, wenngleich es uns nur durch ein Wunder gelang, sie so hinunter zu bringen, daß sie nicht gleich umschlug. Als sie abstieß, trug sie den Kapitän und seine Frau, Herrn Wyatt und Familie, einen mexikanischen Offizier mit Frau und vier Kindern und mich selbst mit einem Neger, meinem Diener.

Wir hatten natürlich für nichts weiter Raum, als für die allernötigsten Hilfsmittel, etwas Proviant und die Kleider, die wir trugen. Niemand hätte auch nur den Versuch gemacht, irgend etwas anderes zu retten. Man kann sich also das Erstaunen aller denken, als Herr Wyatt, nachdem wir uns ein paar Faden vom Schiff entfernt hatten, von der Bank aufstand und Kapitän Hardy kühl aufforderte, das Boot umkehren zu lassen, um seine längliche Kiste einzunehmen!

»Setzen Sie sich, Herr Wyatt,« erwiderte der Kapitän ziemlich streng; »Sie werden uns umwerfen, wenn Sie nicht ganz still sitzen. Unser Dollbord ist schon beinahe im Wasser.«

»Die Kiste!« rief Herr Wyatt, der noch immer stand – »die Kiste, sage ich! Kapitän Hardy, Sie können, Sie werden mir das nicht weigern! Das Gewicht ist eine Kleinigkeit, ein Nichts – wirklich ein Nichts. Bei dem Andenken Ihrer Mutter – bei der Liebe des Himmels – bei Ihrem Glauben – bei Ihrer Hoffnung auf die ewige Seligkeit beschwöre ich Sie, umzukehren und die Kiste zu holen!« Für einen Augenblick schien es, als sei der Kapitän von dem ernsten Ersuchen des Künstlers gerührt, aber er gewann seine strenge Haltung zurück und sagte nur:

»Herr Wyatt, Sie sind toll! Ich darf Ihnen nicht nachgeben. Setzen Sie sich hin, sage ich, oder Sie werden das Boot zum Kentern bringen. Halt – haltet ihn – greift ihn! Er springt über Bord! Da – ich wußte es, es ist geschehen!«

Bei diesen Worten des Kapitäns war Herr Wyatt tatsächlich über Bord gesprungen; wir befanden uns gerade leewärts vom Wrack, und seinen beinahe übermenschlichen Anstrengungen gelang es, ein Seil zu erfassen, das an der Bordwand herabhing. Einen Moment darauf war er an Bord und stürzte wie rasend in die Kabine hinunter.

Inzwischen waren wir hinter das Schiff und von der Leeseite abgetrieben worden und sahen uns nun ganz dem ungeheuer stürmenden Meer überlassen. Mit letzter Anstrengung versuchten wir zurückzukommen, aber unser kleines Boot war in dem Wüten des Sturms nur wie eine winzige Feder. Wir übersahen mit einem Blick, daß das Schicksal des Künstlers besiegelt war. Als unsere Entfernung vom Wrack schnell zunahm, sahen wir, daß der Rasende (denn dafür mußten wir ihn halten) die Kajütentreppe heraufkam; mit gigantischer Kraft schleppte er die längliche Kiste mit sich. Während wir in maßlosem Erstaunen hinblickten, ergriff er ein drei Zoll dickes Seil, schlang es um die Kiste und dann um seinen Leib. Im nächsten Augenblick waren beide, Mensch und Kiste, im Meer; sie verschwanden sofort und für immer.

Wir stoppten trostlos die Ruder, und unsere Augen hingen an der Stelle, wo der Mann versunken war. Schließlich ruderten wir fort.

Eine Stunde lang herrschte völliges Schweigen. Endlich wagte ich eine Bemerkung.

»Haben Sie beobachtet, Kapitän, wie plötzlich sie sanken? War das nicht äußerst merkwürdig? Ich gestehe, daß ich ein wenig Hoffnung auf seine Rettung hatte, als ich sah, daß er sich an die Kiste band und dem Meere anvertraute.«

»Sie mußten sinken,« erwiderte der Kapitän, »und schnell wie ein Schuß. Sie werden aber bald wieder auftauchen, allerdings nicht eher, als bis das Salz sich auflöst.«

»Das Salz?« rief ich aus.

»Still!« sagte der Kapitän, auf Wyatts Frau und Schwestern deutend. »Wir müssen zu gelegenerer Zeit von diesen Dingen reden.«

*

Wir hatten viel zu erdulden und kamen kaum mit dem Leben davon; doch das Glück war uns günstig, uns wie auch den Kameraden im Langboot. Wir landeten endlich nach vier verzweifelten Tagen mehr tot als lebendig an der Küste gegenüber der Roanoke-Insel. Hier blieben wir eine Woche, wurden von den Stranddieben leidlich gut aufgenommen, und es glückte uns schließlich, eine Überfahrt nach Neuyork zu erlangen.

Etwa einen Monat nach dem Untergang der »Unabhängigkeit« begegnete ich zufällig dem Kapitän Hardy auf dem Broadway. Unsere Unterhaltung drehte sich natürlich um das Unglück und besonders um das traurige Schicksal des armen Wyatt. Danach erfuhr ich folgende Einzelheiten:

Der Künstler hatte für sich, seine Frau, seine zwei Schwestern und eine Dienerin die Überfahrt belegt. Sein Weib war tatsächlich, wie man sie mir geschildert hatte, eine liebreizende und gebildete Frau. Am Morgen des vierzehnten Juni (dem Tag, an dem ich zum erstenmal das Schiff besuchte) erkrankte die Dame plötzlich und starb. Der junge Gatte raste vor Schmerz – zwingende Gründe aber erforderten seine sofortige Abreise nach Neuyork. Es war nötig, den Leichnam seiner angebeteten Frau ihrer Mutter zuzuführen, andererseits aber scheute er das allgemeine Vorurteil, das ihm verbot, dies öffentlich zu tun. Neun Zehntel der Passagiere hätten lieber das Schiff verlassen, als daß sie die Fahrt mit einem Leichnam an Bord gemacht hätten.

In diesem Dilemma ordnete Kapitän Hardy an, der Leichnam solle flüchtig einbalsamiert und mit einer großen Menge Salz in eine passende Kiste gelegt und als Handelsware an Bord geschafft werden. Vom Tode der Frau durfte nichts verlauten; und da es bekannt war, daß Herr Wyatt auch für diese die Überfahrt bestellt hatte, so ergab sich die Notwendigkeit, daß irgend jemand während der Reise ihre Stelle einnehmen mußte. Die Zofe der Verstorbenen war leicht dazu zu bewegen. Die Extrakabine, die ursprünglich für dieses Mädchen bestimmt gewesen war, wurde nun des Nachts als Schlafraum für die Pseudofrau benutzt. Bei Tage spielte sie, so gut sie das eben konnte, die Rolle ihrer Herrin – deren Persönlichkeit, wie man sich vorher vergewissert hatte, niemand an Bord bekannt war. Meine eigenen Fehlschlüsse entsprangen, natürlich genug, einem zu oberflächlichen, zu neugierigen und zu impulsiven Temperament. In letzter Zeit aber habe ich nachts nur noch selten einen festen Schlaf. Was ich auch tue – da ist ein Antlitz, das mich verfolgt, und ein hysterisches Lachen, das mir für immer in den Ohren gellen wird.